LA MALÉDICTION
TOME 2
AU CONFLUENT DES RIVIÈRES
LOUISE SIMARD
ROMAN

Couverture et conception graphique : Jessica Papineau-Lapierre
Révision et correction : Fleur Neesham, Corinne De Vailly et Élaine Parisien

© 2015, Les Éditions Goélette, Louise Simard
www.boutiquegoelette.com
www.facebook.com/EditionsGoelette
www.louisesimardauteure.com

Dépôts légaux : 2e trimestre 2015
Bibliothèque et Archives nationales du Québec
Bibliothèque et Archives Canada

Les Éditions Goélette bénéficient du soutien financier de la SODEC
pour son programme d'aide à l'édition et à la promotion.

Nous remercions le gouvernement du Québec de l'aide financière accordée
par l'entremise du Programme de crédit d'impôt pour l'édition de livres,
administré par la SODEC.

 Patrimoine   Canadian
canadien   Heritage

Nous reconnaissons l'aide financière du gouvernement du Canada
par l'entremise du Fonds du livre du Canada pour nos activités d'édition.

 Membre de l'Association nationale des éditeurs de livres

Imprimé au Canada

ISBN : 978-2-89690-691-8

Louise Simard

La Malédiction

2. AU CONFLUENT DES RIVIÈRES

ROMAN

Première partie

1

Malgré la chaleur accablante, une foule considérable s'était rassemblée à la sortie nord du village. On aurait dit un jour de fête. Une femme proposait de la limonade et des gâteaux, tandis qu'un jeune homme vantait à tue-tête le goût exceptionnel de sa bière d'épinette, «légèrement additionnée d'alcool», disait-il avec un clin d'œil, sans préciser davantage. La gent masculine résistait difficilement à son offre. De toute évidence, ces commerçants improvisés écouleraient leur marchandise en peu de temps. Les enfants, pour leur part, avaient trouvé un petit bassin naturel dans lequel se rafraîchir en soulevant de grandes gerbes d'eau. La pluie abondante des derniers jours avait en effet rempli une crevasse, que les rayons ardents du soleil, au travail depuis l'aube, n'avaient pas réussi à assécher. Par ailleurs, tout ce qui pouvait servir d'éventail était mis à contribution, et lorsque le maître d'école, Rufus Miner, joua un air entraînant sur son harmonica, seuls les plus jeunes esquissèrent quelques pas de danse, les plus vieux se contentant de chantonner.

La note finale résonnait encore lorsque Charlotte et son mari firent une arrivée remarquée. Craignant d'être en retard, ils avaient un peu poussé la jument, que les enfants avaient baptisée Shadow, et celle-ci renâclait en encensant de la tête. Dès qu'elle fut calmée, Charlotte, qui montait en croupe, se laissa glisser jusqu'au sol et rejoignit ses amies, Hortense et Olive, qui l'accueillirent avec de grands cris de joie, sans toutefois cesser de s'éventer.

– On commençait à se demander si tu allais venir !

– Il a fallu réparer une courroie de la selle. On s'en est aperçu juste avant de partir.

– Tu n'as pas emmené les enfants ?

– Non, je les ai laissés avec Mary. Tom rechigne tout le temps. Je ne sais pas ce qu'il a.

Mary Hyndman était la fille du crieur public. Cette famille irlandaise de quatre enfants s'était installée depuis peu à Sherbrooke. Surchargée de travail, Charlotte avait engagé la jeune fille pour l'aider au tissage et s'occuper, à l'occasion, de ses deux garçons, Tom et Joshua. Bien qu'elle fût âgée d'à peine quinze ans, Mary manifestait beaucoup d'aptitudes et de sérieux. Elle remettait tout son salaire à ses parents, ce qui leur permettait de joindre les deux bouts.

– Les enfants l'adorent, reprit Charlotte après un moment de silence, mais un jeune homme surgi de nulle part interrompit ses explications.

– Ils arrivent ! criait-il en agitant les bras.

Les spectateurs se massèrent aussitôt le long de King's Highway, se bousculant pour obtenir les meilleures places. Exaspérée, une vieille dame ramena tout le monde à la raison en distribuant au hasard quelques bons coups de canne.

Vingt secondes plus tard, le major Henry Beckett, chef de la milice, apparaissait à la tête d'un étrange cortège. Il chevauchait un fringant étalon noir, qu'il tenait avec fermeté pour l'empêcher de s'emballer. Trois miliciens le suivaient, montés plus modestement sur des hongres davantage habitués aux travaux des champs qu'à la parade. Juste derrière eux venait une charrette tirée par deux imposants chevaux de trait, dans laquelle prenaient place sept hommes de tous âges, de l'adolescence à la quarantaine. Deux autres cavaliers fermaient la marche. Tous affichaient un air grave, et la foule, troublée par l'allure solennelle du convoi, se fit soudain plus silencieuse.

Alors que le mari de Charlotte, d'une grande élégance sur sa monture racée, rattrapait ses collègues miliciens derrière la charrette, le major Beckett ordonna une halte et s'adressa à l'assistance.

— Vous le savez sans doute, ces hommes sont des faux-monnayeurs. Ils ont été arrêtés à Stanstead et emmenés à la prison de Sherbrooke. Compte tenu de la gravité de leurs méfaits, mes miliciens et moi-même les escortons à Sorel, où ils prendront le bateau pour Montréal, afin d'y être jugés. Leurs crimes ne resteront pas impunis, soyez-en sûrs.

Un grand hourra monta de la foule, et les prisonniers se recroquevillèrent dans un coin, comme si ces cris constituaient une menace à leur sécurité. Sur un signe du major, le cortège se remit en route. Il ne fallait pas perdre une minute, car la distance à parcourir était longue, et les miliciens espéraient revenir chez eux le plus tôt possible. En plein été, le travail ne manquait pas et aucun de ces hommes n'aimait s'éloigner de sa famille trop longtemps.

Tous auraient préféré que ces bandits soient jugés à Sherbrooke. Les distractions étaient rares et la tenue d'un procès constituait un amusement très apprécié. Or, le major l'avait bien précisé, la gravité des chefs d'accusation exigeait qu'on en réfère à de plus hautes instances.

Henry Brown, peut-être le plus réticent à s'absenter, se retourna pour adresser un dernier salut à sa femme. Il s'était engagé dans la milice l'année précédente, sans réaliser qu'il devrait à l'occasion accepter de s'éloigner pour accomplir son devoir. Ces expéditions, quoique rares et la plupart du temps très brèves, le contrariaient toujours un peu. Chaque fois qu'il la quittait, il avait l'impression que Charlotte se serait évaporée à son retour.

En lui rendant son salut, la jeune femme rougit, sans que la chaleur soit en cause. Elle ne s'habituait pas aux attentions et aux délicatesses de son mari. Après deux ans de vie commune, celui-ci demeurait tout aussi empressé qu'aux premiers jours. Il s'appliquait sans cesse à reconquérir sa femme et semblait craindre qu'un seul écart de conduite ne vienne détruire la belle harmonie qu'ils avaient créée. Il lui faisait la cour et satisfaisait ses moindres désirs. Ne se croyant pas digne de cet amour que Henry lui dispensait sans compter, Charlotte en éprouvait un certain malaise. Elle aurait dû l'aimer davantage et mieux apprécier à leur juste valeur ces gentillesses et cette sollicitude dont elle profitait sans rien donner en retour qu'une affection sincère. Elle devait tant à Henry! Pourrait-elle assez le remercier pour ses bontés? Sa dette envers lui s'accroissait de jour en jour, et pesait lourd sur le quotidien de la jeune femme. Il lui arrivait de considérer la générosité de Henry comme un piège dans lequel elle s'enlisait irrémédiablement. Ces idées étranges l'étonnaient elle-même et la plongeaient souvent dans le remords. Pourquoi nourrissait-elle des pensées semblables, alors qu'elle aurait dû remercier le ciel chaque seconde d'avoir eu la chance d'épouser un homme si bon et si dédié à son bonheur?

– Je serai de retour très vite! lui cria Henry.

Elle lui souffla un baiser et il se mit en route, ragaillardi par ce geste tendre.

Quand Charlotte se retourna vers ses compagnes, celles-ci affichaient un grand sourire niais et moqueur.

– On dirait de jeunes mariés! minauda Hortense, aussitôt approuvée par Olive.

Charlotte secoua la tête en haussant les épaules. Elle connaissait bien ses amies. Elles agissaient ainsi par pure camaraderie et se réjouissaient sans réserve de sa bonne fortune.

– Allez! lança-t-elle. Cessez vos simagrées. Nous avons à discuter.

*

Une demi-heure plus tard, les trois complices étaient assises dans la cuisine d'Hortense, en train de siroter une tisane qu'elles avaient laissée tiédir. La chaleur avait envahi la maison. Elles n'en finissaient plus de s'éponger le front, soupirant de contentement chaque fois qu'une brise légère pénétrait par la fenêtre grande ouverte.

Pendant un temps, elles discutèrent de tout et de rien, se racontant les bons coups des enfants ou se moquant gentiment des hommes de leur vie. Elles partagèrent aussi quelques inquiétudes, se plaignirent de petits ennuis de santé, puis Olive posa enfin la question qui lui brûlait les lèvres.

— Alors, Charlotte, tu voulais nous parler de quelque chose? Ça semblait important. Ne nous fais plus languir, sinon nous allons fondre avant de savoir de quoi tu voulais nous entretenir!

Charlotte sursauta comme si la demande de son amie la prenait de court. Pourtant, elle avait elle-même donné rendez-vous aux deux autres. Mais voilà qu'elle hésitait à leur livrer le résultat de ses réflexions des dernières semaines, pour ne pas dire des derniers mois. Elle avait un peu peur des paroles qu'elle allait prononcer, car en exprimant sa pensée à haute voix, elle s'engageait dans un chemin tortueux et mal déblayé dont elle ne sortirait pas indemne.

Devant son silence, Hortense s'impatienta à son tour.

— On t'écoute, dit-elle en se penchant vers la jeune femme pour l'encourager.

Charlotte soupira et ferma les yeux un instant. Par où commencer? Comment leur expliquer? Comment les convaincre? À la fin, repoussant ses appréhensions, elle se lança sans filet, n'empruntant aucun détour.

— Je veux faire construire une carderie. Et peut-être une fabrique de tissus de laine.

Estomaquées, les deux autres la fixèrent sans dire un mot, se demandant si elle avait perdu la tête ou si elle les faisait marcher.

— Depuis que la carderie a brûlé, reprit Charlotte, il faut envoyer notre laine à Magog et ça nous coûte une fortune! Il n'y a aucune raison pour que Sherbrooke n'ait pas une carderie. Et il n'y a aucune raison pour que ce ne soit pas moi qui la bâtisse.

Sur la défensive, elle avait adopté un ton tranchant, se doutant bien que les objections fuseraient. À sa grande surprise, Hortense demanda simplement :

— Et où comptes-tu faire construire un tel bâtiment ?

— Tout près du barrage dressé par monsieur Goodhue, à l'entrée de la gorge de la rivière Magog.

— Tu penses pouvoir payer le terrain ?

— J'ai ce qu'il faut… je crois…

— Et tu es persuadée que monsieur Goodhue va accepter de te vendre ?

Charles Goodhue était un marchand prospère qui n'hésitait pas à investir son argent en rachetant à bas prix les propriétés des familles acculées à la faillite parce qu'elles étaient incapables de rembourser leurs dettes.

— Tout le monde sait qu'il ne refuse jamais une bonne offre, et je lui en ferai une excellente.

Hortense et Olive n'étaient pas à bout d'arguments défavorables, mais devant l'ardeur de leur jeune compagne, elles préférèrent se taire pour ne pas anéantir son beau rêve. Après réflexion, pensaient-elles, Charlotte mesurerait mieux les risques et reviendrait à la raison. Pour l'instant, il ne servait à rien de tenter de la dissuader.

La jeune femme perçut leur désapprobation, mais ne se laissa pas démonter.

— Le village grossit à vue d'œil, expliqua-t-elle. De nouvelles personnes s'y établissent chaque jour. On n'a qu'à se promener un peu pour voir pousser les maisons, les auberges, les commerces et les ateliers de toutes sortes. Même une nouvelle prison ! Tous ces nantis, les avocats, les chirurgiens, les aristocrates, les fonctionnaires, ne vont pas carder leur propre laine et tisser leurs vêtements. C'est pareil pour les charpentiers et les journaliers célibataires. Tout ce beau monde a besoin de s'habiller, et la plupart peuvent payer le prix fort! Je ne veux pas laisser passer cette chance. Si je ne vois pas plus grand que mon atelier, d'autres vont s'enrichir à ma place.

– C'est un gros défi que tu te lances. Tu en es consciente?

– Oui, et je me sens prête à le relever.

– Que pense Henry de ce projet?

– Je ne lui en ai pas parlé… encore… Vous êtes les premières. Voulez-vous m'aider?

Hortense et Olive se regardèrent. La perplexité se lisait sur leur visage.

Hortense réagit la première:

– Tu peux compter sur moi.

Avant de se réjouir, Charlotte attendit la réponse d'Olive.

– Avec les enfants, dit celle-ci, je n'ai pas beaucoup de temps, mais si je peux faire ma part, aussi minime soit-elle, tu peux compter sur moi aussi.

Ne se tenant plus de joie, Charlotte se lança sur ses amies qui faillirent tomber à la renverse. Parce qu'elles étaient plus âgées qu'elle, et plus sages, leur avis lui importait. Elle ne s'attendait pas à ce qu'elles lui prêtent de l'argent, mais leur simple approbation lui donnait confiance. De les savoir à ses côtés, prêtes à l'appuyer, lui insufflait le courage nécessaire pour aller de l'avant.

– Nous allons réussir, lança-t-elle en applaudissant à leur témérité. J'en suis certaine, nous allons réussir!

Sans l'avouer, toutes les trois songeaient alors à la même chose: de quelle manière aborder la question avec leur mari respectif? John Mulvena, l'époux d'Hortense, gagnait sa vie comme journalier et était reconnu dans le village et aux alentours pour son franc-parler. Olive était mariée au cordonnier Daniel Burchard, un homme plutôt discret et conciliant, mais d'un grand pragmatisme. Les convaincre ne serait pas facile. Une première étape qui risquait de provoquer des étincelles...

2

Henry était revenu depuis déjà deux semaines de son équipée, mais Charlotte n'avait pas encore trouvé le courage de lui parler de son projet. Chaque fois qu'elle en avait eu l'intention, elle avait entendu dans sa tête les milliers d'objections que son mari ne manquerait pas de soulever. En outre, il se dévouait tellement – la milice, son travail de journalier, l'entretien de la maison, des enclos et de la bergerie – qu'il paraissait impossible à la jeune femme de disposer du temps nécessaire pour bien lui expliquer son plan.

Henry Brown se sentait très à l'aise dans le tourbillon qui s'était emparé du village depuis qu'on en avait fait le chef-lieu de la région. Il participait à cet essor avec un dynamisme qui ne se démentait pas, se mêlant aux discussions, accueillant les nouveaux arrivants avec une bonhomie contagieuse, suivant de près les chantiers qui poussaient sur les rives de la rivière Magog comme des fougères dans les sous-bois, toujours disposé à prêter main-forte. Son habileté, son goût du travail bien fait ainsi que son tempérament accommodant étaient appréciés de tous ceux qui recouraient à ses services. Henry aimait les gens, et ils le lui rendaient bien. Il adorait sa femme et ne se lassait pas de le lui dire. Il était d'une patience et d'une douceur exemplaires avec les deux garçons de Charlotte, qu'il avait tout naturellement adoptés. Son influence bénéfique les gardait dans le droit chemin. Bref, Henry respirait le bonheur, et Charlotte craignait, en dévoilant ses intentions, de jeter un nuage sur ce ciel clair.

À vrai dire, elle appréhendait davantage sa propre réaction que celle de son mari. Sentant sa détermination fragile, chancelante même à certains moments, elle redoutait les critiques, surtout si elles émanaient de l'homme qui vivait à ses côtés et dont elle espérait le soutien indéfectible. Elle repoussait donc l'instant fatidique.

*

Ce soir-là, à sa façon de monter d'un seul bond sur la galerie, Charlotte devina la mauvaise humeur de Henry. Puis il entra dans la maison sans dire bonjour aux enfants ou la saluer, et elle comprit qu'il lui en voulait, sans trop savoir pourquoi. Lui vint d'abord à l'esprit le souvenir brûlant d'Atoan, son corps contre le sien, les promesses échangées, comme si cet amour ancien pouvait encore constituer une trahison envers son mari. Elle se sentait coupable, et pourtant, depuis son mariage, elle n'avait plus revu Atoan et n'avait reçu aucune lettre de lui. En toute sincérité, avant cette pensée fugace qui venait de la traverser, elle avait cru avoir oublié le jeune Abénaquis, l'avoir rayé de sa vie. Elle l'aurait souhaité, mais l'inhabituelle maussaderie de Henry avait, contre toute attente, ramené le souvenir de son premier amour. Elle dut respirer à fond, tel un noyé qui remonte à l'air libre, pour se remettre de cette secousse.

Ébranlée, la jeune femme tenta de poursuivre la préparation du souper, mais Henry vint vers elle et la prit par les épaules pour l'obliger à se retourner.

— Pourquoi as-tu fait ça ? demanda-t-il, avec plus de chagrin dans la voix que de colère.

— De quoi parles-tu ? Qu'ai-je donc fait ?

— Pourquoi ne m'as-tu pas parlé de ton projet ? J'ai appris à l'auberge que tu voulais faire construire une carderie et je ne sais quoi d'autre. J'ai eu l'air d'un imbécile !

Charlotte se trouva soulagée. Si l'irritation de son mari tenait à si peu de choses, elle saurait le consoler et le rassurer.

— Ce n'était qu'une idée en l'air, mentit-elle. Je n'ai rien décidé. Je n'ai qu'effleuré le sujet avec Hortense et Olive. Elles devaient garder le secret. Je me demande bien laquelle n'a pas pu retenir sa langue.

— Ne cherche plus ! Le grand Mulvena avait pris un verre de trop, et il avait très envie de jaser. C'est lui qui m'en a parlé, et assez fort pour que tout le monde l'entende. Imagine ! Je ne savais pas que ma femme allait faire construire un moulin à laine ! J'ai eu tellement honte !

— Tu sais bien que je t'aurais tout raconté. J'attendais de me renseigner, de voir si ça pouvait marcher.

— Tu aurais dû me faire confiance et m'informer de ton projet avant d'en parler à qui que ce soit. Je suis ton mari et je veux te soutenir, t'accompagner dans tout ce que tu entreprends.

— Tu ne t'y serais pas opposé ? demanda Charlotte, à la fois étonnée et repentante.

— Mais pourquoi donc ? Je trouve cette idée formidable ! Tu t'y connais en laine comme personne. Si tu veux satisfaire ta clientèle, tu as besoin d'une carderie. Je suis sûr que tu saurais y faire.

Émue par la loyauté et le soutien de son mari, alors qu'elle avait craint une réaction négative de sa part, Charlotte ne put s'empêcher d'éclater en sanglots.

— Je suis désolée, bredouilla-t-elle. Tellement désolée… J'ai eu peur… Pourras-tu me pardonner?

Sans dire un mot, Henry l'attira vers lui. Les enfants les rejoignirent aussitôt, leurs menottes agrippant tantôt une jambe, tantôt un doigt. Ils voulaient participer à la réconciliation. Témoins impuissants de la discussion, ils avaient senti la tension et se trouvaient soulagés par le dénouement heureux. Le petit Tom allait bientôt avoir quatre ans. Il était le fruit d'un amour illégitime mais passionné avec Atoan. Joshua, bientôt sept ans, était né d'un premier mariage avec Patrice Hamilton, un ami d'enfance qui s'était révélé un mari violent et qui était mort dans un terrible accident.

— Après le souper, nous irons cueillir des bleuets! lança Henry.

— C'est bien trop tôt!

— Mais non! J'en ai vu une grosse talle dans le petit bois d'abattis.

La tempête s'éloignait; le repas se transformait soudain en festin.

*

Le lendemain matin, un coup de canon réveilla le village et les alentours.

— Qu'est-ce qui se passe? demanda Charlotte, les yeux bouffis de sommeil.

Henry mit quelques secondes avant de répondre, le temps de reprendre ses esprits.

— On souligne l'anniversaire de Sa Majesté George IV. Hier, près de la prison, j'ai vu Carey Hyndman redresser le grand mât qui était tombé la semaine dernière. C'était sans doute pour y hisser le drapeau, ce matin.

— Le canon a de l'âge, mais le son porte loin. Le roi va peut-être l'entendre de Londres! se moqua Charlotte.

La salve avait été tirée à partir de Flagstaff Hill, une colline rocheuse longée par le chemin Belvidere et qui dominait le quartier Ascot, du côté sud de la rivière Magog. Le palais de justice avait lui aussi été érigé sur cette élévation naturelle.

— J'ai entendu dire que monsieur Hibbard avait organisé un banquet pour souligner cet anniversaire.

— Une chose est sûre: tu n'y seras pas invité et moi non plus!

— Tu serais pourtant la plus belle de la soirée, murmura Henry à l'oreille de sa femme.

Flattée, elle le repoussa avec douceur après avoir déposé un baiser sur son front. Il en aurait voulu davantage, mais Mary Hyndman serait là dans moins d'une heure, et il y avait beaucoup à faire avant son arrivée. En outre, une idée germait depuis la veille dans la tête de Charlotte, une idée qui tournait à l'obsession.

*

En début d'après-midi, la jeune femme décida de passer à l'action. Hortense, qui venait l'aider le plus souvent possible, terminait de teindre un ballot de laine et en avait plein les bras. Charlotte confia donc les enfants à Mary, puis elle se rendit au village.

Comme elle s'y attendait, les rues grouillaient de monde, de voitures, de chevaux. Le banquet promis avait attiré tous les notables de Sherbrooke et des environs, et chacun voulait s'assurer d'une place à l'auberge de monsieur Hibbard. À l'évidence, plusieurs ne pourraient participer à l'événement, faute d'espace. La salle à manger de l'établissement pouvait contenir tout au plus une trentaine de personnes.

Après s'être faufilée entre les cavaliers, la diligence et plusieurs petits groupes agglutinés devant les différents commerces, Charlotte tomba enfin sur l'homme qu'elle cherchait. Elle avait vu juste: monsieur Atwood n'aurait pas voulu manquer ces festivités. Il était venu exprès de Magog, où il dirigeait, avec ses associés, une carderie qu'il venait tout juste de transformer en fabrique d'étoffes de laine. Charlotte avait plusieurs questions à lui poser.

Elle réussit à l'accoster alors qu'il pénétrait dans l'auberge, accompagné du révérend Lefebvre.

— Puis-je vous parler un instant? demanda-t-elle.

L'homme d'affaires, d'une élégance incontestable, reconnut la jeune femme qu'il avait déjà rencontrée. Il sembla cependant contrarié.

— Que puis-je pour vous, madame Brown?

— J'aimerais avoir quelques renseignements au sujet de vos cardeuses. Ce ne sera pas très long.

– Je suis un peu pressé. On m'attend à l'intérieur. Vous pouvez cependant aller voir mon fils. Il vous donnera toutes les informations nécessaires.

– Où pourrais-je le trouver?

– Essayez chez les frères King.

Sans attendre les remerciements de son interlocutrice, monsieur Atwood s'engouffra dans la salle d'où émanaient déjà un bourdonnement de voix masculines et une odeur de tabac et d'alcool. La porte étant restée entrouverte, Charlotte entendit quelqu'un proposer un toast en l'honneur du gouverneur général. Ce ne serait certes pas le dernier.

Laissant derrière elle le brouhaha de la fête, la jeune femme se hâta vers l'auberge voisine, où les habits de cérémonie et les coupes de vin cédèrent la place aux vêtements de travailleurs et aux grands verres de bière, dans une atmosphère moins guindée, et surtout moins protocolaire.

Après s'être renseignée, Charlotte trouva facilement le fils Atwood. Il ressemblait tellement à son père qu'elle l'aurait reconnu entre tous. Un peu intimidée, car la table où il prenait place était occupée par des hommes dans la vingtaine qui ne se privaient pas de la dévisager, Charlotte l'aborda en rougissant. Intrigué, le jeune Atwood accepta de quitter ses compagnons, non sans leur avoir adressé un clin d'œil égrillard, plein de sous-entendus.

– J'aimerais avoir certaines informations au sujet de votre machinerie, commença Charlotte, sans donner plus de précisions.

Elle venait de se rendre compte de son étourderie. Les Atwood étaient sans doute les dernières personnes à qui faire part de ses intentions d'établir une carderie à Sherbrooke. Ils la verraient aussitôt comme un compétiteur et ne tarderaient pas à lui mettre des bâtons dans les roues. Son enthousiasme l'avait mal conseillée. Il lui fallait rattraper sa bourde. D'abord, elle pensa inventer une histoire au sujet d'un parent habitant aux environs de Montréal et qui aurait l'intention de faire construire une carderie. Puis, alors qu'elle allait se lancer dans cette affabulation, elle choisit de dire la simple vérité. De toute façon, son ambition serait très vite connue dans le canton.

– Notre machinerie? s'étonna le jeune homme.

– Oui, reprit Charlotte, je projette de faire construire une carderie à Sherbrooke et j'ai pensé que vous pourriez peut-être me renseigner sur les machines dont j'aurais besoin.

La perplexité du fils Atwood se mua sur-le-champ en raillerie. Incapable de cacher son amusement, il décida cependant de jouer le jeu. À l'évidence, l'idée d'entrer en concurrence avec cette jeune femme gracile aux cheveux blancs et aux yeux d'une pâleur étonnante ne lui effleura guère l'esprit. L'entreprise de son père n'avait rien à craindre de ce côté-là. Toutefois, la situation le distrayait et il ne détestait pas être vu en compagnie d'une personne aussi singulière. Il se lança donc dans une description détaillée de la machinerie que son père venait d'acquérir et qui faisait de leur fabrique la première du genre au Bas-Canada. Cardeuses, machines à filer, métiers à tisser, appareils pour teindre l'étoffe... Sa longue et savante énumération effraya son interlocutrice. Elle en avait le souffle coupé. Réussissant à cacher ses appréhensions maintenant quintuplées, Charlotte posa une question qui risquait fort d'augmenter son malaise.

— Où vous êtes-vous procuré cet appareillage?

— Nous avons tout fait venir du New Hampshire. Le fabricant est venu lui-même en faire l'installation.

Charlotte aurait voulu parler des coûts, mais elle n'osa pas. De toute façon, le jeune homme s'excusa. Il devait la laisser, car ses amis lui faisaient de grands signes. Ils commençaient une partie de cartes et n'attendaient plus que lui.

Quand Charlotte quitta l'auberge, elle se sentait plus lourde. Son rêve devenait soudain un immense fardeau, trop pesant pour ses frêles épaules. Qu'elle avait été naïve de croire qu'elle trouverait l'argent nécessaire! Dans son enthousiasme, elle avait négligé l'aspect le plus important.

Elle transporta sa déception jusqu'à la maison, où les enfants, Mary et Hortense comprirent très vite qu'il valait mieux la laisser tranquille.

3

— Tu pourrais emprunter le montant nécessaire.

— À qui ? Je ne me fie ni à Goodhue ni à Felton. Et je ne connais personne d'autre. Qui accepterait de prêter une telle somme à une femme ?

— Je pourrais l'emprunter pour toi. Je suis apprécié dans le canton et les gens me font confiance. Je pense que ce ne sera pas trop difficile.

Charlotte fut submergée par l'émotion. Alors qu'elle avait tant hésité à lui faire part de son projet, craignant sa désapprobation, voilà que son mari lui offrait maintenant de s'endetter pour lui permettre de réaliser son rêve. Elle lui était redevable de tant de bienveillance et de complicité. D'emblée, il s'était investi dans tout ce qui concernait la bergerie. Il avait même bâti de ses mains un atelier contigu à la maison, où elle disposait de l'espace nécessaire pour travailler la laine. Encore une fois, elle éprouva un fort sentiment de culpabilité qui l'empêcha d'aller vers Henry et de lui exprimer sa reconnaissance.

— Ce serait insensé, dit-elle. Je refuse de te voir prendre de tels risques. Tu pourrais te retrouver en prison si ça ne fonctionnait pas. Je n'accepterai jamais que tu te mettes en péril de cette façon. J'ai vu assez de fermiers perdre leur terre et leur maison parce qu'ils n'arrivaient pas à rembourser Goodhue, Felton ou quelque autre prêteur. Je ne tomberai jamais dans ce piège.

Henry aurait voulu argumenter, défendre son point de vue, l'assurer de son soutien, mais la jeune femme préféra mettre fin à la conversation. Elle enfila un châle et sortit. L'air embrumé exhalait une tiédeur automnale, et elle ne put s'empêcher de frissonner. Depuis sa rencontre avec le fils Atwood, elle avait jonglé avec toutes les possibilités, mais son projet semblait voué à l'échec. Plus elle y pensait et plus les obstacles paraissaient s'accumuler. Soudain très lasse, elle se dirigea à pas pesants vers la bergerie. Le bâtiment était vide, car les bêtes pacageaient encore à l'extérieur. Elle s'assit donc par terre, sur une vieille couverture qui avait servi à envelopper les agneaux et qui avait gardé cette odeur de petit lait qui émanait d'eux à leur naissance. Les paupières lourdes, elle ne put résister et ferma les yeux. Elle savait qu'elle ne dormirait pas. Au contraire, ce moment de recueillement la replongea dans le passé. Sa grand-mère lui manquait. Elle aurait tant aimé l'avoir auprès d'elle, entendre sa voix lui prodiguer des conseils. Perdue dans ses souvenirs, elle ressentit tout à coup un serrement à la poitrine qui la fit se redresser. Elle reconnut aussitôt cette émotion, qui ne l'avait plus étreinte depuis longtemps. Atoan se trouvait tout près, elle en était certaine.

Sans réfléchir, le souffle court, elle se précipita à l'extérieur. Une pluie fine créait une atmosphère d'intimité. Charlotte examina les alentours, scrutant chaque arbre, imaginant les yeux noirs et le sourire un peu triste d'Atoan. Pourquoi jouait-il ainsi à cache-cache? Pendant quelques secondes, elle oublia qu'elle était mariée et avait renoncé à Atoan depuis très longtemps. D'ailleurs, le jeune Abénaquis ne lui avait pas rendu visite depuis une éternité. Il l'avait sans doute remplacée par une autre. Alors, d'où pouvait donc lui venir cet embrasement?

Elle essayait de reprendre ses esprits lorsqu'une silhouette apparut au bout du chemin.

Charlotte crut reconnaître Atoan, mais elle réalisa rapidement qu'il s'agissait plutôt de Mary. La jeune fille avait relevé son capuchon et le tenait à deux mains. Elle se hâtait, esquissant parfois un pas de course tout en regardant où elle mettait les pieds. Lorsqu'elle aperçut sa patronne, elle voulut la saluer de la main et relâcha sa vigilance. Elle trébucha alors sur une pierre et s'affala de tout son long dans une flaque d'eau.

Charlotte accourut auprès d'elle.

– Tu es blessée?

Mary se releva en s'ébrouant. Elle était trempée de la tête aux pieds. L'eau dégoulinait de sa pèlerine jusque sur ses bottines qui avaient l'air de deux chaloupes naufragées.

– Je... je pense que ça va, dit-elle en se frottant le genou droit.

– Tu as mal?

– Non... enfin un peu...

Charlotte la soutint jusqu'à la maison, où Henry et les enfants les accueillirent en écarquillant les yeux.

Une fois la jeune Mary séchée et proprement habillée avec des vêtements de Charlotte, tous purent enfin rire un bon coup. L'incident était clos. Il n'y avait pas de mal.

Atoan était oublié. La journée pouvait reprendre son cours.

*

Ce soir-là, un seul sujet monopolisa les conversations, aussi bien à la forge qu'au magasin général ou dans les auberges. William Felton, ancien officier de marine, sans doute le personnage le plus riche et le plus influent de la région, partait le lendemain pour Londres. Il était resté vague sur ses intentions, mais tout le monde savait qu'il souhaitait fonder une compagnie foncière. Son but était d'exploiter les terres de la couronne, surtout celles des townships, en encourageant la venue d'immigrants britanniques. Il profiterait donc de ce voyage en Grande-Bretagne pour expliquer sa vision des choses aux plus hautes instances et peut-être intéresser des négociants influents à son projet.

En général, les Sherbrookois ne savaient trop que penser de cette démarche. Ceux qui espéraient tirer avantage de l'essor de la région ne mettaient en doute ni la bonne volonté de l'officier ni la nécessité d'attirer de nouveaux colons. Les autres, plus suspicieux, craignaient l'avidité des spéculateurs comme Felton, et une croissance précipitée ne leur disait rien de bon.

Carey Hyndman, le père de Mary, partageait ce point de vue.

Ce soir encore, il était venu prendre sa fille chez Charlotte. Très protecteur, il n'aimait pas qu'elle rentre seule à la tombée de la nuit.

— Ces belles promesses ne concernent que les riches qui risquent encore de s'enrichir au détriment des plus pauvres, déclara-t-il après que le sujet de l'hypothétique compagnie foncière eut été abordé par John Mulvena qui, lui, était venu chercher sa femme Hortense en cette fin de journée.

Réformiste notoire, Carey Hyndman, crieur public et gardien de prison, habitait avec sa famille dans un vieux logement du palais de justice. Ses deux emplois, mal rémunérés, ne suffisaient pas à le faire vivre décemment. À plusieurs reprises, il avait tenté d'obtenir une concession de terre, mais ses demandes avaient toujours été rejetées. Il avait quitté l'Irlande pour échapper à la misère, mais celle-ci l'avait vite rattrapé. À vrai dire, ses idées révolutionnaires, qu'il clamait haut et fort, le privaient d'emblée du soutien des autorités. Il était bien connu, notamment, que William Felton et le crieur public ne sympathisaient guère. Leurs points de vue, à jamais irréconciliables, les opposaient sans cesse, et le pauvre Irlandais ne faisait pas le poids face au puissant spéculateur. Sa femme ne cessait de le mettre en garde contre sa propre impudence, mais rien n'aurait pu faire taire Carey Hyndman. Il dénoncerait toujours ce qu'il estimait injuste.

John Mulvena penchait du côté du crieur public, mais en observant une certaine réserve.

— On a besoin d'attirer des immigrants si on veut prospérer, plaida-t-il. Les terres à défricher ne manquent pas. Il faut faire venir du monde et les aider à s'établir.

— Il faut surtout tracer des routes et ouvrir des écoles, rétorqua l'Irlandais. Les plus riches doivent investir en cessant de toujours penser à ce que ça leur rapportera.

Les townships doivent bien compter mille habitants, mais combien mangent à leur faim? De nouveaux pauvres, même s'ils viennent des vieux pays, n'aideront pas à développer la région.

Sa mauvaise foi trahissait son amertume et sa déception.

— Tu rêves, mon ami! se moqua Henry qui les écoutait depuis un moment sans se mêler à la conversation. Tu te berces d'illusions. Demander à un spéculateur de ne pas spéculer, c'est comme demander à un fermier de ne pas cultiver sa terre. Ils ont ça dans le sang!

Connaissant trop bien son père, la jeune Mary craignit de le voir s'enflammer. Il lui arrivait très souvent de dépasser les bornes et de mettre dans l'embarras même ceux qui partageaient ses idées.

— Il faudrait rentrer, dit-elle. J'ai promis à maman de l'aider à finir la courtepointe.

Le crieur aurait aimé poursuivre cet échange, mais il comprit que sa fille prenait le relais de sa mère et le mettait en garde contre ses propres emportements.

— D'accord, concéda-t-il. Une dernière gorgée de rhum et on y va.

— Je vais t'attendre dehors, dit Mary en espérant l'empêcher ainsi de s'attarder.

Charlotte et Hortense accompagnèrent leur jeune collègue à l'extérieur. Il faisait bon au grand air après l'atmosphère emboucanée de la maison. Les trois femmes respirèrent à fond en resserrant leur châle sur leur poitrine, mais la brise leur apporta bientôt de nouveaux effluves.

— Je sens une odeur de fumée, remarqua Mary en plissant le nez.

— Ça vient peut-être du campement des Indiens, suggéra Hortense.

Charlotte tressaillit en se remémorant son étrange intuition de la matinée. Si elle avait flairé avec autant d'acuité la présence d'Atoan, c'était sans doute parce que le jeune homme se trouvait aux alentours.

— Les Abénaquis sont déjà là? demanda-t-elle sur un ton faussement détaché.

— C'est vrai que c'est tôt, mais ils sont bien arrivés, l'assura Hortense. Je les ai vus ce matin, en allant au moulin.

— Moi aussi, renchérit Mary. J'ai oublié de vous en parler à cause de ma chute, mais l'un d'eux est venu tout près de la maison. Je venais de le rencontrer quand je suis tombée.

«Atoan…, pensa Charlotte. Je n'ai pas rêvé…» Le jeune Abénaquis aurait dû se trouver en Nouvelle-Angleterre, où il enseignait. C'était du moins ce qu'elle croyait. Mais alors, comment expliquer cet émoi qui l'avait secouée quelques heures plus tôt? Seule la présence d'Atoan pouvait la remuer ainsi. Elle eut soudain une envie irrépressible de se blottir dans ses bras, de cacher son visage dans son cou et de humer son odeur de forêt et de rivière.

— Tu te sens bien? demanda Hortense. On dirait que tu ne tiens plus sur tes jambes. Tu devrais rentrer et t'asseoir.

Charlotte sourit pour donner le change.

— Ces grandes discussions de tout à l'heure m'ont fatiguée, dit-elle. Les hommes s'emportent pour si peu.

Il lui était impossible de révéler le fond de sa pensée. Avec qui aurait-elle pu partager le doute et la confusion qui l'habitaient? Elle savait bien que son histoire avec

Atoan était terminée. Elle avait choisi Henry parce que son amour infini pour le jeune Abénaquis n'aurait pu échapper à la malédiction qui pesait sur elle depuis sa naissance. Les êtres qu'elle aimait mouraient tous les uns après les autres : sa mère, en la mettant au monde, son père et son ami Gilbert, lors d'une excursion de pêche, sa grand-mère puis Agnes, celle qui l'avait recueillie. Sans le souhaiter, elle jetait également un sort à ceux qui tentaient de lui faire du mal. Patrice, son premier mari, avait été une de ses victimes. Elle avait donc renoncé à Atoan pour ne pas tenter le mauvais œil. Elle ne devait plus penser à lui comme à un amant, ni comme au père de son fils, ni même comme à un ami. Le jeune Abénaquis n'existait plus. Incapable de tant d'abnégation, maintenant qu'elle avait retrouvé la trace de leur passé singulier, elle ne put réprimer une larme. Par chance, les trois hommes sortirent à cet instant de la maison, et ses amies ne virent pas son trouble.

Après un dernier échange, les visiteurs reprirent la route et Henry prit sa femme par la taille pour l'entraîner à l'intérieur. L'odeur de tabac et d'alcool les saisit à la gorge. Charlotte toussa et ses yeux se mirent à larmoyer.

— Je vais aérer, dit Henry. Va dans la chambre et ferme la porte, tu respireras mieux. Dès que j'aurai débarrassé la cuisine de toute cette fumée, je te rejoindrai.

Charlotte enfila sa robe de nuit et se glissa sous la couverture, l'âme chavirée. Elle dormait lorsque son mari vint se blottir contre elle. Il effleura sa joue et sourit, avant de s'endormir à son tour.

*

Quelques jours plus tard, Charlotte profita d'un moment où elle se retrouvait seule avec Mary pour satisfaire sa curiosité. Hortense était partie plus tôt, car elle avait un rendez-vous avec le docteur Martin. Depuis un bon bout de temps, la femme de Mulvena ressentait des douleurs parfois violentes dans le ventre. Inquiet, son mari lui avait ordonné de consulter le médecin, même si elle avait tenté de le convaincre que ce n'était pas nécessaire. Quant à Henry, il était chez le forgeron avec les enfants, qui adoraient l'accompagner et l'assister dans ses travaux.

Ne sachant trop comment aborder le sujet qui la taraudait, Charlotte décida d'aller droit au but.

— Tu te souviens de cet Abénaquis que tu as rencontré, la semaine passée? demanda-t-elle sans quitter son ouvrage des yeux. De quoi t'a-t-il parlé?

— Il voulait savoir si tu étais à la maison. J'ai été surprise. Alors je lui ai demandé s'il te connaissait. Je me méfiais, tu comprends.

— Et qu'a-t-il répondu? Il a dit son nom?

— Non, seulement qu'il te connaissait et qu'il avait bien connu ta grand-mère. Je lui ai demandé s'il était un ami de ton mari et il a eu l'air surpris.

— Il n'a pas laissé de message? Pour moi... ou pour Henry?

— Non, mais il s'est informé des enfants. J'ai compris qu'il était vraiment un ami quand il les a nommés. Je l'ai invité à m'accompagner jusqu'ici, mais il a dit qu'il n'avait pas le temps. Il semblait troublé.

Charlotte ne poussa pas plus loin son enquête. Atoan avait voulu la voir ; cela ne faisait plus aucun doute. Il avait rebroussé chemin en apprenant qu'elle était mariée. La jeune femme imaginait sa déception. Elle ne lui avait pas écrit pour lui annoncer son mariage, préférant couper les ponts pour ne pas trahir Henry. Or elle le regrettait. Leur histoire d'amour aurait mérité mieux. Comment avait-elle pu espérer s'en tirer indemne ? Et comment avait-elle pu faire abstraction des désirs légitimes de son fils cadet qui, un jour, exigerait de connaître son père ? Les origines abénaquises du garçonnet se révélaient de plus en plus. Il avait hérité des traits qui distinguent le peuple du soleil levant : les cheveux d'ébène, les yeux légèrement en amande, aussi sombres qu'une nuit sans lune et ombragés de longs cils, le teint cuivré. De plus, il tenait de ses ancêtres un esprit aventurier qui le poussait à relever sans cesse des défis, en même temps qu'un goût pour la simplicité. Il détestait se compliquer la vie. Tout le monde au village soupçonnait qu'il avait du sang indien, mais personne n'en parlait jamais. Même Henry n'avait pas cru bon d'aborder le sujet, et Charlotte lui en savait gré.

— Tu sais si les Abénaquis sont repartis ? demanda la jeune femme à son employée.

— Je ne crois pas. J'ai vu la fumée du campement ce matin, en traversant le pont. Charlotte se remit au travail avec un nouvel entrain. Elle avait pris une décision et ne voulait en discuter avec personne, surtout pas avec elle-même.

*

Ce soir-là, elle demanda à Henry de garder les enfants en lui expliquant qu'elle devait aider Hortense et Olive à terminer une courtepointe.

— Prends la jument, lui recommanda son mari. Je ne veux pas que tu rentres à pied à la noirceur.

— Très bien, dit-elle, ne voulant pas le contredire et encore moins lui mettre la puce à l'oreille.

En fait, elle projetait plutôt de se rendre au campement abénaquis pour retrouver Atoan et avoir avec lui la conversation qu'ils auraient dû avoir depuis très longtemps. Un grand sentiment de culpabilité lui étreignait la poitrine, mais son désir de revoir le jeune homme et de savoir ce qu'elle représentait encore pour lui était trop puissant pour qu'elle y renonce. Leur extraordinaire aventure n'aurait jamais de fin, puisque Tom et ses descendants la perpétueraient pendant des siècles. Cette projection dans l'avenir aurait pu la satisfaire. Ce n'était pas le cas. Il lui fallait clore ce chapitre de sa vie, sinon elle ne serait jamais libre de son destin. Un jour, elle révélerait son secret à Henry. Il comprendrait.

En apercevant les tentes des Abénaquis, la jeune femme eut beaucoup de mal à contenir ses appréhensions. Peut-être Atoan refuserait-il de la voir. Il lui en voulait sans doute de ne pas l'avoir attendu, malgré son silence. Elle avait perdu la foi en eux et renoncé à leur histoire. Voudrait-il la punir de cette trahison ?

Elle l'aperçut la première. Il enseignait aux enfants qui faisaient cercle autour de lui, et tournait le dos au sentier. Ses cheveux, autrefois si longs, lui couvraient à peine la nuque. Il avait maigri mais avait gagné en prestance. Son attitude généreuse et attentionnée y était pour beaucoup.

Sans bouger, il attirait les enfants dans son univers et ils semblaient prêts à l'écouter pendant des heures. «Il n'a plus besoin de mon amour, se dit Charlotte, il a trouvé plus grand.» Elle eut soudain envie de rebrousser chemin, mais les autres l'avaient aperçue et certains l'avaient reconnue. L'une des femmes signala sa présence à Atoan, qui se retourna.

Charlotte ne le vit pas s'excuser auprès des enfants, ni déplier son corps svelte, ni s'avancer vers elle. Troublée, elle n'entrevit qu'une ombre qui venait dans sa direction, et risquait de s'évanouir à tout moment en emportant une partie de sa vie.

Atoan l'attira vers lui. Blottie contre sa poitrine, la jeune femme reprit enfin contact avec la réalité. Cernée d'effluves familiers, elle resta un instant sans bouger, puis elle se libéra de cette étreinte, trop tendre pour ne pas représenter un danger.

— Tu es venu chez moi? demanda-t-elle d'une voix si triste que personne n'aurait su dire s'il s'agissait d'une plainte, d'un reproche ou d'un appel au secours.

— Je n'aurais pas dû, s'excusa Atoan. Je ne savais pas que tu étais mariée.

— Pardonne-moi, supplia la jeune femme. Je n'ai pas pu...

Charlotte ne savait pas quelle explication donner, quelles raisons invoquer. Excuses, prétextes, tout lui paraissait superflu. Maintenant qu'elle avait revu Atoan, tout ce qu'elle croyait avoir effacé resurgissait avec une violence inouïe. Elle souffrait de partout.

Le jeune Abénaquis lui prit la main pour la rassurer.

– Je t'aimerai toujours, quoi qu'il arrive. Tu es ma femme et aucune malédiction, qu'elle vienne des hommes ou des dieux, ne pourra rien y changer. Je comprends ce que tu as dû vivre. Tu ne pouvais pas rester seule et je ne pouvais pas être à tes côtés. Jamais, de toute ma vie, je n'aurai à te pardonner quoi que ce soit.

Soulagée, mais tristement nostalgique du temps qui leur avait été volé, Charlotte le remercia d'un battement de paupières. Puis, la main dans la main, ils se dirigèrent en silence vers la rivière, qu'ils suivirent sur une courte distance. Toute discussion leur paraissait futile. Le passé demeurerait inchangé, et ils devaient vivre avec leurs regrets et leurs remords, leurs craintes et leurs espoirs. Après quelques minutes de marche, ils s'installèrent sur la grosse roche où ils avaient l'habitude de s'arrêter autrefois. Ils restèrent ainsi un long moment, dans les bras l'un de l'autre, à regarder le courant.

Puis ils parlèrent de Tom.

– Quand il sera plus grand, je lui parlerai de son père, promit Charlotte.

– Quand il sera un homme, dit Atoan, je lui parlerai de ses ancêtres.

Ils n'en dirent pas davantage et se quittèrent sans un baiser, sans une promesse, mais sans se quitter vraiment, puisque cela leur était impossible. Ils ne se reverraient sans doute jamais, ils en étaient bien conscients, mais la vie et le quotidien, même en les séparant, ne réussiraient pas à les désunir.

4

Février 1826

Toute la famille se préparait à partir. Il ne restait plus qu'à habiller les enfants et à atteler la belle Shadow. C'était jour de procès, et personne ne voulait manquer ce divertissement gratuit qui couperait l'hiver en deux et alimenterait les conversations jusqu'au printemps. De plus, Henry connaissait bien un des accusés, Ira Alger. Ils avaient travaillé ensemble à la construction de la future prison jusqu'à ce qu'Ira se blesse gravement au pied et ne puisse plus revenir sur le chantier. Depuis, il peinait à nourrir sa famille. Le découragement l'avait poussé à commettre un délit, et voilà qu'il croupissait dans la cave du palais de justice en attendant son procès. Henry rageait de le savoir détenu dans un de ces cachots de fortune réputés glacials et insalubres.

— S'il reste là encore quelque temps, il va tomber malade, dit-il à Charlotte en enfilant son manteau. Le père de Mary me disait que l'humidité et le froid y sont insupportables. Ira n'a pas une grosse constitution. Il va y laisser sa santé.

— Ne t'inquiète pas trop, le rassura Charlotte. Le juge Fletcher devrait l'acquitter. On ne condamne pas quelqu'un à la prison parce qu'il a trait une vache qui ne lui appartenait pas. Ce serait ridicule.

— Je suis moins optimiste que toi. Cet imbécile de Craggy n'en démord pas. À l'entendre, Ira lui aurait volé six pintes de lait – six pintes ! – et ce serait un crime impardonnable. Il ne va pas lâcher sa proie aussi facilement.

Charlotte soupira. Le pauvre Ira, sans travail et désespéré, avait seulement voulu nourrir ses enfants. Quand la misère vous colle aux semelles, la raison s'enfuit. Il aurait dû demander de l'aide, mais il n'avait pas osé, ou bien sa fierté l'en avait empêché.

— Quelle que soit l'issue du procès, dit Charlotte, j'irai leur porter quelques écheveaux de laine. Sa femme pourra toujours tricoter des vêtements chauds pour les enfants.

— Je vais aussi faire ma part, renchérit Henry. Leur maison est en mauvais état. J'essaierai de la retaper.

— Tu trouveras sûrement des gens pour t'aider.

Réconfortés par ces bonnes résolutions et leur volonté d'agir plutôt que de rester passifs et impuissants, Charlotte et Henry s'apprêtaient donc à sortir, suivis des enfants et de Mary, lorsqu'ils entendirent craquer les marches de la galerie.

En ouvrant la porte, ils se trouvèrent face à face avec le révérend Lefebvre. Il leur rendait visite pour la troisième fois en autant de semaines.

— Je passais tout près, expliqua celui-ci comme à son accoutumée. Je ne vous dérange pas, j'espère.

Charlotte le fit entrer en levant les yeux au ciel dans son dos. La cour assidue du pasteur auprès de Mary manquait de subtilité. Le pauvre homme était la risée de tous, et surtout de la principale intéressée, que ses avances ne séduisaient pas du tout.

— Entrez donc, dit Charlotte, résignée, en s'empressant toutefois d'ajouter : Allez jouer dehors, les enfants, ça ne sera pas long.

Le message était clair, mais Clément Lefebvre fit mine de n'avoir rien entendu. Cet homme d'Église, de confession anglicane, se démarquait de ses confrères. Il ne cherchait jamais à endoctriner ses fidèles à tout prix. Au contraire, il les encourageait à trouver leur propre vérité et prônait une liberté de conscience qu'il était le premier à pratiquer. Plusieurs s'offusquaient de ses manières et de ses prêches qui remettaient parfois en question l'ordre et la doctrine établis. Un petit groupe avait osé se plaindre, mais sans résultat, et la vie dans les cantons était trop exigeante pour que quiconque gaspille un temps précieux à protester contre son pasteur.

— Je prendrais bien un peu de thé, proposa celui-ci, au grand dam de Charlotte qui aurait préféré s'en débarrasser au plus vite.

Les adultes enlevèrent donc manteaux et mitaines en tentant de se faire une raison. Après une dizaine de minutes, toutefois, parce que le révérend semblait vouloir s'incruster, Henry prit le taureau par les cornes et le mit poliment à la porte.

— Excusez-nous, mais nous devons nous rendre au village. Voulez-vous faire route avec nous ?

Contrarié, le visiteur essaya de trouver une échappatoire.

— Je vous laisse partir devant, dit-il, car j'ai encore besoin de me réchauffer. Mary pourrait me tenir compagnie. Seulement quelques minutes...

– Je ne peux pas ! s'écria la jeune fille, terrorisée à l'idée de se retrouver seule avec son soupirant.

À bout de patience, Charlotte trancha la question :

– Mary vient avec nous comme prévu, déclara-t-elle. Si vous voulez rester, vous êtes le bienvenu. Vous n'aurez qu'à bien refermer la porte en partant.

La mine basse, le révérend se leva et enfila son manteau. Ils quittèrent la maison tous en même temps et récupérèrent les enfants, trop heureux de partir enfin. Charlotte jeta un œil à son mari, très brièvement. Si leurs regards s'étaient croisés, ils n'auraient pu résister au fou rire qui les guettait.

*

Tous les habitants des townships semblaient s'être donné rendez-vous à Sherbrooke. Mary et Charlotte tenaient chacune un enfant par la main pour les protéger des patins des voitures et des sabots des chevaux. Henry, quant à lui, n'en finissait plus de saluer à gauche et à droite. Son travail de journalier agricole et de charpentier l'avait mis en contact avec plusieurs cultivateurs de la région, ainsi qu'avec quelques fonctionnaires et commerçants. Il connaissait tout le monde et tout le monde l'appréciait. Plus réservée, Charlotte lui enviait parfois sa facilité à créer des liens.

Après avoir fait un détour pour laisser les enfants à Hortense et prendre le grand Mulvena qui n'aurait manqué une session de la paix pour rien au monde, tous montèrent la colline menant au palais de justice, déjà plein à craquer. Les procès attiraient toujours des foules excitées et bigarrées. S'étirant souvent sur plusieurs jours, ces séances publiques prenaient des apparences de festivités au cœur de l'hiver. De nombreux cultivateurs profitaient de ces journées pour venir à Sherbrooke et effectuer des achats ou conclure des ententes. Ils s'octroyaient du même coup un moment de distraction avant l'arrivée du printemps. Les gens venaient d'un peu partout, de Lennoxville, bien sûr, et d'aussi loin que Compton ou Stanstead.

Henry venait d'apercevoir Silas Dickerson, le propriétaire et rédacteur du *British Colonist*. Cet hebdomadaire, imprimé à Stanstead et publié depuis quelques années déjà, ouvrait très souvent ses pages à des collaborateurs de Sherbrooke et d'ailleurs. Se réfugiant derrière un pseudonyme, ces correspondants, aussi revendicateurs que Dickerson, attaquaient sans vergogne les têtes dirigeantes de la région. Leurs prises de position tranchées et dénonciatrices ne plaisaient guère au pouvoir en place.

Le père de Mary rejoignait justement le journaliste, et les deux hommes se serrèrent la main avec enthousiasme. D'allégeance réformiste tous les deux, ils s'entendaient comme larrons en foire. Cette session d'hiver les excitait, car elle leur fournissait une occasion d'afficher leur mécontentement. Ils avaient plusieurs causes à défendre et ne se gêneraient pas pour réclamer justice haut et fort. Peut-être trop haut et trop fort, craignit Mary en voyant son père si fébrile. Le crieur public possédait le don indéniable de s'attirer des ennuis. De plus en plus inquiète de voir son mari dépasser les bornes, surtout en de telles circonstances, madame Hyndman avait encore chargé sa fille de le surveiller et de calmer ses ardeurs.

Celle-ci ne put toutefois pas s'approcher de son père, car le greffier annonça d'une voix de stentor l'ouverture de la session. Mary s'empressa donc de s'asseoir avant qu'il ne reste plus de chaises disponibles. Elle n'était pas sitôt installée que l'élégant et pétillant Rufus Miner, l'instituteur joueur d'harmonica, se plaçait à ses côtés, non sans avoir bousculé quelques personnes qui convoitaient le même siège que lui. Le jeune homme, plus discret que son rival pasteur, courtisait lui aussi la fille du crieur public. Réceptive à son charme, et flattée, celle-ci ne refusait jamais une occasion de se trouver en sa compagnie. Rufus lui sourit et elle frissonna d'excitation. Quelques secondes plus tard, leurs mains se frôlèrent.

Puis le juge Fletcher fit son entrée et le jeune homme ne put poursuivre sa tentative de séduction.

Le magistrat prit place devant l'assemblée. À l'aube de la soixantaine, cet homme d'une grande culture, fils et petit-fils de pasteurs, en imposait par son maintien sévère et par ses connaissances scientifiques. Toutefois, depuis sa nomination à Sherbrooke, sa réputation d'intégrité s'était souvent trouvée entachée, à cause de quelques jugements arbitraires. Sous le couvert de l'anonymat, certains des collaborateurs du *British Colonist* l'avaient même traité de tyran. Malgré tout, l'assistance se plia de bonne grâce au décorum requis par sa fonction. Personne, pour l'instant, n'aurait eu l'audace de nuire au bon déroulement du procès.

Quand vint le tour d'Ira Alger, il faisait très chaud dans la salle bondée. Assis sur des chaises inconfortables, les gens remuaient les fesses en cherchant la meilleure position possible. Personne ne songeait pourtant à sortir.

Surtout pas Henry Brown. Le sort de son ami lui tenait à cœur, et il avait l'impression que le verdict avait plus de chance d'être favorable à l'accusé s'il restait près de lui et le soutenait dans son infortune. D'ailleurs, Ira Alger cherchait des appuis dans la salle. Ne se posant jamais nulle part, son regard errait ici et là, en quête d'une complicité, même furtive. Sa femme n'avait pas pu venir, mais son jeune fils de douze ans était présent. Il fixait son père, craignant de ne plus jamais le revoir s'il relâchait sa surveillance, ne fut-ce qu'une seconde.

Il fallut très peu de temps au juge Fletcher pour décider du sort de l'accusé. Le verdict tomba dans une salle silencieuse, mais, aussitôt prononcée, la sentence provoqua un long murmure indigné. Jugé coupable d'avoir trait la vache de son voisin pour lui voler du lait, Ira Alger écopait de trois mois de prison. Trois longs mois pendant lesquels sa famille risquait de mourir de faim si personne ne lui venait en aide.

— C'est révoltant! s'écria Silas Dickerson, bafouant ainsi les règles élémentaires de l'appareil judiciaire.

Son audacieuse intervention subjugua l'assistance qui, d'un seul élan, se tourna vers lui, attendant la suite. Choqué, le juge Fletcher donna un violent coup de maillet sur son pupitre.

— Silence! cria le magistrat en s'adressant au journaliste dont il connaissait et redoutait la véhémence. Un mot de plus et je vous accuse d'outrage au tribunal.

Cette menace ne calma en rien l'exaspération de Dickerson. Face à un verdict aussi injuste, il ne pouvait plus se contrôler.

– Vous ne pouvez pas condamner cet homme, reprit-il. Un juge avec un minimum de compassion devrait prendre en compte les nombreuses circonstances atténuantes.

– Il a raison! renchérit Carey Hyndman de sa voix puissante. Vous devez vous raviser et laisser ce pauvre homme s'occuper de sa famille. Il ne mérite pas la prison.

Scandalisé par ce manque de respect envers sa personne et l'institution qu'il représentait, le juge s'apprêtait à sévir lorsqu'un brouhaha se produisit dans la salle. Trois hommes venaient de se lever, dont Henry Brown, inspiré par la hardiesse des deux autres. Les proches des contestataires tentèrent en vain de leur faire entendre raison. Anticipant le grabuge, plusieurs s'esquivèrent alors, en renversant quelques chaises dans leur course vers la sortie. D'autres, au contraire, se réjouissaient de ce brasse-camarade.

Leur plaisir fut toutefois de courte durée, car le major Beckett et quelques miliciens isolèrent les plus récalcitrants dans un coin de la salle et firent sortir le reste de l'assemblée. Forcées de quitter la pièce, bousculées à qui mieux mieux, Mary et Charlotte se retrouvèrent à l'extérieur sans trop comprendre ce qui se passait. Elles avaient des ecchymoses sur les bras, et les orteils endoloris à force d'avoir été piétinés. Du sang perlait sur la lèvre inférieure de Mary, et le ruban qui retenait les cheveux de Charlotte avait été arraché, la laissant décoiffée et hagarde.

Comment tout cela avait-il pu se produire? Les événements s'étaient déroulés si rapidement. Charlotte avait voulu empêcher son mari de manifester son désaccord, mais elle avait échoué. Mary s'était précipitée pour retenir son père, mais son intervention n'avait rien donné. Les deux hommes se trouvaient maintenant détenus à l'intérieur du palais de justice, encerclés ironiquement par une milice constituée en grande partie d'amis et de collègues.

John Mulvena avait réussi à s'extirper de la salle sans trop de dommages. Il rejoignit les deux femmes et s'informa de leur état.

— Nous allons bien, le rassura Charlotte qui ne pensait à rien d'autre qu'au sort réservé à son mari.

Elle lui en voulait de n'avoir pas su tenir sa langue et de s'être joint sans réfléchir à un mouvement de protestation voué à l'échec, mais se faisait un sang d'encre de le savoir en si fâcheuse posture. Si on l'associait à messieurs Dickerson et Hyndman, il risquait de passer un mauvais quart d'heure. Peut-être devrait-il porter l'odieux de gestes qu'il n'avait pas posés. Le juge Fletcher n'attendait qu'une occasion de mater ces deux hommes qui lui mettaient sans cesse des bâtons dans les roues. Il n'aurait aucun scrupule à châtier du même coup ceux qui épousaient leurs vues.

— Tu saignes, Mary, remarqua Mulvena. Il faudrait te soigner.

— Ce n'est rien, lui répondit la jeune fille en haussant les épaules.

Elle n'avait qu'une idée en tête. Comment annoncer la mauvaise nouvelle à sa mère? Pourrait-elle la rassurer, alors qu'elle-même n'en menait pas large?

— Il ne faut pas rester ici, dit Mulvena, désireux d'éloigner les deux femmes, au cas où d'autres manifestations s'organiseraient.

— Je préfère attendre, lui dit Charlotte.

— Moi aussi, renchérit Mary.

Conscient qu'il ne pourrait pas les décider à partir tant qu'elles ne seraient pas fixées sur le sort de leurs proches,

Mulvena décida d'attendre avec elles. Il ne pouvait pas les abandonner au milieu de cette foule surexcitée. Certains esprits échauffés ne demandaient qu'à jeter de l'huile sur le feu. Un mot de trop et une bagarre pourrait éclater. Il les entraîna donc un peu à l'écart, dans un endroit plus calme où elles purent s'asseoir et se remettre de leurs émotions, tout en surveillant les allées et venues devant le palais de justice.

Quelques secondes plus tard, Rufus Miner surgit de nulle part.

— Enfin, vous voilà ! s'exclama-t-il en s'adressant surtout à Mary.

Ne la trouvant pas dans la foule, il s'était inquiété et était parti à sa recherche. L'air abattu de la jeune fille le toucha droit au cœur.

— Ne t'en fais pas, dit-il d'un air convaincant. Ton père sera bientôt libéré. Il n'a rien fait de mal. Donner son opinion n'est pas un crime de lèse-majesté !

Émue par cette ardeur qu'il mettait à la réconforter, Mary esquissa un pauvre sourire qu'elle effaça aussitôt, car le révérend Lefebvre venait vers eux à grands pas. Comme Rufus, le pasteur n'en avait évidemment que pour la fille du crieur public, et la fougue avec laquelle il l'aborda provoqua l'hilarité de Charlotte et de John. Malgré les circonstances, la flamme amoureuse de Clément Lefebvre brûlait avec une frénésie qui frôlait le ridicule. La comparaison avec le jeune instituteur ne lui laissait aucune chance ; lui seul ne s'en rendait pas compte.

Les deux soupirants entourèrent la jeune fille d'attentions, lui offrant un soutien moral dont elle avait grand besoin. Ils étaient si obligeants et si comiques, se disputant l'honneur d'être auprès d'elle et cherchant un moyen d'éclipser leur rival, que Mary s'en trouva divertie malgré elle. Même le révérend, dans son empressement à lui faire plaisir, trouva grâce à ses yeux. Elle le trouvait attendrissant dans sa maladresse. Quant à Rufus, pour lequel elle ressentait une réelle attirance, sa jalousie manifeste le rendait encore plus attachant. À l'évidence, il tenait à elle et ne craignait pas la compétition. Ce beau jeune homme, instruit et chevaleresque, était prêt à se battre pour la conquérir.

Touchée et tentée de répondre à ses avances, la jeune fille fut cependant ramenée à la réalité lorsque les portes du palais de justice s'ouvrirent toutes grandes pour laisser passer Henry Brown et Carey Hyndman. Aussi ébouriffés que des coqs après une bataille de basse-cour, ils affichaient un air penaud mais soulagé. Le juge Fletcher les avait laissés partir, mais ils avaient eu une peur bleue de se retrouver en prison ou d'être punis d'une façon ou d'une autre pour leur effronterie. Monsieur le juge avait fait fouetter des gens pour des fautes moins graves. Ils s'en sortaient très bien, compte tenu des circonstances.

Très vite, une foule s'agglutina autour d'eux, les bombardant de questions. Le grand Mulvena, sur lequel comptaient Charlotte et Mary, dut leur frayer un chemin à coups de coude.

— Nous avons été questionnés sur nos allégeances politiques et sur notre religion, expliqua Henry en serrant très fort la main de Charlotte dans la sienne.

— Monsieur le juge a dû sursauter en entendant les réponses de Hyndman, s'exclama quelqu'un, ce qui provoqua une explosion de rires.

– Ç'aurait été difficile de l'emprisonner, lança un autre. C'est lui, le gardien de la prison!

– Voilà en effet ce qui m'a sauvé, répliqua Hyndman avec forfanterie. C'est moi qui ai les clés!

Il plaisantait, mais avec un trémolo dans la voix qui trahissait sa nervosité.

– Et qu'est-il donc advenu de Dickerson? demanda Mulvena.

– Je pense bien qu'il ne retrouvera pas sa liberté avant quelques heures, sinon quelques jours. D'après moi, le juge Fletcher souhaite lui donner une leçon.

Un murmure réprobateur monta de la foule, puis le silence revint et une petite voix se fit entendre.

– Savez-vous où est mon père?

Le garçon d'Ira Alger s'était faufilé jusqu'à Henry. Il retenait ses larmes. Henry se pencha vers lui et tenta de le rassurer.

– Il va rester en prison pour un temps, mais ça passera très vite, tu verras. En attendant, nous allons tous t'aider à prendre soin de ta famille. Ton père sera très fier de toi!

Tous acquiescèrent, bien décidés à ne pas laisser cette femme et ses enfants mourir de faim ou de froid. Le garçon sécha ses larmes. Il se sentait moins seul.

5

Quelques semaines plus tard, l'incident Ira Alger semblait clos et oublié. Les conversations tournaient plutôt autour de l'échec retentissant de William Felton dans sa tentative de fonder une compagnie pour l'exploitation des terres de la couronne dans le Bas-Canada. Celui-ci avait pourtant promis d'investir dans ce projet une somme substantielle de cinquante mille livres sterling. Au cours de son voyage à Londres, il avait bien réussi à intéresser quelques négociants fortunés et influents et était revenu au pays en proclamant haut et fort que la Lower Canada Land Company verrait bientôt le jour. Or, le temps avait passé et le document officiel préparé par Felton était resté lettre morte. Il avait dû se rendre à l'évidence : la crise financière qui sévissait en Angleterre avait réduit à néant ses ambitions. Les capitaux promis ne s'étaient pas concrétisés. William Felton encaissait très difficilement ce revers, d'autant plus qu'une compagnie semblable à celle dont il rêvait avait vu le jour sans trop de problèmes dans le Haut-Canada.

Souvent engagé par le major Felton, John Mulvena avait été témoin de son exaspération devant le peu d'appétit de ses concitoyens pour l'avancement de la région. Il l'avait souvent entendu fustiger leur manque d'ambition. Son irritabilité obligeait ceux qui le côtoyaient à éviter certains sujets de conversation, et ses hommes engagés filaient doux en sa présence. Cependant, dans l'intimité toute relative des discussions de village, Mulvena, comme les autres, ne se gênait pas pour commenter la situation.

— Il va s'en remettre, remarqua Henry Brown qui s'était arrêté quelques instants à la forge et s'était joint à la conversation en cours.

— En tout cas, quoi qu'il en dise, ça ne l'empêchera pas de faire fructifier sa fortune, ajouta le forgeron sans cesser d'actionner son soufflet.

Tous acquiesçaient, déjà prêts à aborder un autre sujet, lorsque la porte s'ouvrit d'un coup pour laisser passer un Carey Hyndman hors d'haleine.

— Silas Dickerson a été arrêté! lança-t-il en levant les bras.

— Encore! s'écria le forgeron, plus amusé que choqué. Il vient tout juste de sortir de prison.

Les démêlés de Dickerson avec la justice faisaient si souvent les manchettes que cette nouvelle arrestation n'étonnait personne. Après avoir été incarcéré pendant deux jours lors du procès d'Ira Alger, le journaliste, sitôt libéré, avait repris ses chroniques politiques.

Intrigués malgré tout, les hommes pressèrent Hyndman de questions. Le crieur public, qui avait paru si fébrile quelques instants plus tôt, hésitait maintenant à entrer dans les détails. En tout cas, Henry Brown, qui commençait à bien le connaître, devina tout de suite qu'il leur cachait un renseignement important.

– Si j'ai bien compris tes explications, dit-il, ce n'est pas Dickerson qui a écrit l'article incriminant ayant mené à son arrestation.

– Non, répondit Hyndman, mais l'article a paru dans son hebdomadaire et il en est tenu responsable.

Ce n'était certes pas la première fois qu'un texte publié dans le *British Colonist* faisait l'objet de sévères réprimandes, mais dans ce cas-ci, la probité du juge Fletcher avait été mise en cause. Ce dernier avait donc cité le propriétaire du journal à comparaître. Fidèle à lui-même, Dickerson avait résisté, et on l'avait emmené de force.

Certains s'amusèrent de l'incident. D'autres trouvèrent que le journaliste exagérait et manquait de respect aux autorités. Le forgeron écoutait sans se prononcer. À l'évidence, les avis étaient partagés ; l'attitude provocatrice de Dickerson ne plaisait pas à tout le monde. Échaudé par ce qui lui était arrivé lors du procès d'Ira Alger, Henry n'osait pas donner son opinion. De toute façon, son idée n'était pas claire à ce sujet. Lui aussi constatait des irrégularités dans l'application de la loi. Les amendes et peines imposées n'étaient pas toujours justifiées, comme dans le cas de son ami. Mais il n'en restait pas moins que le juge Fletcher avait droit à une certaine considération. Tant qu'il représentait la justice, il méritait, selon Henry Brown, les égards dus à son rang et à ses responsabilités. Par contre, que Dickerson joue les chiens de garde ne lui déplaisait pas. Au contraire, il trouvait très sain que les verdicts prononcés par le juge soient examinés de près et critiqués au besoin. Tout résidait dans la manière.

– Salut bien ! lança-t-il à la ronde. Le travail et ma femme m'attendent à la maison.

– Je t'accompagne, dit Carey Hyndman, qui n'avait pas pris la peine d'enlever son chapeau. C'est l'heure d'aller chercher ma fille.

Dès qu'ils furent à l'extérieur et à l'abri des oreilles indiscrètes, Henry posa à Hyndman la question qui lui brûlait les lèvres.

– Tu connais très bien la personne qui a écrit cet article, n'est-ce pas?

Devant la perspicacité de son compagnon, Hyndman ne nia pas. Il savait que l'autre l'avait démasqué sans difficulté.

– Oui, je le connais très bien, avoua-t-il.

– Alors dis-lui d'être prudent, suggéra Henry en posant une main sur l'épaule du crieur public, en guise de réconfort. À force de jouer avec le feu, il va finir par se brûler.

Le père de Mary ne renoncerait jamais à son combat pour plus de justice sociale, mais la récente arrestation de Dickerson l'avait ébranlé. Si le journaliste le dénonçait en tant qu'auteur de l'article, il perdrait sa place de gardien de la prison, ainsi que son pauvre logement. Son travail de crieur public ne suffirait pas à les faire vivre, lui et sa famille.

– Je vais garder ton secret, reprit Henry, même si je ne comprends pas pourquoi tu prends de tels risques. Fais attention à toi. Tu as vu ce qui est arrivé à Ira.

– Je ne peux pas m'en empêcher, lui répondit Hyndman. Selon moi, chacun devrait travailler à changer le monde, sinon les pauvres seront de plus en plus pauvres, et les riches, de plus en plus riches.

Se sentant pris à partie, Henry préféra ne pas répondre. Il ne voulait pas se disputer avec le père de Mary et jeter un froid sur leur amitié. En outre, il l'admettait volontiers : Hyndman n'avait pas tout à fait tort. Mal à l'aise, il orienta donc la conversation vers un sujet plus réjouissant, histoire de ramener à de meilleurs sentiments son compagnon au caractère impétueux.

— Ma femme est très satisfaite du travail de ta fille. C'est une employée exemplaire. Elle ne pourrait plus s'en passer.

— Merci. J'en suis très fier. J'aimerais bien cependant que l'instituteur cesse de lui tourner autour.

— Pourquoi donc ? Rufus est intelligent et généreux. Il lui ferait un bon mari.

— Jamais de la vie ! Je ne veux pas de ce jeune blanc-bec comme gendre. Monsieur « Je sais tout » ! À part l'enseignement, ses seuls intérêts sont la musique à bouche et le flânage en nature. Ce n'est pas ce que je souhaite pour ma fille.

— Tu préférerais peut-être qu'elle réponde aux avances du révérend Lefebvre ? demanda Henry sur le ton de la moquerie.

La réponse du crieur public le renversa.

— Et comment donc ! J'ai eu de longues discussions avec le pasteur. Nous avons beaucoup en commun et je pense qu'il jouera un rôle déterminant dans l'Église. Il est différent des autres de son espèce, intransigeants et toujours prompts à juger. Il ne se cache pas derrière des principes datant d'une autre époque. À sa manière, c'est un réformiste comme moi. Je crois qu'en unissant nos forces nous ferons avancer notre cause.

Henry était certes tout disposé à reconnaître de nombreuses qualités au pasteur, mais pas à lui offrir la jeune Mary en pâture. Le raisonnement de Carey Hyndman le laissait pantois. Conscient des difficultés que la jeune fille risquait de rencontrer, il ne put s'empêcher de rétorquer, sur un ton qu'il aurait voulu plus conciliant :

— Permets-moi de te faire remarquer que ce n'est pas toi qui vas l'épouser. Ta fille a son mot à dire, il me semble. Elle devra l'accueillir dans son lit, non ?

Il regretta sa franchise, mais trop tard. Offusqué, Carey Hyndman se réfugia dans un silence accablant tout le reste du trajet.

*

À la maison, Mary et Charlotte s'activaient devant les métiers à tisser, et Hortense roulait de la laine avec l'aide inefficace des enfants. Tom et Joshua étaient particulièrement turbulents. D'une patience sans limites, Hortense les rappelait sans cesse à l'ordre.

Sitôt arrivé, Henry alla embrasser sa femme. Il devina tout de suite son agacement. Elle en avait assez et s'apprêtait à sévir. Pour la soulager, il emmena les petits jouer dehors. Le ciel d'un bleu très sombre étendait ses couleurs dans l'atmosphère, et seule la neige encore accumulée au sol par endroits dégageait une certaine clarté.

— Allons glisser, les garçons ! On a encore une demi-heure avant la nuit et il reste une bonne épaisseur de neige en haut de la côte du tanneur.

— J'ai faim ! se plaignit le petit Tom.

— Tu n'y penseras plus en dévalant la pente, lui promit Henry.

Pendant ce temps, Mary avait retrouvé son père à l'extérieur. Ils partirent tous les deux en direction du village. Carey Hyndman adressa un salut discret à Henry, déclarant ainsi une trêve, sans toutefois signer une véritable paix. Le crieur public ne passait pas encore l'éponge sur ce qu'il considérait comme une déloyauté. En toute amitié, Henry Brown aurait dû partager son point de vue et l'aider à éloigner l'instituteur de sa fille. À l'évidence, il ne pourrait pas compter sur lui et s'en désolait.

De son côté, Henry ne s'en faisait pas trop. Carey Hyndman aimait tous ses enfants, mais il ne cachait pas une préférence marquée pour son aînée. La jeune fille en était d'ailleurs très consciente. Elle savait se défendre et profiter de l'ascendant qu'elle exerçait sur son père. Tout finirait par s'arranger.

*

Une heure plus tard, alors que la nuit enveloppait le hameau et que les enfants, trempés jusqu'aux os mais heureux, venaient tout juste de rentrer, ce fut au tour de Mulvena de passer prendre sa femme. Il avait acheté un gros cheval de trait, si âgé qu'il semblait sur le point de défaillir à chaque pas.

— Il avance lentement mais il se rend, rétorquait toujours le grand John à quiconque lui en faisait la remarque. J'en connais qui ne peuvent pas en dire autant, ajoutait-il en clignant de l'œil.

Henry l'invita à entrer, espérant en son for intérieur que Charlotte proposerait aux Mulvena de rester à souper. Elle le faisait à l'occasion. Or, sa femme se montra plutôt distante. Elle semblait pressée de se retrouver en famille, et elle laissa ses amis repartir sans même leur avoir offert une tasse de thé.

Elle prépara ensuite le repas et mangea en silence. Sitôt la table desservie, elle envoya les enfants au lit. Mécontents, Tom et Joshua réclamèrent à grands cris la permission de veiller, appuyés par Henry qui plaida leur cause de son mieux. Sourde à leurs doléances, Charlotte demeura inflexible. Après un moment, convaincus qu'ils ne pourraient rien obtenir, les garçons se résignèrent et allèrent se blottir sous les couvertures en maugréant.

— Je vais vous raconter une histoire ! lança Henry pour les consoler.

Sans regarder sa femme, il rejoignit les enfants dans leur chambre et les entraîna dans un monde enchanté où les chevaux parlaient et les chiens sauvaient des agneaux d'une mort certaine. Son enthousiasme arracha un sourire furtif à Charlotte qui suivait l'aventure de la cuisine. Quand son mari vint la retrouver, elle lui adressa un regard plein de reconnaissance. Elle aurait préféré s'en tenir à cet échange muet, mais Henry voulait comprendre ce qui lui arrivait.

— Tu ne te sens pas bien ? demanda-t-il.

— Un peu de fatigue…, répondit-elle, pensant ainsi éluder la véritable question.

— Je te connais trop bien pour te croire, répliqua Henry en l'entourant de ses bras. Dis-moi ce qui se passe. Tout se supporte mieux à deux, tu sais.

Charlotte prit quelques secondes pour jouir de la chaleur qui émanait de son mari. Il sentait bon. Une odeur
bien à lui, un mélange de résineux et de pluie d'automne.
Puis elle se détacha à regret de cette douceur qu'elle avait
toujours l'impression de ne pas mériter.

— Je me fais du souci pour Tom, avoua-t-elle enfin,
pendant que son mari fronçait les sourcils, intrigué.

Elle soupira et reprit :

— Il y aura une fête à l'école au début du mois de juin.
L'instituteur veut rencontrer les enfants qui commence-
ront leur première année scolaire en septembre. Joshua
a promis à Tom de l'y emmener avant même de m'en
parler.

— Le petit doit être excité! Quelle belle invitation!

Charlotte hésitait à révéler le fond de sa pensée. Elle
savait que ses craintes étaient fondées, mais ignorait comment en convaincre son mari.

— J'aurais préféré attendre une autre année avant
d'envoyer Tom à l'école, dit-elle enfin en reprenant son
ouvrage pour éviter de regarder Henry en face.

— Mais pourquoi donc? Il a tellement hâte de suivre
son grand frère! Il en parle constamment! C'est un petit
garçon intelligent, qui a très envie d'apprendre. Il sait
déjà lire!

— Je sais, marmonna Charlotte. Je sais tout cela…

— Mais?…

— Mais Tom n'est pas… Il est… différent…

— Parce qu'il a du sang indien?

— Oui.

— Et tu as peur pour lui?

— Oui. Tu comprends, n'est-ce pas?

Henry ne répondit pas tout de suite. Il réfléchissait. Charlotte et lui n'avaient jamais discuté des origines particulières de Tom, ni des circonstances qui avaient entouré sa conception. Henry soupçonnait une histoire d'amour malheureuse, car il surprenait parfois le regard de sa femme tourné vers la rivière et perdu dans ses souvenirs. Il aurait aimé connaître la vérité, mais il respectait le silence de Charlotte, sans jamais douter ni de son intégrité ni de sa fidélité. Charlotte avait deux enfants qu'il avait d'emblée considérés comme les siens. Il s'était vite attaché à eux et les aimait autant l'un que l'autre, pour des raisons différentes. Joshua était un enfant plein de bonne volonté, enthousiaste et vaillant, à qui il tardait de devenir un homme. Son pouvoir de séduction venait de son sens du devoir. Par ailleurs, les rêveries de Tom, son silence habité, son imagination débordante envoûtaient tous ceux qui le côtoyaient, Henry comme les autres. Chaque avancée qu'il réalisait dans l'univers singulier de l'enfant le remplissait de joie.

— Personne ne voudra lui faire de mal. Tom est trop attachant. De plus, Rufus Miner est juste et bienveillant. Il n'acceptera pas qu'on s'en prenne au petit. Et Joshua veillera sur lui. Il l'a toujours fait. Il prend son rôle de grand frère très au sérieux.

— Les enfants sont si méchants parfois, lui rétorqua Charlotte. Et les adultes également.

Elle songeait à sa propre enfance, à sa différence, aux accusations de sorcellerie qui avaient pesé sur elle et dont sa grand-mère lui avait parlé avec beaucoup de tristesse dans la voix, aux fois où sa famille avait dû fuir pour trouver la paix. Elle en avait gardé une certaine méfiance et un besoin de rester un peu à l'écart, sans trop se mêler à sa communauté. Elle se tenait toujours prête à s'envoler, tel un oiseau qui chante sur une branche, libre et paisible en apparence, mais qui ne relâche jamais sa surveillance et déploie ses ailes au moindre danger.

— Rufus pourra sûrement te conseiller. Il te dira s'il est préférable d'attendre une autre année. Nous pourrons lui en parler la prochaine fois qu'il passera dans le coin, ce qui ne devrait pas tarder...

Ce sous-entendu dérida Charlotte. En effet, le jeune instituteur empruntait souvent la route qui conduisait chez les Brown. Pourtant, ce chemin, à peine un sentier, ne menait nulle part ailleurs. Il aboutissait à un cul-de-sac, et à Mary, bien sûr.

— On verra, dit Charlotte. Peut-être que je m'inquiète pour rien...

6

Juin 1826

Le mois de juin arriva trop vite au goût de Charlotte.

Alors qu'elle n'avait eu aucun mal à se séparer de son aîné quand le temps était venu de l'envoyer à l'école, l'idée de voir son cadet s'éloigner d'elle et de la maison la bouleversait. Les encouragements de son mari n'y changeaient rien.

— Il s'agit d'une simple fête, la rassura Henry une fois de plus. Il ne part pas pour toujours, juste une journée. Et ça ne t'engage à rien. C'est toi qui auras toujours le dernier mot. Rufus te l'a bien expliqué.

— Je sais, répondit simplement Charlotte.

Elle s'était levée avant l'aube, s'activant en silence dans la maison endormie pour cacher son désarroi. Elle ne voulait pas transmettre son anxiété à son fils et se répétait depuis des heures que tout irait bien. Les gens du village connaissaient Tom, et personne, jamais, n'avait fait la moindre remarque blessante, du moins pas en sa présence. Tout se passerait à merveille et les deux enfants reviendraient ce soir-là le cœur en fête et rempli de beaux souvenirs. Elle se le répétait depuis le matin.

John Mulvena devait venir pour la tonte, dans la matinée, une besogne impossible à remettre à plus tard. Charlotte ne pouvait donc pas accompagner les garçons jusqu'à l'école comme elle l'aurait souhaité. Par chance, Henry travaillait au village à la construction d'une maison, et il avait promis de veiller à ce que les enfants se rendent à l'école en toute sécurité.

– Tu vas bien t'occuper de ton frère? demanda Charlotte à son aîné pour une centième fois.

Pressé de partir, Joshua opina de la tête. L'inquiétude de sa mère commençait à lui peser, de même que cette responsabilité qui lui incombait. Il ne comprenait pas pourquoi cette journée qui aurait dû être festive lui apparaissait de plus en plus comme une corvée. Impatient de retrouver ses amis, il rabroua le petit Tom qui prenait trop de temps à rassembler ses affaires. Sa brusquerie lui valut une réprimande de la part de sa mère. Henry réussit à rétablir l'harmonie, et ils purent enfin se mettre en route.

*

La petite école était remplie à craquer. Après avoir franchi la rangée de parents qui s'agglutinaient devant la porte, Henry et les garçons parvinrent à pénétrer à l'intérieur, mais il ne restait plus aucune chaise libre. Certaines étaient même occupées par deux enfants, chacun assis de son mieux sur une fesse. Joshua rejoignit son meilleur ami qui lui céda un coin de son siège, pendant que Tom serrait très fort la main de Henry. Le petit garçon se sentait un peu perdu. Lui qui avait tant rêvé de cette journée, il se demandait maintenant comment il pourrait se débrouiller si son père adoptif l'abandonnait au milieu de ces étrangers. Heureusement, Rufus Miner, qu'il connaissait très bien, vint vers lui en souriant et l'entraîna à l'avant de la classe. Il lui indiqua une chaise déjà occupée par une fillette aux boucles blondes que Tom trouva très jolie. Toutefois, lorsqu'il voulut prendre place à côté d'elle, la mère de la petite la tira par le bras et la força à s'asseoir avec une autre enfant. Resté au fond de la pièce, tout près de la porte, Henry n'avait rien vu de ce manège. L'instituteur, par contre, avait été témoin de l'incident. Il jugea néanmoins préférable de ne pas relever l'indélicatesse. Il frappa plutôt dans ses mains pour attirer l'attention des élèves et de leurs parents, puis réclama le silence.

– Je vous remercie d'être venus en si grand nombre, dit-il. Mes élèves et moi avons préparé une foule d'activités et de jeux pour nos petits invités. Vous pourrez revenir les chercher en fin d'après-midi. Merci encore une fois. Je vous souhaite une excellente journée.

Les parents saisirent le message. Les uns après les autres, certains avec réticence, d'autres avec soulagement, ils quittèrent l'école pour retourner à leurs occupations. Avant de partir, Henry jeta un dernier coup d'œil aux enfants. Il aperçut Tom, seul sur sa chaise, et lui adressa un salut pour le rassurer. Puis il se tourna vers Joshua et lui fit comprendre d'un geste et d'un froncement de sourcils qu'il devait veiller sur son frère. Pris de remords, le garçon baissa la tête, mais avant que son père adoptif quitte l'école, il s'était déjà assis près de Tom. Le petit lui offrit son plus beau sourire. Avec son grand frère à ses côtés, il reprenait confiance. Cette journée serait sans aucun doute exceptionnelle et excitante.

*

Après un avant-midi animé, le pique-nique se déroula sans anicroche. Rufus Miner semblait avoir des yeux tout le tour de la tête. Rien ne lui échappait, et son ascendant naturel sur les enfants lui permettait de maintenir la discipline au sein du groupe. Les plus turbulents tentèrent bien de semer la pagaille en faisant semblant de jeter les plus jeunes dans la rivière, mais ils savaient jusqu'où ils pouvaient aller et, d'un seul regard, l'instituteur les rappelait à l'ordre. Les cris de terreur se transformèrent vite en rires, et les enfants s'épivardèrent dans toutes les directions pour échapper aux loups-garous personnifiés par les plus vieux. L'un de ceux-là, qui poursuivait Tom et son frère, ne put s'arrêter à temps. Il glissa sur la rive glaiseuse et se retrouva les fesses à l'eau. Pour cacher son humiliation, il rit avec les autres, et tous revinrent à l'école essoufflés et heureux.

Les petits qui fréquenteraient la classe de Rufus Miner seulement l'année suivante le supplièrent de leur permettre de revenir le lendemain. Le jeune homme leur fit comprendre avec doigté que ce ne serait pas possible. Quand leurs parents frappèrent à la porte de la classe, un des enfants disparut sous un pupitre, un autre se mit à pleurer et refusa de partir, une fillette entra dans une colère remarquable et remarquée qui lui valut une bonne taloche de la part de sa mère.

Joshua et Tom attendaient Henry qui avait promis de venir les chercher. Après quinze minutes cependant, les enfants perdirent patience. Leurs camarades étaient partis et l'instituteur avait rangé tout son matériel. Il restait sur place pour ne pas les laisser seuls.

— Notre père ne viendra pas, constata Joshua. On va y aller.

— Tu es sûr que ça ira ? s'inquiéta Rufus Miner.

— Oui, j'ai l'habitude, lui répondit le garçon en prenant la main de son frère.

— Je devrais peut-être vous accompagner, suggéra l'instituteur.

— Pas nécessaire, affirma Joshua.

Rufus Miner n'insista pas. Il avait un rendez-vous important, qu'il n'aurait pas aimé remettre à plus tard. Il regarda donc ses élèves s'éloigner, le plus vieux entraînant l'autre qui devait accélérer la cadence pour suivre. Le jeune homme les trouva touchants et sourit, avant de partir dans la direction opposée.

Les garçons avaient à peine traversé le pont que Tom ralentissait. Il était fatigué et aurait voulu se reposer un peu, mais son grand frère se contenta de le soulager de son sac en maintenant le rythme.

— On n'est pas si pressés, se lamenta le petit.

— On ne peut pas s'arrêter, lui répondit Joshua sans cesser de regarder autour de lui. Maman va s'inquiéter si elle ne nous voit pas arriver. Il ne faut jamais lambiner après l'école. Tu devras t'en souvenir. Promets-moi que tu t'en souviendras.

Tout en parlant, il avait repris la main de son frère et la serrait très fort. Quand ils atteignirent la lisière de forêt qui marquait la frontière entre le village et la campagne environnante, il accéléra encore le pas et Tom, qui trottinait derrière lui, se trouva bientôt à bout de souffle. Mais Joshua ne lâcha sa main que lorsque la maison se profila enfin au bout de la route.

Charlotte les avait aperçus de loin. Depuis une bonne heure, elle guettait leur retour. En les voyant marcher sans se presser, le petit ramassant ici et là un insecte ou une plante qu'il tendait aussitôt à son aîné, elle sentit monter en elle une grande bouffée d'amour pour ces enfants. Ils étaient toute sa vie et elle désirait tant les protéger du malheur, grand ou anodin.

Son premier baiser fut pour Joshua. Elle lui était reconnaissante d'avoir veillé sur son frère, mais elle n'eut pas besoin de le dire, car sa gratitude transparaissait dans son étreinte. Le garçon en éprouva une grande fierté.

En se penchant ensuite vers Tom, Charlotte remarqua la sueur qui perlait sur son front.

– As-tu couru? s'inquiéta-t-elle. Tu es en nage!

– Joshua marchait trop vite! se plaignit le garçon sans penser à mal.

Le grand frère sursauta en entendant cette accusation. Il regarda sa mère et comprit aussitôt qu'elle venait de lui retirer son approbation. Il eut soudain l'impression qu'elle ne l'aimait plus. Ce sentiment l'envahissait parfois et il en ressentait une grande douleur, comme si la vie se retirait de lui en laissant un grand trou dans sa poitrine. Pourtant, Charlotte ne dit rien, ne lui adressa aucun reproche. Elle les prit tous les deux par la main et les entraîna dans la maison.

— Vous devez avoir faim, dit-elle. Je vais vous préparer une tartine au sucre d'érable. Ça devrait vous faire patienter jusqu'au retour de votre père. Et je veux que vous me racontiez votre journée dans les moindres détails!

*

Charlotte avait souhaité tout savoir, mais, au bout d'une semaine, Henry et elle en eurent assez d'entendre Tom répéter sans se lasser les menus incidents de cette journée extraordinaire dont il se rappelait chaque seconde. Ses parents avaient beau tenter une diversion, il revenait toujours à l'instituteur, son idole déjà, aux autres enfants, tous ses amis, à l'ardoise sur laquelle il avait pu barbouiller à sa guise. Chaque jour, il réclamait un pique-nique « comme à l'école », et chaque après-midi, il allait attendre son grand frère au bout du chemin. Dès son arrivée, il insistait pour qu'il lui raconte sa journée.

Le dernier jour de classe, toutefois, Joshua mit sa patience à rude épreuve. Le garçonnet faisait le pied de grue sous une pluie fine depuis déjà quinze minutes, mais son frère, pourtant réglé comme une horloge, ne se montrait pas. Les cheveux détrempés et les pantalons dégoulinant sur ses bottillons, le petit décida d'aller au-devant de lui et s'aventura sur le chemin, malgré l'interdiction expresse de Charlotte.

Arrivé près de King's Highway, Tom entendit des éclats de voix. Il ralentit le pas, méfiant. Les cris qui lui parvenaient n'auguraient rien de bon. Il aurait volontiers rebroussé chemin si sa curiosité n'avait pas été plus forte que sa peur. Après s'être avancé sur la pointe des pieds, il se figea sur place en apercevant son frère qui se faisait malmener par un grand gaillard, celui-là même qui les avait poursuivis le jour du pique-nique et s'était finalement retrouvé à l'eau. Malgré les plaintes de Joshua, son assaillant le frappait à coups de poing et à coups de pied, en hurlant plus fort que sa victime.

– C'est votre faute, à toi et à ton frère, si j'ai été puni, criait-il. Et c'est aussi votre faute si je suis tombé à l'eau! Tiens! Prends ça! Et encore ça!

Ni le bourreau ni sa victime n'avaient encore aperçu Tom. Celui-ci ne pensa pas un instant à s'enfuir. Il devait faire quelque chose pour secourir Joshua, mais quoi? Puisqu'il n'avait pas le temps d'aller chercher de l'aide, il s'empara d'une branche d'arbre tombée sur le bord de la route et, sans plus réfléchir, il assena un coup au grand Walker. Frappé à la tête, celui-ci tomba à la renverse, trop étourdi pour comprendre ce qui lui arrivait. Tom n'hésita pas une seconde. Il saisit le bras de son frère, l'aida à se relever, et tous les deux coururent vers la maison sans jamais regarder en arrière.

L'aîné aurait préféré se faufiler en douce et échapper ainsi aux questions de ses parents, mais Charlotte sortit de la bergerie au moment où les deux enfants pénétraient dans la cour.

À la vue de son fils, le visage en sang et les vêtements déchirés, elle pressa sa poitrine à deux mains, puis cria le nom de son mari. Celui-ci surgit de derrière la maison, où il réparait un volet. Il se précipita vers les garçons et prit Joshua dans ses bras pour l'emmener dans la cuisine. L'enfant n'opposa aucune résistance. Au contraire, il se blottit contre ce corps puissant, d'où émanait une force tranquille et réconfortante. Cependant, lorsque Henry le déposa dans son lit, il lui cacha sa souffrance.

— Je n'ai rien, dit-il. Juste une égratignure.

Les adultes ne voulurent rien entendre et il dut se laisser soigner et bichonner, jusqu'à ce que son visage ait repris une apparence presque normale.

— Tu vas t'en sortir avec un œil au beurre noir et la lèvre enflée, lui annonça Charlotte. Tu devrais te sentir mieux demain. Pour l'instant, tu vas te reposer. Nous parlerons plus tard.

Cette dernière phrase résonna longtemps aux oreilles du garçon. Il lui faudrait tout raconter, même s'il ne le souhaitait pas. De toute façon, Tom ne pourrait pas tenir sa langue. Rempli d'appréhension, il finit néanmoins par s'endormir.

7

Avouer que le grand Walker le harcelait depuis plusieurs semaines fut pénible pour Joshua. Même si l'autre faisait le double de son poids, il trouvait humiliant d'avoir subi cette intimidation sans jamais réussir à rendre les coups.

— Pourquoi ne l'as-tu pas dit avant? demanda sa mère après qu'il lui eut tout révélé.

— Je ne suis pas un bébé! répliqua-t-il, trop fier pour admettre qu'il avait eu peur.

— Tout ça aurait pu très mal finir, tu sais. Cet imbécile de Walker aurait même pu s'en prendre à Tom.

— Je l'aurais tué s'il avait fait du mal à mon frère, grogna Joshua, les lèvres serrées.

Cette rage intérieure, si semblable à celle de Patrice, troubla Charlotte. Son aîné ressemblait de plus en plus à son père naturel, ce qui n'était pas pour la rassurer. La jeune femme voulut serrer son fils dans ses bras. Celui-ci eut d'abord un mouvement de recul, se considérant trop vieux pour ces épanchements. Puis, au bout de quelques secondes, il lâcha prise et se blottit contre sa mère.

Lorsque Charlotte lui suggéra à voix basse de rejoindre son frère qui jouait à l'extérieur, le garçon quitta à regret les bras protecteurs et le corps chaleureux contre lequel il se serait volontiers recroquevillé pendant des heures. Il lui aurait plu de s'endormir là et de rêver à une vie sans peur, sans violence, sans tous ces dilemmes qui l'assaillaient, malgré son jeune âge. Comme les autres enfants, il aurait dû se réjouir du soleil ardent qui annonçait un été de liberté, de jeux, de rivière et de forêt. Or, depuis quelque temps, il ne savait plus être heureux. Son esprit se trouvait rarement apaisé. Trop de questions lui trottaient dans la tête – sa place dans sa famille, à l'école, son rôle de grand frère, les plus grands qui lui faisaient des misères, cette rage qui l'habitait parfois –, lui ravissant une part d'enfance et le laissant dans l'appréhension du lendemain.

Il n'était pas sitôt sorti que Henry rassurait sa femme sur un ton déterminé.

– Ne t'en fais pas. Je vais m'occuper de ce grand imbécile de Walker.

*

Les deux premières semaines de juillet furent tellement occupées que le soleil semblait se coucher avant de s'être levé. Surchargés de besogne, à cause, entre autres, d'agnelages tardifs qui faillirent tourner au drame, Henry et Charlotte réclamèrent l'aide des enfants. En leur donnant des tâches à leur mesure, ils les gardaient à l'œil et les empêchaient de faire des bêtises, tout en les protégeant des garnements qui auraient voulu s'en prendre à eux. Après la mésaventure de Joshua, ils préféraient demeurer sur leurs gardes.

Lorsque le travail à la bergerie et aux champs devint moins prenant, Charlotte, Mary et Hortense purent traiter la laine et entreprendre la confection des vêtements. L'automne viendrait toujours trop tôt.

Un matin qu'elles étaient à l'ouvrage depuis déjà une bonne heure, Henry avertit sa femme qu'il s'absentait pour une partie de la journée. Il voulait rencontrer leur plus proche voisin, le tanneur Willard, pour discuter de la réparation des clôtures. Il se rendrait ensuite au village pour quelques achats.

— Je passerai aussi voir les Walker, chuchota-t-il à l'oreille de Charlotte en l'embrassant.

Celle-ci opina de la tête, sans rien dire. Désireuse de sauvegarder l'amour-propre de son fils, elle ne souhaitait pas exposer ses difficultés devant ses compagnes. Elle espérait toutefois que la discussion entre son mari et les Walker porterait ses fruits, car elle ne voulait pas s'inquiéter sans arrêt pour ses enfants. Il fallait régler cette querelle au plus vite. Sinon, elle garderait assurément son plus jeune fils à la maison une autre année, malgré l'envie qu'il avait d'accompagner son aîné, et malgré l'avis de Rufus Miner qui lui recommandait de l'envoyer à l'école sans tarder.

— Cet enfant est très doué, avait déclaré l'instituteur, après avoir passé de longs moments avec Tom. Ça se voit tout de suite. Ce serait dommage de lui faire perdre une année. Il est tout jeune, mais il apprend plus vite que la plupart de mes élèves plus âgés. Il sera très heureux à l'école.

Charlotte soupira. Elle attendrait le retour de son mari avec impatience.

*

Henry revint en fin d'après-midi. Il surprit les femmes en grande conversation, chacune déposant tour à tour son ouvrage pour mieux défendre son point de vue. Les projets de carderie de Charlotte étaient à l'ordre du jour, bien malgré elle. En effet, depuis qu'elle avait parlé avec le fils Atwood, elle avait renoncé à ses ambitions. Il lui paraissait impossible de rassembler la somme nécessaire pour aller de l'avant avec cette idée folle. Elle essayait sans succès d'en convaincre ses collègues. Hortense tentait de la motiver et Mary acquiesçait à chacun de ses arguments.

— Le besoin est pourtant pressant, plaidait justement Hortense. Je suis certaine que plusieurs personnes accepteraient de te prêter l'argent nécessaire pour démarrer.

— Je ne veux pas m'endetter, lui répliqua Charlotte. Je ne supporte pas de devoir de l'argent à quelqu'un. Ma grand-mère m'a enseigné la prudence. Elle disait toujours : « Si on ne doit rien à personne, on est riche. »

— Elle n'avait pas tort, mais parfois il faut oser… en prenant toutes les précautions nécessaires, bien sûr.

— Tu veux dire comme de se tenir loin de Goodhue ? demanda Mary en clignant de l'œil, ce qui fit rire ses compagnes.

Les femmes n'avaient pas entendu Henry. Il les surprit en se mêlant à la conversation sans avertir.

— Là, je suis d'accord ! lança-t-il. Emprunter à Goodhue équivaut à chercher le trouble !

Tout le monde dans cette pièce s'entendait là-dessus. Or, dans la région, seul Goodhue détenait le capital nécessaire pour prêter à ses concitoyens. Même William

Felton préférait jouer au spéculateur en utilisant plutôt son argent pour se procurer des terres.

Après un moment, Charlotte haussa les épaules. Pour l'instant, elle préférait penser à autre chose. Mine de rien, l'air détaché, elle questionna son mari:

— Tu as vu les Walker pour tes affaires?

— Non, répondit-il, je n'ai pas pu.

— Pourquoi donc? demanda-t-elle, déçue.

— J'ai une triste nouvelle, reprit Henry. Leur fils est mort...

— Quoi? lancèrent les trois femmes d'une même voix.

— Il est tombé à l'eau alors qu'il s'amusait avec des amis. Ils l'ont repêché tout de suite, mais il n'a jamais repris connaissance et est mort trente minutes plus tard. Le docteur Martin n'arrive pas à comprendre ce qui a pu se passer. Peut-être son cœur...

— C'était encore un enfant, se désola Hortense.

— Il avait déjà la carrure d'un homme, ajouta Mary.

Atterrée elle aussi, mais pour des raisons différentes, Charlotte ne disait rien. Ce tragique événement la replongeait dans une angoisse qu'elle avait crue apaisée. Elle vivait avec Henry depuis quelques années et rien de fâcheux ne lui était arrivé. Si bien qu'elle pensait avoir échappé à la malédiction. Elle se disait parfois que sa grand-mère avait raison quand elle affirmait que la mort faisait partie de la vie, et que les sortilèges n'y étaient pour rien. Petite fille trop tôt orpheline, elle avait sans doute inventé toute cette histoire de mauvais sort pour mieux accepter les pertes dramatiques qui l'avaient affligée depuis sa naissance, pour donner un sens à son immense chagrin. La malédiction dont elle s'était crue la victime pendant toutes ces années n'avait peut-être jamais existé.

Mais voilà qu'un nouveau malheur survenait et il concernait une personne qui avait eu maille à partir avec ses fils. Charlotte, qui ne croyait pas au hasard, ne pouvait empêcher son imagination fertile d'établir des liens. Le jeune Walker avait-il été atteint parce qu'il s'en était pris à Joshua et à Tom ? Un de ses fils aurait-il hérité de ce maléfice ? Lequel devrait porter ce fardeau ? Charlotte était consternée. Elle avait toujours refusé d'envisager une telle possibilité, car si un de ses enfants devait lui aussi vivre avec cette crainte terrible de faire du mal sans le vouloir, elle ne pourrait le supporter. Elle aurait tout donné pour leur épargner cette fatalité, à l'un comme à l'autre.

– Tu veux que je prépare le souper ? demanda Henry.

Elle n'avait pas remarqué que Tom la tirait par la manche, ni que ses amies étaient parties. Elle avait agi par habitude, saluant sans s'en apercevoir. Les garçons lui racontaient une histoire de belette dont elle n'avait pas entendu le début. Elle émettait pourtant des sons d'encouragement et souriait à chacune de leurs exclamations. De l'extérieur, rien n'y paraissait, mais elle était sur le point de s'effondrer.

Ce soir-là, après avoir bordé les enfants, elle rangea la maison puis se mit au lit, avec l'impression affolante d'être engloutie sous des tonnes de terre, pareille à ses morts, ceux qu'elle avait aimés, et les autres, qui s'étaient approchés de trop près.

– Je voudrais te parler de quelque chose, lui souffla Henry à l'oreille, en se pressant contre elle.

– Hum...

Son mari lui parlait de diligence, de courrier à livrer, de postier à remplacer, de rentrée d'argent, de carderie...

Elle entendait des mots sans en comprendre le sens.

Elle s'endormit enfin et rêva qu'elle ne dormait pas.

*

Une semaine plus tard, Henry revint du village le cœur en joie.

– C'est arrangé! lança-t-il en ouvrant la porte. J'ai eu le poste et je commence dans trois jours!

Charlotte était venue réchauffer le bouilli, pendant que Mary et les enfants mettaient de l'ordre dans l'atelier.

– De quoi parles-tu? demanda-t-elle en plissant le front. Je ne comprends rien à ton histoire.

– Tu sais bien, lui répondit-il, étonné qu'elle pose une telle question. Je vais conduire la diligence qui va à Stanstead. J'ai rencontré monsieur Hibbard aujourd'hui et il m'a confirmé que j'étais engagé.

Sidérée par cette nouvelle, Charlotte échappa son torchon qui atterrit dans l'âtre. Elle le retira en vitesse avant qu'il ne s'enflamme.

– Tu aurais pu m'en parler avant de prendre une telle décision! s'insurgea-t-elle. Je ne savais même pas que tu avais rencontré l'aubergiste pour en discuter.

– Mais voyons! Je t'en ai parlé en long et en large, il y a une semaine à peine. Tu ne t'en souviens pas? Juste avant de dormir... Tu n'as soulevé aucune objection à ce moment-là. J'en ai conclu que tu étais d'accord.

Charlotte n'avait aucun souvenir de cette discussion, mais elle n'insista pas. Elle avait été si perturbée par la mort étrange du jeune Walker et tout ce que cet événement laissait supposer. Peut-être, en effet, n'avait-elle pas porté attention à ce que lui racontait son mari.

— J'ai besoin de toi, ici, dit-elle. Il y a tant de travail…

— Maintenant que l'agnelage et la tonte sont terminés, j'ai pensé que je pourrais m'absenter quelques jours par semaine sans que ça porte à conséquence. Je me reprendrai quand je ne serai pas sur la route. J'ai surtout pensé que cet argent supplémentaire te permettrait peut-être de construire ta carderie.

Charlotte s'en voulut aussitôt. Elle lui faisait des reproches, alors que son mari, une fois de plus, avait agi dans son intérêt à elle. Il acceptait de travailler davantage pour l'aider à démarrer son projet. Pour la centième fois peut-être, elle se dit qu'elle ne méritait pas cet homme. Il donnait trop pour ce qu'elle lui offrait en retour.

— Je ne veux pas que tu te fasses mourir à l'ouvrage, lui dit-elle. Surtout pas pour ce projet insensé. De plus fortunés vont nous prendre de vitesse, bien avant que nous ayons pu ramasser les fonds nécessaires. Je regrette de t'avoir mis ça en tête.

— Moi, je ne renonce pas encore, lui répondit son mari. Tant pis si on échoue ; on aura au moins essayé.

Charlotte avait le cœur gros. Il lui semblait entendre sa grand-mère, comme si, de l'au-delà, elle avait soufflé à Henry les paroles à prononcer. Songeuse, elle se blottit dans les bras de son mari, ce lieu réconfortant où elle devenait invincible.

8

Henry effectua son premier voyage en tant que conducteur de diligence à la fin du mois d'août. À la fois anxieuse et fébrile à l'idée de se retrouver seule pour quelques jours, Charlotte n'eut toutefois le temps ni de se languir de son mari ni de savourer cette solitude inattendue. En plus du travail qui la tenait occupée du matin au soir, la rentrée des classes approchait à grands pas. Il lui fallait donc confectionner des vêtements pour les enfants. Surexcité, Tom mettait des heures à s'endormir chaque soir. Charlotte l'entendait se tortiller dans son lit et asticoter son frère jusqu'à ce que celui-ci se réveille pour de bon et réponde à ses questions. Plus les jours passaient, plus le petit devenait agité et plus l'angoisse de sa mère augmentait.

Par chance, un autre événement de taille occupait l'esprit de la jeune femme, prenant le relais lorsque l'inquiétude au sujet de son fils lui devenait insupportable. Poussée par Henry, elle avait accepté de présenter une brebis à la foire agricole qui aurait lieu deux semaines plus tard, en l'inscrivant, bien entendu, au nom de son mari. Celui-ci aurait préféré tenter sa chance avec la jument, mais elle s'était blessée et avait besoin de repos. Il s'était donc rabattu sur leur brebis la plus susceptible de remporter le trophée. Depuis un mois, la bête avait été bichonnée, profitant de la meilleure moulée et du meilleur fourrage. Rien n'avait été laissé au hasard. Henry y avait consacré tous ses temps libres, et il avait laissé des instructions très précises avant son départ. Mis à contribution dès le début de l'aventure, les enfants devaient nettoyer l'enclos de la brebis plusieurs fois par jour afin de garder sa toison immaculée. Ils prenaient d'ailleurs leur rôle très au sérieux et, à son retour de Stanstead, Henry les complimenta sur leur sens des responsabilités.

– Je savais bien que je pouvais compter sur vous, dit-il. Vous avez fait du bon travail. Si nous gagnons, ce sera grâce à vous deux.

Fiers comme des paons, les garçons se regardèrent néanmoins avec un regard étonné.

– Ça se pourrait qu'on ne gagne pas? demanda Joshua, que cette éventualité n'avait jamais effleuré.

– Ça se peut pas! lança Tom avec assurance.

Il ne réalisait pas les réels enjeux, mais appuyait son grand frère sans hésitation.

Henry soupira. Il ne voulait surtout pas les décevoir en semant le doute dans leur esprit. Il décida donc d'en rester là. La vie leur enseignerait bien assez vite que rien n'est jamais acquis et que l'échec fait partie de l'apprentissage, même si on croit avoir fait tout le nécessaire.

*

Le jour de la foire, la population de Sherbrooke semblait avoir doublé. La quarantaine de familles qui y vivaient s'était multipliée par dix, car l'événement attirait des gens de partout aux alentours. Aux quatre coins du village, des vendeurs promouvaient leurs produits, tandis que les enfants s'amusaient avec les jouets mis à leur disposition.

Joshua n'avait pas envie de se joindre à eux, même si Charlotte l'y encourageait. Il préférait veiller sur la brebis. Après avoir consacré tant de temps à la dorloter, il craignait de voir tout son travail gâché par une inattention de ses parents. Du haut de ses huit ans, il croyait être le seul à pouvoir prendre soin de la bête correctement. Il avait accepté cette responsabilité et ne se défilerait pas. D'ailleurs, il était content que Tom, trop énervé pour être de quelque utilité, soit resté à la maison avec Mary pour attendre le verdict, loin de l'agitation de la foule. La jeune fille avait un travail à finir; la foire et ses débordements ne l'attiraient pas. Elle avait elle-même offert de garder Tom pour la journée.

Assis tout près de la brebis, Joshua ne quittait pas la bête du regard et repoussait quiconque la frôlait de trop près. Son zèle égayait les plus vieux. Les plus généreux le félicitèrent d'avoir pris un si grand soin de son animal et lui souhaitèrent bonne chance. Les plus mesquins affichèrent plutôt un air méprisant face à cette ferveur enfantine. Joshua ne remarqua ni les uns ni les autres. Il ne voyait que sa brebis, sa toison resplendissante, ses sabots lustrés, son œil vif.

Puis vint le moment tant attendu! Le berger en herbe tira sur la corde de toutes ses forces, mais la brebis refusa d'avancer. Henry accourut à la rescousse et réussit à la faire bouger. Joshua put ensuite se rendre avec elle à l'endroit désigné par les juges. L'attente lui parut interminable! Il regardait la brebis dans les yeux, la suppliant en silence de bien se conduire pendant que des gens tournaient autour d'eux. Concentré sur la tâche à accomplir, le garçon n'eut même pas l'idée de chercher ses parents du coin de l'œil ni d'observer ses compétiteurs.

Les juges délibérèrent avec sérieux et rendirent leur verdict promptement.

La brebis de Joshua remporta le deuxième prix dans sa catégorie.

Cette fois, le garçon oublia tout le reste et se précipita vers Henry qui le prit fièrement par les épaules pendant que le public, amusé, applaudissait à tout rompre. Sans la présence d'esprit de Charlotte qui courut récupérer la brebis, celle-ci, affolée, aurait peut-être disparu au milieu de la foule.

*

Pour Joshua, le retour à la maison fut euphorique. Il avait tellement hâte d'annoncer la nouvelle à son frère qu'il tirait sur la longe de la brebis sans ménagement, oubliant soudain qu'elle était la reine de la journée. Au dernier détour, il l'abandonna à son sort, croyant à tort qu'elle trouverait seule son chemin. Ses parents le suivaient de près et ils se chargèrent de la ramener dans son enclos.

— Je crois bien que notre champion considère sa tâche terminée, se moqua Charlotte.

— En tout cas, son sens des responsabilités comporte des limites, c'est le moins qu'on puisse dire, renchérit Henry.

Ils riaient tous les deux en entrant dans la cour, mais leur gaieté se trouva soudain confrontée à une scène peu réjouissante.

Les yeux écarquillés, Tom et Joshua se tenaient par la main et observaient une dispute d'adultes qui les effrayait tout en les fascinant. Devant eux, Rufus Miner et la jeune Mary affrontaient ensemble, la tête haute et l'air frondeur, la sainte colère du révérend Lefebvre. Nullement troublé par l'arrivée de Charlotte et de son mari, celui-ci les prit aussitôt à témoin, partageant avec eux son courroux et son indignation, persuadé qu'ils se rangeraient de son côté.

— J'ai surpris ces jeunes gens seuls dans la maison, en train de s'embrasser et de se livrer à des attouchements scandaleux!

Les mots, tranchants, fusaient de sa bouche et semblaient prendre forme devant son visage indigné.

Impuissants à freiner la fureur du révérend, Charlotte et Henry se taisaient. Il reprit donc de plus belle:

— Vous pouvez imaginer ce qui se serait passé si je n'étais pas arrivé à temps!

— Que veniez-vous faire à la maison? demanda Charlotte, qui détestait le voir se perdre ainsi en suppositions. Vous saviez que nous étions à la foire.

Ces paroles aussitôt prononcées, la jeune femme recula d'un pas, craignant les foudres de l'homme d'Église. Pourtant, elle croyait nécessaire de le confronter à ses propres démons. En se présentant ce jour-là, il espérait sans l'ombre d'un doute trouver Mary seule à la maison. Son indignation ne relevait ni de sa foi ni du respect des convenances, mais plutôt de sa jalousie. Il n'acceptait pas d'avoir été devancé et supplanté dans le cœur de Mary, et Charlotte craignait que sa déconfiture ne le pousse à se venger. Elle se rappelait très bien les colères de Patrice et de Charles Hamilton, leur volonté de blesser, physiquement et moralement. Elle devait empêcher que Mary ne soit à son tour victime d'un prétendant jaloux et possessif.

Elle réalisa très vite qu'elle ne s'était pas trompée sur l'état d'esprit du révérend. Toutefois, elle avait mal identifié la personne visée par son exaspération.

– Je comprends tout! lança en effet l'homme d'Église en la fixant d'un regard sévère. Cette pauvre enfant ne pouvait que mal tourner en ayant sous les yeux un exemple de dépravation.

– Quoi! s'exclama Henry, abasourdi par ce que le pasteur supposait.

Ce dernier ne se laissa pas émouvoir par son indignation. Au contraire, il poursuivit sur sa lancée avec encore plus d'acrimonie.

– Tout le monde sait que cet enfant a été conçu dans le péché, dit-il en montrant Tom du doigt. Sa seule présence dans le village ne peut que nous attirer les foudres divines.

Révoltée par une telle cruauté, et terrifiée par tout ce que cette accusation risquait de provoquer, Charlotte saisit les deux enfants par la main et les entraîna dans la maison. Son cœur battait la chamade. Plusieurs de ses concitoyens suivaient les dogmes de l'Église à la lettre, et il ne faudrait pas les sermonner très longtemps pour qu'ils ostracisent Tom et sa famille. Charlotte n'avait rien oublié de ses exils forcés et de l'angoisse perceptible qu'ils avaient provoquée chez sa grand-mère. Rien n'avait échappé à sa sensibilité d'enfant, et elle refusait que ses fils affrontent de semblables dénigrements.

— Pourquoi le révérend est-il si fâché? lui demanda Joshua.

— Parce qu'il a de la peine, lui répondit sa mère.

— À cause de Tom?

— Pas du tout! Ton frère n'a rien à voir là-dedans! Quand les gens ont du chagrin, ils cherchent toujours un coupable. Ça les soulage un peu. Mais ni Tom ni toi n'avez rien fait. Vous me croyez, n'est-ce pas?

Les garçons firent oui de la tête, puis Joshua proposa à son frère de jouer avec une série de blocs fabriqués par Henry à leur intention. Après quelques secondes, ils étaient déjà absorbés par leur jeu, et Charlotte voulut croire qu'ils avaient tout oublié de l'altercation.

De l'extérieur lui parvenaient des éclats de voix.

Elle se rapprocha de la fenêtre afin de mieux entendre. Elle ne voulait pas retourner dans la cour. Non pas qu'elle eut peur d'affronter le pasteur. Elle refusait plutôt de quitter ses enfants. Elle devait former un rempart entre eux et le monde. En outre, elle craignait, en se retrouvant devant Clément Lefebvre, de ne plus pouvoir contenir sa rage.

À travers la vitre, elle vit son mari gesticuler avec véhémence devant le révérend, puis elle l'entendit lancer d'une voix forte et en mordant dans les mots:

— Je ne veux plus vous voir chez moi! Partez immédiatement et ne vous approchez plus de ma famille.

Vous n'êtes pas digne de représenter notre Seigneur. Vous devriez avoir honte !

Le pasteur voulut riposter, mais Henry esquissa un pas menaçant dans sa direction et il préféra renoncer. Charlotte le vit s'éloigner, puis elle le perdit de vue. Elle attendit que le révérend ait fait un bon bout de chemin avant de rejoindre Henry et le couple d'amoureux.

– Je suis désolée, dit Mary, bouleversée. Nous ne faisions rien de mal, je le jure.

Charlotte lui prit le bras pour la rassurer.

– Je te crois. Oublie cette histoire. Nous savons tous pourquoi notre pasteur s'est conduit de la sorte. Un prétendant malheureux peut parfois se transformer en un monstre de méchanceté. Dans quelques jours, il aura retrouvé la raison. Ce n'est pas un être malveillant.

Malgré ces paroles d'apaisement, la jeune femme demeurait lucide. Le mal s'infiltrait déjà dans les chaumières. Il glissait des mots hargneux dans la bouche de leurs voisins, de leurs amis, érigeait des obstacles entre son fils et ses camarades. Le mal avait trouvé un messager de marque, et Charlotte craignait de ne pas avoir le courage de se battre contre lui. D'instinct, elle se rapprocha de son mari pour s'imprégner de sa force tranquille, de son optimisme et de sa foi inébranlable en ses semblables. Pourtant, en le prenant par le bras et en s'appuyant contre son épaule, elle pensait à Atoan.

*

Les appréhensions de Charlotte se confirmèrent dès le retour en classe. À la fin de la première semaine, les enfants rentrèrent à la maison la mine basse. Joshua affichait un air maussade qui ne le quitta pas de la soirée. Trop occupée pour lui accorder l'attention dont il aurait eu besoin, Charlotte ne réussit à lui parler que le lendemain matin, pendant que Tom faisait sa toilette et s'habillait.

– Qu'est-ce qui se passe, mon grand? demanda-t-elle. Tu n'es pas malade?

Le garçon fit non de la tête sans ouvrir la bouche.

Charlotte insista:

– Ça ne va pas bien à l'école? Tu t'es disputé avec un camarade?

Joshua résistait toujours. Il aurait aimé se confier, mais il détestait se plaindre. Il comptait bien se sortir seul de ses problèmes. De plus, mêler ses parents à ses ennuis lui paraissait une très mauvaise idée. Ça ne pourrait qu'empirer la situation. Alors, il préféra inventer une explication susceptible de dissiper les craintes de sa mère.

– J'ai un peu de difficulté avec la lecture, dit-il, mais monsieur Miner va m'aider.

– Je suis sûre que ça va s'arranger si tu y mets un peu d'effort, le rassura Charlotte en déposant un baiser sur son front.

Devant la réserve de son aîné, elle préféra ne pas insister. Elle devinait cependant qu'il y avait anguille sous roche, et elle se promit de reprendre cette conversation dans la soirée, sans laisser à Joshua la chance de se défiler de nouveau.

Une fois les enfants en route pour l'école, elle s'empressa de rejoindre Hortense et Mary qui l'attendaient déjà dans l'atelier. Henry était parti aux champs tout de suite après le déjeuner.

En pénétrant dans la pièce, la jeune femme ressentit tout de suite un certain malaise. Ni l'une ni l'autre de ses compagnes n'arborait son habituelle bonne humeur. Alors que Mary paraissait gênée, Hortense cachait mal son agacement. Or, aucune ne semblait prête à déballer son sac.

Les trois femmes travaillèrent donc dans un silence presque total pendant toute la matinée. À midi, Hortense annonça tout de go qu'elle mangerait chez elle et qu'elle reviendrait au milieu de l'après-midi. C'était inhabituel. L'heure du lunch leur offrait depuis toujours l'occasion d'échanger des confidences, de rire et de se délasser. Une belle récréation, à laquelle elles ne renonçaient jamais, malgré une énorme charge de travail.

Charlotte ne put en supporter davantage.

— Ai-je dit ou fait quelque chose qui vous a choquées? demanda-t-elle à ses compagnes.

Mary s'empressa de la rassurer.

— Mais non, pas du tout!

De son côté, Hortense semblait vouloir s'éloigner au plus vite. Charlotte l'interpella avant qu'elle ouvre la porte.

— Est-ce que tu m'en veux à cause de Tom et des accusations du révérend? l'interrogea-t-elle sur un ton plus revendicateur que suppliant.

Elle connaissait les scrupules d'Hortense. Par amitié et loyauté, et grâce aux exhortations de son mari, celle-ci avait surmonté ses réticences devant la conduite répréhensible de Charlotte, mais une simple étincelle pouvait les embraser de nouveau.

— On parle beaucoup du petit Tom au village, finit par admettre Hortense.

— Et tu prêtes une réelle attention à ces commérages? demanda Charlotte d'une voix triste.

Hortense baissa d'abord la tête sans répondre, puis elle leva les yeux vers son amie et murmura:

— Ces commérages, comme tu dis, ont tout de même un fond de vérité.

— Peut-être, mais qu'est-ce que ça change entre nous?

Hortense hésita. Elle n'approuvait pas le comportement passé de Charlotte. Ses amours clandestines la choquaient profondément, mais leur amitié lui était précieuse. Elle enviait la liberté d'esprit de son amie. Ayant hérité de ses parents une rigidité de pensée gouvernée par les lois divines, elle évoluait dans un monde de règles et de convenances contraignantes dont elle ne parvenait pas à se libérer.

— C'est embarrassant…, marmonna-t-elle avec des larmes dans les yeux.

Charlotte aurait aimé la prendre dans ses bras et la rassurer, mais elle éprouvait une telle amertume qu'elle n'eut pas la force de pardonner. Sans grand espoir, elle tenta d'expliquer à son amie ce qu'elle ressentait.

— Tom est né d'un grand amour que ma communauté n'aurait pas approuvé et que j'ai choisi de vivre malgré tout. Cela, tu le sais depuis toujours. Tom est un enfant et il n'y est pour rien. Mon péché n'est pas le sien et il n'y a aucune raison qu'il en souffre. Je ne le permettrai pas, même s'il me faut pour cela renoncer à des gens que j'aime de tout mon cœur. Je comprends que tu sois mal à l'aise de nous fréquenter et que cette campagne de dénigrement, menée de main de maître par le révérend Lefebvre, fasse naître le doute dans ton esprit. Je pensais notre amitié assez solide et ton affection pour Tom assez sincère pour que tu puisses traverser cette tempête à nos côtés, mais à toi de décider jusqu'où tu peux aller.

Les yeux pleins d'eau, Hortense demeura immobile pendant quelques secondes, comme si un poids trop lourd l'écrasait. Puis elle se leva, s'enroula dans son châle et sortit.

Des larmes coulaient aussi sur les joues de Charlotte et de Mary.

9

Novembre 1826

– Ça ne peut plus continuer !

Sur le point d'exploser, Charlotte était sortie de l'atelier en espérant que l'air frais lui ferait du bien et la calmerait. Son mari, qui travaillait dans la bergerie, l'avait aperçue et était venu la retrouver. En la voyant faire les cent pas, il avait tout de suite compris ce qui la tourmentait.

– Ça ne peut plus continuer ! répéta-t-elle en donnant un coup de pied sur un caillou. On doit agir. Il faut que ça change. Je n'en peux plus !

Elle avait plusieurs raisons de se faire du mauvais sang. Son fils aîné rechignait chaque matin à partir pour l'école et il revenait chaque soir la larme à l'œil ou la colère inscrite sur tout le corps. Par ailleurs, ses clients qui, en cette fin d'automne, auraient dû être nombreux, la fuyaient comme la peste. Personne ne daignait lui fournir la moindre explication, mais tout le monde ou presque refusait d'acheter ses articles. Richard Smith lui restait fidèle malgré tout. Il avait regarni ses tablettes des tuques, écharpes, bas, gilets et chapeaux confectionnés par Mary et Charlotte. Mais rien ne se vendait. La jeune femme s'était rendue une fois de plus au magasin général ce jour-là. Elle en était revenue découragée et amère. Richard Smith avait bien essayé de lui remonter le moral. «Tout finira par s'arranger, avait-il dit. Il faut laisser faire le temps.» Mais la poussière s'accumulait sur les vêtements que Charlotte lui avait apportés un mois plus tôt.

– Il a sans doute raison, lui dit Henry. Les gens vont finir par se calmer. Le gros bon sens va l'emporter. L'automne a été clément jusqu'ici, mais à la première vague de froid, personne ne lèvera plus le nez sur tes vêtements, tu peux me croire.

Charlotte secoua la tête, ulcérée, incrédule. Tant d'années de travail pour se constituer une clientèle, et voilà qu'un homme jaloux allait tout lui faire perdre. Elle ne pouvait plus rester passive. Elle devait se défendre, et vite. Mais comment? En criant sur les toits la déception amoureuse du pasteur, véritable cause de son aigreur? Une telle effronterie risquerait de lui retomber sur le nez, étant donné sa relation hors mariage avec Atoan. Quoi qu'elle fasse, au point où en étaient les choses, elle s'exposait à des critiques acerbes. Si encore il ne s'agissait que de son commerce! Mais non! L'ostracisme frappait également ses enfants. L'air défait de Joshua et l'injustice dont il était la victime innocente la peinaient plus que tout.

Son jeune frère, par contre, semblait moins affecté par la situation.

D'un naturel joyeux et insouciant, Tom ne se rendait pas compte de l'exclusion dont il était l'objet. Charlotte soupçonnait Joshua d'encaisser les coups à sa place. Tout à sa joie de fréquenter l'école, le petit se résignait sans trop s'en faire à l'indifférence des uns et à l'hostilité des autres. Pourquoi se serait-il mis martel en tête? Son grand frère veillait sur lui. L'instituteur lui prodiguait ses enseignements avec patience et gentillesse. De plus, la fillette qu'il avait rencontrée le jour du pique-nique occupait le pupitre voisin et lui adressait, tout au long de la journée, des sourires affectueux qui lui faisaient oublier ses tracas. Il n'en demandait pas plus. Ces trois personnes érigeaient un mur protecteur autour de lui, et lui permettaient d'apprécier l'école et la vie en général. Plus lucide et moins résilient, Joshua souffrait davantage de la situation.

— J'espère que tu as raison, dit Charlotte, mais en attendant, je vais en parler à Rufus. S'il le faut, je retirerai les enfants de l'école pour un temps. Je n'en peux plus de voir Joshua avec cette mine d'enterrement. J'ai peur que ça finisse mal.

— Attends encore un peu avant de prendre des décisions que tu pourrais regretter, lui conseilla son mari. Tu connais les enfants : de vraies girouettes ! En quelques jours, ils peuvent changer du tout au tout.

Charlotte n'adhérait pas à cette théorie. En se basant sur sa propre expérience, elle croyait plutôt que les enfants ne se transformaient guère. Ils étaient déjà à six ans ce qu'ils seraient à vingt ou à quarante. Chacun devait donc s'accommoder des défauts de l'autre, de ses peurs et de ses mesquineries. Une mauvaise graine plantée dans une mauvaise terre ne donnait rien de bon, quels que soient les soins qu'on lui prodiguait. Voilà pourquoi elle s'inquiétait de Joshua. Elle n'aimait pas le voir se replier ainsi sur lui-même. Cette attitude lui rappelait les silences lourds d'amertume de Patrice, son premier mari et père du gamin, et elle craignait que cet héritage désolant ne vienne éteindre la flamme dans les yeux de son fils.

Trop bouleversée pour s'opposer aux vues optimistes de son mari, elle décida de retourner à l'atelier. Mary tissait sur le métier. Elle lui tournait le dos et n'esquissa pas un geste pour lui signifier qu'elle l'avait entendue entrer.

Intriguée, Charlotte se mit à l'ouvrage. Après quelques minutes, le silence lui pesa et elle tenta d'engager la conversation.

– J'adore ce bleu que tu as réussi à produire. As-tu bien noté la recette? L'année prochaine, on en fera une plus grande quantité. Je voudrais tisser des nappes de cette couleur.

– D'accord, répondit Mary, sans cesser de déplacer la navette.

Charlotte détestait les situations ambiguës. Sa collègue avait-elle décidé de se rallier à ses détracteurs? Si tel était le cas, mieux valait crever l'abcès dès maintenant.

– Ça ne va pas? demanda-t-elle sur un ton peu amène, où perçait une certaine impatience.

Mary fit d'abord oui de la tête, puis elle se ravisa et murmura d'une voix à peine audible:

– Non, ça ne va pas.

– Explique-moi.

La jeune fille se retourna enfin et regarda Charlotte à travers ses yeux mouillés de larmes.

– Je ne pourrai plus travailler avec toi, dit-elle d'une voix secouée de sanglots.

– Mais pourquoi donc? Tu crois, toi aussi, que je suis un mauvais exemple?

– Oh non! s'écria Mary. Au contraire! Mais ce qui t'arrive est ma faute. Si j'avais accepté les avances du pasteur, il n'aurait jamais colporté ces horribles mensonges sur toi et sur Tom. Tant que je fréquenterai Rufus, ce méchant homme continuera à te nuire.

– Et tu penses qu'en ne travaillant plus ici tu le feras taire ?

– Oui… peut-être, bafouilla Mary.

– Tu te trompes. Maintenant qu'il a trouvé une façon de se décharger de sa frustration, il ne lâchera plus le morceau. Il t'aime trop pour te punir de ne pas l'aimer, alors il punit quelqu'un d'autre. Tu peux me croire. Plus rien ne le fera revenir à de meilleurs sentiments à mon égard. Quitter ton emploi n'y changera rien, et j'ai trop besoin de toi pour te laisser partir.

Le visage de Mary s'éclaira et elle essuya ses larmes avec un coin de son tablier. Charlotte venait de la délivrer d'un grand poids. Même si elle était la source de cette querelle entre le révérend et sa patronne, cette dernière ne lui en tenait pas rigueur. En se remettant au travail, soulagée et le cœur plus léger, la jeune fille se promit de tout tenter pour contrer les attaques vindicatives du prétendant éconduit.

*

Une semaine plus tard, toutefois, les soucis de Charlotte perdirent de leur importance, car un grand malheur vint frapper John Mulvena de plein fouet. Charlotte et son mari apprirent la triste nouvelle un samedi, alors qu'ils faisaient des emplettes au village. Ils avaient emmené les enfants avec eux parce que Mary combattait une grippe qui l'affaiblissait beaucoup. Elle ne s'était pas présentée à l'atelier depuis trois jours, et Charlotte avait l'intention de passer la voir dans le courant de l'après-midi. Ses plans se trouvèrent cependant chamboulés lorsqu'ils croisèrent le docteur Martin qui se dirigeait à grands pas vers l'auberge de monsieur Hibbard. Il les salua d'abord sans s'arrêter, puis il interrompit sa course et revint sur ses pas en les appelant.

Surpris, Charlotte et Henry se retournèrent en prenant chacun un enfant par la main pour les obliger à attendre. Les petits auraient préféré continuer à gambader.

Après les avoir rejoints, le médecin pencha la tête, réfléchissant à ce qu'il allait dire, puis il parla sans détour.

– J'ai une mauvaise nouvelle. Je m'excuse de vous l'annoncer de cette façon et dans cet endroit, mais je crois important de vous mettre au courant, puisque vous êtes proches de la famille.

Comme Charlotte et Henry se taisaient en attendant la suite, il continua :

– Je sors tout juste de chez les Mulvena. Madame ne se sentait pas bien depuis quelque temps. Ses douleurs avaient augmenté, mais elle n'a pas jugé pertinent de me faire venir. John m'a appelé trop tard. Je n'ai rien pu faire.

– Non ! Oh non ! Je vous en prie, dites-moi que ce n'est pas vrai.

En suppliant le médecin, Charlotte serrait si fort la main de Tom qu'il se mit à geindre en tentant de se dégager. Elle le libéra et le regarda avec des yeux écarquillés où perçait un mélange d'effroi et de profonde affliction. Surpris, le petit se réfugia auprès de son père adoptif. Charlotte aurait souhaité que cet enfant disparaisse, mais elle n'aurait pu vivre sans lui. Le décès d'Hortense ranimait ses plus grandes craintes. Qui, d'elle ou de Tom, distribuait la mort? À qui la malédiction voulait-elle couper les ailes? Son amie était-elle morte par sa faute, parce qu'elle l'avait côtoyée trop longtemps, sans se méfier, ou parce que d'obscurs démons avaient voulu venger Tom? Le grand Walker avait tenté de faire du mal à son fils: il s'était noyé; Hortense s'était jointe à ses détracteurs: la maladie l'avait emportée. Il lui était impossible de ne pas relever ces coïncidences troublantes.

À la douleur d'avoir perdu son amie s'ajoutait l'angoisse de perdre son fils aux mains d'un destin cruel. Le petit semblait pouvoir faire disparaître ceux qui se mettaient en travers de son chemin. Était-ce possible? «Je divague, se dit Charlotte. Je ne peux pas croire une telle chose! Comment puis-je seulement l'imaginer?» Malgré tout, elle frissonnait. Sentant ses forces l'abandonner, elle se cramponna au bras de Henry.

Conscient de son malaise, le petit Tom voulut lui prendre la main pour la réconforter. Elle croisa alors son regard confiant, plein d'innocence et de bonté, d'insouciance également. Elle ne put en supporter davantage et enfouit son visage dans le cou de Henry.

— Je suis désolé, murmura le doteur Martin. J'aurais préféré vous l'annoncer d'une autre manière.

— Ne vous en faites pas, le rassura Henry. Il n'y a pas de bonne façon d'annoncer ces terribles nouvelles.

— Je sais... Je dois partir, on m'attend. Veuillez m'excuser...

Le médecin reprit sa course, laissant derrière lui une famille immobile au milieu des passants.

10

Le matin des funérailles d'Hortense, Charlotte hésitait toujours sur la conduite à adopter. Encore sous le choc, elle n'avait pas eu beaucoup de temps pour réfléchir. John Mulvena avait insisté pour que sa femme soit enterrée très rapidement, avant le gel. Il détestait l'idée de la savoir dans le charnier tout l'hiver. «J'aurais l'impression de l'enfermer, de la punir d'être morte», avait-il dit au forgeron qui l'avait répété. Charlotte n'avait donc pas vu la dépouille de son amie et elle n'avait pas encore eu à affronter les regards critiques des uns et des autres.

— Je ne sais pas quoi faire, confia-t-elle à son mari. J'ai une peine immense! Je veux accompagner Hortense à son dernier repos. Je veux être là, près d'elle, et lui demander pardon. Mais j'ai très peur.

Si elle n'assistait pas à l'office, elle donnerait libre cours aux calomnies. On l'accuserait d'avoir une pierre à la place du cœur. Par contre, si elle s'y rendait, elle ne pourrait éviter les remarques haineuses et lourdes de sous-entendus. Pour plusieurs, son comportement avait été scandaleux et Hortense avait eu raison de s'éloigner d'elle. Pire encore, le chagrin et la honte l'avaient peut-être rendue malade.

Avant que Henry n'ait eu le temps de lui répondre, la porte s'ouvrit sur Mary et son père. Habillée de noir, la jeune fille avait pleuré. Ses yeux bouffis et ses joues encore rouges à force d'avoir été frottées en faisaient foi. Pourtant, son sourire discret mais bien présent contrastait avec son allure générale. La tristesse n'arrivait pas à exercer une emprise totale sur elle.

– Excusez-nous d'arriver sans avertir, expliqua Carey Hyndman. Nous tenions à entrer à l'église avec vous.

– Je ne sais pas…, répondit Charlotte. Ce n'est peut-être pas très sage de…

Le crieur public l'interrompit sans ménagement.

– Pas de discussion, lança-t-il. Vous venez tous les quatre. C'est très important que vous soyez présents. Surtout vous, Charlotte. Hortense était votre amie et je sais que vous l'aimiez de tout votre cœur. Tous les gens sensés le savent.

Ces dernières paroles touchèrent Charlotte et ses yeux s'embuèrent de larmes. Mary s'approcha d'elle et lui murmura d'une voix très douce :

– Il faut venir. Fais confiance à mon père. Tu ne le regretteras pas.

*

La petite chapelle était bondée. L'air suintait d'humidité, et des odeurs de sueur, de savon du pays et de laine mouillée flottaient au-dessus de l'assemblée. Tout le village semblait s'être donné rendez-vous, comme si un événement particulier devait se produire et que personne ne voulait le manquer. Hortense connaissait beaucoup de monde et elle avait été appréciée à Sherbrooke, mais sa popularité, somme toute assez modeste, ne justifiait pas une assistance aussi nombreuse à ses funérailles.

Quand Charlotte et les membres de sa famille, encadrés par les Hyndman, pénétrèrent dans la chapelle, tous les regards convergèrent dans leur direction. Venu de Stanstead pour l'occasion, Silas Dickerson se précipita à leur rencontre. Charlotte aurait souhaité passer inaperçue, mais le journaliste les poussa vers l'avant avec fermeté. De plus en plus mal à l'aise, la jeune femme tenta de se faufiler avec les enfants aux seules places encore libres, mais John Mulvena se retourna à ce moment-là et les invita à le rejoindre dans le premier banc. Charlotte n'eut pas le choix. Il aurait été malvenu de refuser son réconfort à un ami en deuil de sa femme.

Ils s'entassèrent donc sur l'étroite banquette, juste devant le cercueil, puis le révérend Lefebvre fit son apparition, les cheveux en bataille et la démarche nerveuse. Son habit des grandes occasions lui conférait néanmoins un certain prestige.

Impressionnée, Charlotte ne put réprimer un tremblement. Henry lui prit la main pour l'aider à apaiser ses appréhensions. La jeune femme redoutait un esclandre. Fort de plusieurs appuis dans la population, le pasteur voudrait peut-être profiter de cette cérémonie pour les condamner en chaire, elle et sa famille. S'il avait cette audace, jamais elle ne se pardonnerait d'avoir exposé ses enfants à une telle humiliation.

Dans un silence pesant, le service funèbre commença.

Charlotte ne pouvait détacher son regard du cercueil. Il lui était difficile d'imaginer son amie couchée dans cette boîte. Sa mort n'aurait pas dû avoir lieu. Henry avait beau tenter de la convaincre que ni elle ni Tom n'étaient responsables de ce malheur, elle persistait à croire le contraire. Hortense n'aurait pas dû mourir. Elles auraient dû se parler toutes les deux, s'expliquer. Leur amitié aurait pu surmonter cette épreuve, si elles lui en avaient donné la chance.

Le révérend Lefebvre se racla la gorge. La jeune femme leva la tête. Monté sur un marchepied placé derrière le cercueil, l'officiant dominait l'assemblée. Il regardait au-dessus d'elle et fuyait son regard. Moins arrogant qu'à l'accoutumée, il se racla la gorge une deuxième fois.

Les gens se tortillaient sur leurs sièges. Un enfant poussa un cri, vite réprimé par son père. Un vieil homme fut secoué par une quinte de toux. Des jeunes gens rica-nèrent, de nervosité sans doute. On entendit aussitôt des chuchotements réprobateurs, puis le silence revint et la voix du révérend s'y faufila timidement.

– Nous sommes rassemblés pour honorer la mémoire d'Hortense Mulvena, une femme appréciée de tous ceux qui la connaissaient.

Suivirent les éloges d'usage, les recommandations à la clémence divine et la courte liste des personnes que la défunte laissait dans le deuil. Charlotte respirait de mieux en mieux. La cérémonie se déroulait selon les règles, l'of-ficiant faisant preuve de retenue et d'empathie. Son ton sans acrimonie ne laissait rien insinuer. Il inspirait la paix plutôt que l'affrontement. Crispée depuis son arrivée, la jeune femme détendit enfin ses muscles et desserra les mâchoires. C'est alors qu'elle entendit son nom.

— Hortense Mulvena laisse également dans le deuil sa collègue madame Charlotte Brown, avec qui elle travaillait depuis de nombreuses années. Jusqu'à ses derniers instants, la défunte n'a toujours eu que de bons mots à l'endroit de madame Brown, une amie précieuse. Ces deux femmes, d'une intégrité et d'une grandeur d'âme irréprochables, ont toujours beaucoup apporté à notre village. Nous avons perdu l'une d'elles, mais l'autre reste et continuera à nous faire honneur. Prions pour elle, afin que Dieu l'aide à surmonter son chagrin. Prions, mes frères.

L'oraison funèbre se termina ainsi et le célébrant procéda ensuite au rituel funéraire. Charlotte n'entendit pas le reste de la cérémonie. Elle garda la tête baissée, même lorsque les fidèles furent invités à suivre le cortège jusqu'au cimetière, où les fossoyeurs les attendaient.

Quand elle tenta de se lever, le sol se déroba sous ses pieds. Elle regarda autour d'elle, comme pour appeler à l'aide, et surprit les regards complices de messieurs Hyndman et Dickerson. Une fierté manifeste, presque impudente, illuminait le visage des deux hommes. De toute évidence, ils avaient réussi leur coup. Charlotte ignorait quels moyens ils avaient utilisés, à quel chantage ils s'étaient livrés, pour amener le révérend à de meilleurs sentiments à son égard, et elle ne tenait pas à le découvrir. Il lui semblait se réveiller d'un long cauchemar et elle voulait savourer cette victoire en toute sérénité, tout en faisant ses adieux à son amie.

Parce qu'elle tardait à se lever, Henry lui prit le bras et l'aida à se mettre sur pied. Pour la première fois depuis des semaines, la jeune femme goûta une paix profonde, alors que son mari affichait un sourire en coin en observant Mary. La jeune fille rayonnait. Une fois de plus, elle avait manipulé son père avec une intelligence et un doigté surprenants.

11

Avril 1827

Charlotte aidait Henry à remonter les clôtures. Le soleil lui chatouillait le visage et lui procurait un immense bien-être. L'hiver avait été rude, mais ce printemps hâtif avait ramené la gaieté chez les habitants des cantons. Après des mois de léthargie, tous s'étaient remis à l'ouvrage, et le village bourdonnait d'activités. Les grands travaux interrompus à cause de l'hiver avaient repris de plus belle. Au moins deux bâtiments publics et trois maisons étaient déjà en chantier. À elles seules, l'école où serait dispensé l'enseignement secondaire et la future prison occupaient presque tous les charpentiers des environs. Le vieux Walker, maître forgeron, fabriquait les barreaux du pénitencier, et sa forge brûlait pendant de longues heures. Ce travail exigeant lui permettait sans doute d'oublier la mort tragique de son petit-fils, une relève sur laquelle il ne pouvait plus compter. À toute heure du jour, des odeurs désagréables s'échappaient de la tannerie, où les trappeurs apportaient les nombreuses peaux récoltées pendant la saison froide. Après le silence hivernal et la longue réclusion à laquelle les habitants avaient dû se résigner, il faisait bon entendre de nouveau grincer les godendards et les grandes roues des moulins.

— Tu m'aides ou tu rêvasses?

Henry essuya la sueur qui ruisselait sur son visage. Il portait des vêtements trop chauds pour cette journée printanière.

Charlotte lui sourit. Elle n'était pas d'une grande utilité, en effet. Cette chaleur inattendue la portait à la flânerie davantage qu'au travail. Elle aurait voulu s'étendre dans l'herbe brune, entre les flaques de neige, et contempler le ciel d'un bleu impeccable, sans une effilochure. En soupirant, elle tendit un bout de broche à son mari et entoura de ses bras le pieu à fixer. S'y appuyant plus qu'elle ne le soutenait, elle retourna ensuite à sa rêverie.

Les enfants allaient bien. On ne leur faisait plus de misère depuis l'homélie prononcée par le révérend Lefebvre. Des bêtises de gamins malfaisants parfois, mais rien de très méchant. Tom apprenait vite et Joshua se développait encore plus vite. Plutôt trapu, il avait hérité de la musculature et de la force physique de son père biologique. Charlotte n'aurait bientôt plus aucun souci à se faire, car personne n'oserait s'en prendre à lui.

— Qu'est-ce qui te fait sourire? demanda Henry.

— Je ne sais pas. Le printemps, sans doute…

— En tout cas, il te rend encore plus belle, lui dit son mari en l'embrassant sur les lèvres.

— Pas question de folâtrer avant d'avoir terminé cette clôture, se moqua Charlotte en lui rendant son baiser.

Henry avait vu juste. Elle se sentait belle, en effet, et heureuse. Plus énergique également. Le printemps gambadait dans ses veines et la remplissait d'une vigueur renouvelée. Elle avait du reste d'excellentes raisons de se réjouir. Tout l'hiver, ses produits s'étaient vendus comme des petits pains chauds. Richard Smith en avait manqué et elle avait dû mettre les bouchées doubles avec Mary pour regarnir les tablettes du commerçant, principal concurrent de Charles Goodhue. En pensant à ce dernier, Charlotte ne put s'empêcher de revenir au projet qui lui trottait dans la tête depuis des mois. La voyant de nouveau plongée dans ses songeries, son mari déposa sa massue et se planta devant elle.

— Dis-moi donc à quoi tu penses. Quand tu te seras vidé le cœur, on sera peut-être plus efficace à l'ouvrage.

La jeune femme haussa les épaules.

— Je ne pense à rien de précis…

— Pourrais-tu malgré tout être plus précise ?

— Différentes choses…

— Comme ton projet de carderie, par exemple ?

Charlotte sourit. Son mari la connaissait bien. Par contre, elle n'aimait pas aborder ce sujet avec lui, car leurs opinions divergeaient sur la manière d'atteindre leurs objectifs.

— J'y pense parfois, mais je sais bien que c'est un rêve impossible.

— Tu ne le sauras pas tant que tu n'auras pas rencontré Charles Goodhue. Lui seul peut te prêter le montant nécessaire.

— Je te l'ai déjà dit et je te le répète : même s'il acceptait de me prêter, et permets-moi d'en douter, je n'emprunterai jamais d'argent à Charles Goodhue. Je ne changerai pas d'avis. D'ailleurs, tu disais la même chose, il n'y a pas si longtemps.

– Je sais bien, admit Henry, mais il a aidé beaucoup de monde à se lancer en affaires. Et plusieurs ont réussi.

– Et tant d'autres ont été ruinés, parce qu'ils ne sont pas arrivés à le rembourser dans les délais prévus. Et tu peux me croire, il ne leur a pas accordé une seule journée de sursis !

Henry fit une moue qui en disait long. Il aurait été bien en peine de contredire sa femme à ce propos. Cependant, il ne partageait pas ses craintes.

– Tu pourrais demander à William Felton, proposa-t-il. Tu t'entends bien avec sa femme. Elle plaiderait en ta faveur.

– Felton ou Goodhue, du pareil au même…, se désola Charlotte qui ne voyait pas d'issue à son problème. Et je ne risquerai pas une belle complicité pour de l'argent.

Elle restait le plus possible à l'écart des coteries et ne se mêlait pas aux tractations politiques ou financières des puissants, mais elle comprenait très bien comment fonctionnait cette communauté de pionniers. Les rapports entre les différentes classes sociales étaient déjà en place du temps de sa grand-mère, et malgré l'essor considérable du village, la situation n'avait guère évolué. Plus de citoyens de Sherbrooke réussissaient aujourd'hui à mener une vie décente, mais quelques familles mieux nanties se partageaient toujours le véritable pouvoir. Le clan Felton venait en tête. Ceux qui gravitaient autour de lui se réclamaient souvent d'ancêtres aristocrates et manifestaient une loyauté indéfectible à la couronne d'Angleterre. Marchands, hauts fonctionnaires, cultivateurs fortunés… Plusieurs partageaient les idées de William Felton et profitaient de sa toute-puissance.

La survie des artisans et gens de métiers dépendait très souvent de ce cercle d'initiés. Prudente et d'esprit indépendant, Charlotte avait toujours gardé ses distances avec le clan Felton. Ayant hérité à deux reprises d'un petit pécule, elle avait pu sauvegarder sa liberté. Son cheptel s'était agrandi avec les années, et elle gagnait sa vie sans dépendre de personne et sans rien devoir à quiconque sur le plan des finances, même pas à Henry. Très peu de femmes avaient réussi un tel exploit. Elle en éprouvait une grande fierté et il lui semblait honorer ainsi la mémoire de sa grand-mère. Jamais elle ne risquerait cette autonomie si chèrement gagnée en se livrant pieds et poings liés à un créancier connu pour sa voracité.

— Reprenons le travail, dit-elle. Je voudrais avoir terminé avant que les enfants reviennent de l'école. On reparlera de tout cela une autre fois.

*

Avec l'arrivée du mois de mai, les moments de détente se firent plus rares et les journées défilèrent à la vitesse de l'eau dans les cascades de la rivière Magog. Malgré tout, Charlotte ne put refuser aux enfants et à ses amis le premier pique-nique de la saison. Ils se retrouvèrent donc tous en fin de matinée et se rendirent sur les rives de la Saint-François, à une demi-heure de marche de la maison. Cette courte randonnée rappela à la jeune femme ses escapades en compagnie de sa grand-mère et des Abénaquis. Patrice, le père de Joshua, était souvent de la partie. Le doux temps de l'enfance... Ce souvenir la ramena tout naturellement vers Atoan, mais elle chassa cette pensée pour ne pas sombrer dans la nostalgie. Les Abénaquis étaient passés comme à chaque printemps, avec la constance des oies blanches, puis ils étaient repartis. Elle n'avait plus eu aucun contact avec eux depuis sa dernière rencontre avec Atoan.

Charlotte soupira. Elle souhaitait de tout cœur échapper à cet accès de mélancolie et savourer, en bonne compagnie, cette journée splendide, ces instants si rares et si précieux.

— Tu renâcles comme une vieille jument! lui lança son amie Olive, ce qui fit rire les enfants.

Les cinq jeunes Burchard et les fils de Charlotte ne se tenaient plus de joie et d'excitation. Grisés par l'excursion, ivres de bonheur, ils salivaient devant les paniers débordant de mets savoureux.

*

Une heure plus tard, les enfants, repus, s'étaient déjà éparpillés, pareils à une volée de chardonnerets, et les adultes se retrouvèrent entre eux. Il faisait trop beau pour rentrer. Personne n'avait même le courage de ramasser les reliefs du repas et la nappe souillée de mélasse et de lait. Des corneilles perchées au faîte d'un arbre, ainsi qu'une famille d'écureuils qui jacassaient avec de plus en plus d'ardeur, reluquaient les miettes de galettes et de pain.

Tous les visages se tournaient vers le soleil, tandis que Daniel, le mari d'Olive, et Henry rivalisaient de drôlerie. Leurs moqueries faisaient rire les femmes et ils en rajoutaient. John Mulvena, qui se remettait lentement de son deuil, ne donnait pas sa place non plus. William Felton, le révérend Lefebvre, le juge Fletcher, les avocats, les politiciens, tous subirent les foudres de leur humour caustique. Les imitations du grand John étaient irrésistibles. Les enfants cessèrent même leurs jeux pour assister à sa parodie de Charles Goodhue. Chacun se tenait les côtes, mort de rire. Puis le calme revint petit à petit et on n'entendit plus que les soupirs de satisfaction et les ricanements sporadiques, semblables aux secousses qui suivent les tremblements de terre.

D'une voix enjouée, Mulvena lança alors une nouvelle qu'il aurait dû taire pour sauvegarder l'harmonie.

— En tout cas, notre Goodhue a l'air bien décidé à construire sa fabrique de laine cet été.

Un silence étonné accueillit sa déclaration. Les mots restèrent suspendus dans les airs. Au moindre geste, ils s'éparpilleraient dans tous les sens.

Henry fut le premier à retrouver la parole.

— Que dis-tu là? Quelle fabrique de laine?

John Mulvena les regarda les uns après les autres, surpris de leur air médusé.

— Vous n'étiez donc pas au courant?

— Au courant de quoi? s'impatienta Henry. Goodhue n'a jamais parlé d'une fabrique de laine.

— En tout cas, c'est bien ce qu'il a dit la semaine dernière. J'étais là et j'ai bien entendu.

À vrai dire, il ne savait pas grand-chose. Sa rencontre fortuite avec Goodhue avait été très courte. En fait, il avait plutôt surpris une conversation entre le commerçant et Henry Beckett. Le milicien, également cultivateur et maître maçon, lui avait semblé pressé de mettre fin à l'échange et de poursuivre son chemin.

— D'après ce que j'ai compris, expliqua-t-il, Goodhue voulait retenir les services de monsieur Beckett pour cet été et l'autre se faisait tirer l'oreille.

— Et que vient faire la fabrique de laine dans cette histoire? demanda Charlotte d'une voix où perçait de l'incrédulité.

— Pour le convaincre, Goodhue a expliqué à Henry Beckett qu'il voulait construire un grand bâtiment de trois étages, et que dans ce bâtiment il y aurait une fabrique de laine. Je n'ai pas entendu le reste parce qu'ils se sont retirés dans le bureau, au fond du magasin.

— Tu es sûr? insista Charlotte, stupéfaite. Il a bien parlé d'une fabrique de laine?

Elle regardait le grand Mulvena avec des yeux suppliants, en souhaitant qu'il efface tout ce qu'il venait de dire. Au contraire, ce dernier lui répondit d'un hochement de tête. Il était persuadé d'avoir bien entendu.

— Je croyais que vous le saviez déjà, dit-il en ouvrant les mains, paumes vers le haut, en signe d'impuissance.

Il s'en voulait d'avoir gâché le pique-nique. Cependant, il était préférable pour Charlotte de savoir à quoi s'en tenir et quel adversaire elle devrait affronter si elle persistait dans son projet de carderie.

Las de leurs jeux, les enfants réclamèrent l'attention des adultes. Henry donna alors le signal du départ, sur un ton sec à la limite de l'impolitesse. Charlotte tourna la tête vers lui pour l'inviter à plus de douceur, mais il fuit son regard et prit la tête du cortège. Le retour fut moins enthousiaste que l'aller, chacun étant perdu dans ses pensées. Même les enfants, fatigués d'avoir couru, suivirent les adultes sans se bousculer ni rechigner.

*

La nouvelle ne tarda pas à se répandre. Deux semaines plus tard, tout Sherbrooke était au courant des projets de Goodhue. Qu'il veuille se lancer dans l'industrie textile, même s'il n'y connaissait à peu près rien, n'étonna personne, car cet homme ambitieux possédait une qualité rare : il savait s'entourer. Il engageait toujours des gens qualifiés, passés maîtres dans leur domaine. La plupart ne restaient pas très longtemps à son service. Après avoir pris de l'expérience et accumulé un capital, ils démarraient leur propre entreprise. Ainsi, son ancien commis, Richard Smith, avait ouvert son magasin et lui faisait maintenant concurrence. D'autres, à qui il avait donné leur première chance, avaient quitté le village pour s'établir ailleurs, à leur compte. Et plusieurs réussissaient à merveille. Ils avaient été à bonne école.

— Ça ne veut pas dire que tu dois renoncer à ton rêve.

Olive et Charlotte discutaient tout en marchant. Elles allaient rencontrer une jeune fille qui pourrait peut-être remplacer Hortense à l'atelier.

— De toute façon, j'ai bien d'autres problèmes à régler, répondit Charlotte en haussant les épaules.

Elle ne voulait plus parler de sa carderie, ni de la fabrique de laine de Goodhue. Ces conversations la rendaient amère et elle préférait regarder vers l'avant plutôt que de ressasser son humiliation. Le marchand l'avait devancée ? Et puis après ? C'était à prévoir, de toute façon. Comment pourrait-elle rivaliser avec lui ? C'était impensable ! Pourtant, en son for intérieur, Charlotte avait l'intuition qu'elle prendrait sa revanche, un jour ou l'autre.

Olive comprit qu'il valait mieux changer de sujet.

– J'espère que la jeune Anna va accepter ton offre, dit-elle. C'est vraiment l'employée qu'il te faut. Elle a des doigts de fée.

Charlotte n'avait pas encore eu le courage de remplacer Hortense. Prise par les mises bas, elle avait cependant accumulé du retard, qu'il lui fallait maintenant rattraper. Elle avait un urgent besoin d'aide. Quand Olive lui avait suggéré d'engager la fille d'Ira Alger, l'idée lui avait plu. Ce dernier avait souffert de son séjour en prison. Sa santé physique et psychologique avait été très affectée par cette longue réclusion et il peinait à reprendre des forces. Charlotte et Henry avaient tenu leur promesse de venir en aide à cette famille éprouvée. À plusieurs reprises, ils leur avaient apporté de la nourriture et des vêtements. Ils avaient même envisagé de retenir les services de monsieur Alger pour la tonte, mais ils avaient dû renoncer à cette bonne action. Chaque fois que le pauvre homme trouvait à se faire embaucher, il abandonnait après quelques jours parce qu'il n'arrivait pas à fournir l'effort nécessaire pour satisfaire aux exigences de ses employeurs. Pourtant, il faisait son possible, et plus encore. Mais le rendement n'était pas au rendez-vous. En procurant un emploi stable à l'aînée, Charlotte aiderait toute la famille, et cette conviction la poussait à aller de l'avant. Par contre, un détail l'agaçait.

— Je la trouve un peu jeune, dit-elle. Je ne voudrais surtout pas abuser d'une enfant.

— Jamais de la vie! la rassura son amie. Anna est presque une jeune femme. Elle aura quinze ans dans un mois. L'âge que tu avais le jour de ton premier mariage! De plus, elle est solide et prête à travailler. Elle a appris très tôt à se débrouiller parce que sa mère n'a pas une très bonne santé. Je suis sûre que tu ne regretteras pas ton geste.

— À t'entendre, on croirait que tu as un intérêt personnel dans cette cause, se moqua Charlotte.

— Je veux juste les aider. Ils en ont tellement besoin.

*

Quelques minutes plus tard, les deux femmes pénétrèrent dans la cabane qui abritait la famille Alger, et Charlotte comprit à quel point son amie avait raison de vouloir secourir ces gens. Chaque fois qu'elle mettait les pieds dans cette masure, elle se faisait la même réflexion. Une telle indigence n'aurait pas dû exister dans un village en pleine expansion qui accueillait de nouveaux arrivants chaque semaine, où l'on érigeait sans cesse de nouvelles constructions, où les magasins généraux regorgeaient de marchandises et où les hôtels débordaient de fêtards, de voyageurs fortunés et de gens d'affaires prêts à engager d'importants capitaux. La jeune femme eut un sursaut de révolte, qu'elle dissimula de son mieux pour ne pas ajouter à l'humiliation de madame Alger.

Celle-ci les invita à s'asseoir et leur offrit du thé que les deux amies refusèrent.

Charlotte en vint tout de suite à l'objet de leur visite, et madame Alger appela son aînée qui étendait le linge à l'extérieur. Olive lui avait déjà parlé de l'offre que Charlotte s'apprêtait à lui faire, et la jeune fille ne fut pas surprise. Elle semblait très intéressée.

— Mon amie ne cesse de vanter tes talents, lui dit Charlotte. Est-ce que tu pourrais me montrer ce que tu sais faire?

Anna s'empressa de fouiller dans un coffre placé près de la porte. Elle en extirpa des tuques, des foulards et des mitaines qui étaient certes usés, mais qui avaient été tricotés avec beaucoup de savoir-faire.

— Montre à ces dames la nappe que tu as terminée hier, dit madame Alger.

Avec fierté, Anna étala le fruit de son travail sur la table. On aurait dit qu'un oiseau venait de déployer ses ailes. L'ouvrage avait été tissé avec finesse, et la délicate broderie qui enjolivait les contours évoquait une toile d'araignée toute en arabesques.

— Tu es vraiment douée, admit Charlotte. Mon amie n'avait pas exagéré.

— Heureusement que vous avez été assez généreuse pour nous donner de la laine, dit madame Alger. Je vous en remercie encore.

— Je vous en prie, ce n'était rien. Votre fille fait des miracles avec peu, affirma Charlotte. Si vous acceptez, et si elle en a envie, j'aimerais bien qu'elle vienne travailler avec moi.

— Oh oui! s'exclamèrent en même temps la mère et la fille, ce qui dérida leurs visiteuses.

– Alors, c'est réglé! conclut Charlotte. Je t'attends demain matin.

12

À peine deux mois après son arrivée à l'atelier, la jeune Anna démontrait déjà un immense talent et une créativité hors du commun. Charlotte se félicitait chaque jour de l'avoir engagée. Elle avait dû cependant rassurer Mary à quelques reprises. Celle-ci s'était vite sentie menacée par les aptitudes indéniables de sa nouvelle collègue, et les nombreux compliments adressés à Anna l'avaient rendue un tantinet envieuse. N'eût été du génie de leur patronne pour installer un climat paisible et de bonne entente, les jeunes filles auraient pu entretenir une animosité réciproque qui aurait vite empoisonné l'atmosphère. Par chance, l'une et l'autre avaient le cœur à la bonne place. Anna avait fait comprendre à Mary qu'elle comptait bien profiter de son expérience, et Mary, de son côté, s'était intéressée aux innovations proposées par sa compagne. À la grande satisfaction de Charlotte, elles étaient devenues des complices plutôt que des rivales, et les journées se déroulaient maintenant sous le signe de la bonne humeur et de l'efficacité.

La jeune femme les laissait donc souvent seules à l'atelier, afin de se consacrer à la recherche de clients. Même si elle avait renoncé, pour l'instant, à son projet de carderie, elle comptait bien agrandir son territoire et s'imposer comme la meilleure tisserande des cantons, et la plus productive. Elle avait encore augmenté son cheptel pour obtenir davantage de laine, et les agneaux qu'elle vendait lui procuraient un revenu très intéressant. Pour la tonte, elle avait pu engager un journalier qui avait donné un bon coup de main à John Mulvena. Cet employé supplémentaire avait été nécessaire, car Henry continuait à conduire la diligence. Entre deux déplacements, il aidait sa femme de son mieux, mais il préférait de beaucoup prendre la route. Charlotte aurait eu besoin de lui, mais elle ne voulait pas l'obliger à une sédentarité qui lui déplaisait. Grâce à cet emploi, son mari s'était découvert un goût prononcé pour l'aventure, le dépaysement, les rencontres de toutes sortes. Il aimait discuter avec les voyageurs qui montaient dans sa diligence, et il reprenait toujours avec plaisir les conversations engagées les jours ou les mois précédents, lors de ses escales. Dès qu'ils le savaient de retour à la maison, les voisins, proches ou éloignés, se pointaient pour entendre les dernières nouvelles. Henry raffolait de ces soirées et il ne se lassait jamais de relater ses nombreuses péripéties. Semblable aux abeilles qui butinent et transportent le pollen pour assurer la floraison, il était devenu un lien entre les habitants de Sherbrooke et ceux des villages environnants. Ce rôle lui convenait à merveille.

Charlotte songeait à tout cela en revenant du domaine Belvidere, où Anna Maria Vals, la femme de William Felton, et sa ribambelle d'enfants l'avaient reçue avec chaleur. Dans quelques jours, le couple donnerait une grande fête pour son anniversaire de mariage. L'ancien officier souhaitait faire les choses en grand, car son épouse avait bien failli ne pas survivre à son dernier accouchement. Il avait eu très peur de perdre sa belle Catalane. Pour clamer son amour, il avait invité tout le gratin du monde des affaires et de la politique. Il avait même repoussé à deux reprises déjà la date des festivités, pour s'assurer de la présence des personnages les plus influents.

Anna Maria avait demandé à Charlotte de fournir les agneaux devant constituer le mets principal. En l'absence de Henry, et parce qu'elle aimait bien s'évader de l'atelier à l'occasion, la jeune femme avait décidé d'effectuer elle-même la livraison. Ravie, la châtelaine du Belvidère l'avait félicitée pour la qualité de son bétail, puis les deux femmes avaient passé un agréable moment, autour d'une tasse de thé et de petits gâteaux. Elles devaient d'ailleurs se revoir très bientôt, car Anna Maria avait aussi commandé à Charlotte une grande nappe blanche qui n'était pas encore terminée et qu'elle viendrait chercher dans quelques jours, juste à temps pour la réception.

Cette atmosphère de fête et l'enthousiasme de madame Felton qui parlait de son mariage comme d'une grande réussite – « un beau rêve dont on ne veut jamais se réveiller ! » disait-elle – avaient plongé sa visiteuse dans ses réflexions. Voilà pourquoi ses pensées voguaient maintenant vers Henry, reparti la veille avec sa diligence. Charlotte partageait la vie de cet homme depuis quatre ans, mais elle ne savait trop quel bilan dresser de cette union. Son mariage lui semblait parfois… Elle cherchait le mot exact… Imparfait, peut-être… Elle éprouvait souvent un sentiment diffus d'insatisfaction ; il manquait un élément essentiel à son bonheur. Pourtant, elle aimait son mari. S'ils avaient eu un enfant ensemble, peut-être… Qui sait ? Si elle ne travaillait pas tant… Leur relation aurait pu être différente.

Ne désirant pas s'aventurer dans ce genre d'introspection dont elle revenait toujours un peu remuée et confuse, la jeune femme fit claquer les rênes sur la croupe rebondie de Shadow.

– Allez, ma belle ! lança-t-elle joyeusement. Encore un effort et nous y sommes ! La promenade était bien agréable, mais l'ouvrage nous attend.

Elle avait parlé à haute voix pour se rassurer. Elle n'aimait pas se promener seule sur ce chemin désert. Le beau temps des derniers jours, qui avait été précédé par de fortes pluies, n'avait pas encore asséché les trous boueux, où la charrette risquait de s'enliser. De plus, de chaque côté de la route, une forêt très dense semblait cacher des revenants ou des loups-garous. Sans croire à ces créatures de l'ombre qui faisaient le miel des conteurs dans les veillées, Charlotte craignait une mauvaise rencontre, toujours possible.

Elle mit donc sa jument au trot pour ramener un peu de joie et d'allant dans son escapade. Elle se concentra sur le martèlement des sabots ferrés sur le sol, qui produisait une musique rythmée. De temps en temps, Shadow renâclait en encensant de la tête, heureuse de ce changement d'allure.

Il ne restait plus qu'une courte distance à franchir pour revenir au village, lorsque Charlotte aperçut au loin trois cavaliers galopant ventre à terre dans sa direction. Des galettes de boue volaient derrière eux, au milieu d'un nuage de poussière. Ils approchaient à une vitesse folle et Charlotte se demanda s'ils pourraient s'arrêter à temps.

Il lui était impossible de se ranger sur le côté de la route sans s'embourber, et sa jument, de plus en plus agitée, menaçait de prendre le mors aux dents.

— Tout doux, ma belle!

Entièrement concentrée sur cette menace grandissante, la bête n'écoutait plus. Elle tirait sur les rênes en bondissant d'un côté et de l'autre du chemin pour essayer de se dégager. Charlotte ne pourrait pas la retenir encore très longtemps. À son grand soulagement, les cavaliers ralentirent, puis mirent leurs montures au pas.

Charlotte reconnut alors les frères Charles et William Felton. Le fils aîné de ce dernier, baptisé du nom pompeux de William Locker Pickmore, les accompagnait. Tous les trois étaient aussi essoufflés que leurs chevaux et une lueur malicieuse brillait dans leurs yeux.

— Excusez-nous de vous avoir effrayée, lança l'ancien officier, de sa voix impérieuse, reconnaissable entre toutes. Nous faisions la course! Nous ne vous avons aperçue qu'à la dernière minute.

Les poings crispés, Charlotte serrait encore les rênes, et la peur lui avait rosi les joues. En constatant que Shadow s'était calmée, elle se détendit à son tour et replaça son chapeau.

— On reprend ça? demanda le fils de William Felton.

Âgé de quinze ans, il était déçu d'avoir dû interrompre une compétition qu'il remportait haut la main.

— Allez-y, lui répondit son père. Je vais faire un bout de chemin avec madame Brown pour m'assurer que tout se passe bien. Je vous rejoindrai.

Charlotte voulut protester. Elle n'avait pas besoin d'une escorte. Mais avant qu'elle puisse dire un mot, le jeune Pickmore Felton et son oncle Charles avaient repris leur course, et l'officier avait fait faire une demi-volte à sa monture. La jeune femme n'avait plus qu'à se remettre en route.

Les chevaux avaient à peine accordé leurs pas que William Felton prenait la parole sur le ton autoritaire qui lui était coutumier.

– Où en êtes-vous avec votre projet de carderie?

Charlotte ne put cacher son étonnement. Comment William Felton avait-il eu vent de ses intentions? Elle n'eut cependant pas le temps de réagir, car l'officier continua avec son aplomb habituel.

– Je vous dois une explication, dit-il. J'ai refusé de vous prêter l'argent dont vous aviez besoin pour démarrer votre projet parce que je n'y croyais pas. Vous n'étiez pas de taille à lutter contre Charles Goodhue et j'aurais détesté vous voir tout perdre. Je ne vous l'ai jamais dit, mais j'ai beaucoup d'admiration pour votre détermination. Vous avez toujours refusé de me vendre votre parcelle de terre, mais je ne vous en veux pas. J'aime les gens qui se tiennent debout. Alors quand votre mari est venu me voir pour un emprunt, j'ai préféré m'abstenir pour ne pas vous mettre en danger.

Trop estomaquée pour répondre quoi que ce soit ou pour poser la moindre question, Charlotte crut défaillir. Pendant quelques secondes, le sol sembla vouloir se dérober sous les roues de la charrette, comme si elle s'enfonçait avec lenteur dans une immense crevasse. Bouleversée, elle n'avait rien retenu du ton admiratif et des louanges de William Felton. Elle ne guidait même plus sa jument. Celle-ci s'était mise au pas de l'autre monture.

Aux abords du village, son compagnon de route, soucieux, s'adressa à elle avec bienveillance. L'air effaré de la jeune femme, de même que son silence, le préoccupaient.

– Ça ira? demanda-t-il. Préférez-vous que je vous accompagne jusque chez vous?

Il fallut quelques secondes à Charlotte pour se ressaisir et comprendre ce qu'on lui demandait. D'une voix qu'elle souhaitait résolue mais qui apparut hésitante, elle remercia son escorte improvisée.

– Ça ira très bien, affirma-t-elle. Je vous remercie de m'avoir raccompagnée. Ce n'était pas nécessaire. Je suis désolée de vous avoir fait perdre du temps.

– Ce n'est rien, s'exclama William Felton. De toute façon, je n'aurais pas gagné cette course. Mon fils est trop fort, et le cheval que je lui ai offert est imbattable.

Charlotte s'efforça de sourire en faisant un petit signe de la main pour saluer le cavalier qui rebroussait chemin et s'apprêtait à repartir au galop. Il retint cependant sa monture encore quelques secondes, le temps de lancer sur un ton plus moqueur que rancunier:

– Si vous changez d'avis pour votre lopin de terre, n'oubliez pas que je suis toujours acheteur.

Il relâcha ensuite les rênes et le cheval bondit, entraînant son cavalier à vive allure.

Soulagée de les voir s'éloigner, Charlotte décida de rentrer tout de suite à la maison. Les quelques courses qu'elle avait prévues faire attendraient un meilleur moment. Elle ne voulait voir personne. Sauf son mari, dont elle guetterait le retour la rage au cœur.

*

Henry revint le lendemain soir, à la tombée du jour, alors que les crapauds et les rainettes mêlaient leurs voix en un long crescendo. Assise sur la galerie, Charlotte se laissait bercer par ces mélopées amoureuses qui emplissaient l'espace et donnaient au silence une légèreté apaisante. Elle avait mal dormi la nuit précédente, la journée lui avait semblé d'une lourdeur écrasante, et ses deux collègues, si jeunes et si vivantes, n'avaient pas réussi à la dérider. Elle avait prétexté un mal de tête pour ne pas se mêler à leur conversation, mais ni l'une ni l'autre n'avait été dupe. Pourtant, elles n'avaient pas insisté pour en savoir davantage. Charlotte leur parlerait quand elle en ressentirait le besoin. Elle n'était pas du genre à s'épancher pour un oui ou pour un non, et toutes les deux le savaient.

Tout en écoutant le chant des batraciens et en tentant de trouver calme et réconfort dans la douceur de cette nuit naissante, Charlotte éprouvait un certain remords à l'égard des jeunes filles. Elle aurait dû mieux dissimuler son désarroi et ne pas laisser la colère l'emporter sur la camaraderie. Toutefois, elle n'eut pas le temps de ressasser cette idée, car un sifflement perça le concert nocturne. Puis elle entendit des pas, et le visage jovial de Henry apparut au clair de lune.

Pendant un très court instant, Charlotte oublia sa colère et sa rancœur. La vue de cette silhouette familière lui emplit le cœur d'un sentiment de plénitude, d'un immense désir d'abandon. Elle aurait souhaité que la vie soit simple, moins exigeante, qu'elle s'écoule avec la fluidité de l'eau dans la rivière, avec la même lenteur, la même constance, contournant les obstacles avec une indifférence joyeuse, abordant les méandres avec confiance. Telle une vieille âme fatiguée, elle n'aspirait plus qu'à la paix.

Puis Henry ouvrit la bouche, et la réalité l'aspira de nouveau.

— Je suis un homme heureux! lança le voyageur. La plus belle femme des cantons attend mon retour en se berçant et en rêvant à moi.

Son assurance tranquille, sa foi en l'avenir et en eux ravivèrent le courroux de Charlotte. Elle se leva d'un bond, mais plutôt que d'aller vers son mari, elle se dirigea vers la bergerie. Submergée par sa rancune, elle avait du mal à rassembler ses idées, ne sachant plus si elle souhaitait qu'il la suive ou qu'il la laisse seule.

Bien entendu, sa conduite surprit Henry qui lui emboîta le pas.

Seuls quelques agneaux, sevrés depuis peu, dormaient encore à l'intérieur. Le couple fut accueilli par des bêlements timides.

Croyant que sa femme l'avait attiré dans cet endroit pour fêter son retour en toute intimité, Henry voulut la prendre dans ses bras, mais elle le repoussa.

— Qu'est-ce qui se passe? demanda-t-il, étonné par son comportement. Il est arrivé un accident aux enfants?

Maintenant qu'il se tenait devant elle, Charlotte ne savait plus comment déverser sa colère. Elle prit une grande respiration et vida son fiel, sans choisir les mots ni le ton. Elle ne pourrait plus jamais retrouver la moindre complicité avec son mari si elle ne se débarrassait pas de cette amertume qui la rongeait.

– Qu'as-tu fait d'autre dans mon dos, à part essayer d'emprunter de l'argent à monsieur Felton?

Henry recula d'un pas, secoué par cette attaque inattendue. Sur le coup, il ne sut pas quoi dire. Il avait en effet approché William Felton au sujet d'un éventuel emprunt, mais cette rencontre n'avait pas été préméditée. Il avait plutôt sauté sur l'occasion qui lui était offerte.

– Je n'ai rien fait dans ton dos, crut-il nécessaire de préciser. On parlait de tout et de rien, et le sujet de la carderie est arrivé comme ça.

– Comme ça? se moqua Charlotte en claquant des doigts. Une inspiration divine...

Henry aimait de moins en moins le ton sarcastique utilisé par sa femme. Ils n'arriveraient à rien en continuant de la sorte.

– Je crois que tu t'en fais sans raison, dit-il pour la rassurer. Ils ont été très polis et très respectueux. Monsieur Felton a salué ton dynamisme, et il...

– Quoi? Qu'est-ce que tu dis? l'interrompit Charlotte. Tu as parlé de mes projets avec d'autres personnes?

Elle était en furie, et Henry comprit qu'il aurait du mal à se faire pardonner. Toutefois, même si sa franchise devait lui valoir des reproches pendant des mois, il ne put lui cacher la vérité.

– Charles Goodhue était présent...

– Goodhue!

Charlotte eut soudain l'impression d'être statufiée. Elle resterait sans doute prisonnière de ce corps cuirasse, ne pourrait plus jamais marcher ni parler. De toute façon, elle ne pouvait guère penser, encore moins réfléchir, et, d'une certaine façon, cet engourdissement de l'esprit et des sens l'arrangeait.

Pourtant, après ce qui lui sembla une éternité, elle revint à elle, à sa colère, à sa déception, à son humiliation. Il lui aurait été trop difficile de dire à Henry tout ce qu'elle ressentait. Elle préféra se retirer sans dire un mot, abandonnant son mari à sa solitude.

Il n'osa pas la retenir.

Ce soir-là, Henry coucha dans la cabane qu'il avait construite avec son père, des années plus tôt, et où il avait habité pendant quelques mois avant d'épouser Charlotte. Il revenait à la case départ.

13

Septembre 1827

Quelques jours après leur dispute, Henry et Charlotte avaient de nouveau partagé le même lit. Ils n'avaient plus reparlé de leur différend, mais il en était resté une meurtrissure indélébile dont ils n'arrivaient plus à se guérir. Leur confiance avait été ébranlée, celle de Charlotte surtout. Une affection sincère les unissait, mais ce lien s'effilochait peu à peu. Ils en étaient conscients tous les deux et tentaient de réparer le tort qu'ils s'étaient infligé, mais sans grand succès.

Henry souffrait beaucoup de la situation. À plusieurs reprises, il avait essayé de se rapprocher de sa femme. Charlotte ne le repoussait jamais, mais elle ne l'accueillait plus avec sa douceur coutumière et se montrait souvent indifférente à ce qu'il racontait. Un ressort s'était brisé, et malgré sa bonne volonté, Henry ne trouvait ni les mots ni les gestes pour remédier à la situation.

De son côté, Charlotte s'en voulait de ne pouvoir répondre avec plus de générosité aux tentatives de réconciliation de son mari. Elle lui avait pardonné ses erreurs de jugement depuis un bon moment, mais ne ressentait plus la même paix auprès de lui. Elle éprouvait plutôt un sentiment d'insécurité, comme si elle avait couru un danger. À vrai dire, elle ignorait si l'amour subsistait au-delà de la tendresse. À cause du travail qui l'accaparait, elle manquait de temps et d'énergie pour répondre à cette terrible question.

— Dépêchez-vous, les enfants ! Vous allez être en retard !

La rentrée scolaire avait eu lieu la semaine précédente, mais le cœur des écoliers battait encore au rythme des vacances. En outre, le beau temps qui persistait ne les encourageait nullement à se soumettre à leur nouvel horaire. Chaque matin, Charlotte devait les gronder pour qu'ils sortent du lit.

Mary et Anna s'étaient déjà mises à l'ouvrage lorsqu'elle put enfin les rejoindre. Quant à Henry, il travaillait à la construction de la nouvelle prison qui serait terminée dans quelques jours. Seuls de menus travaux restaient à compléter, et le transfert des prisonniers se ferait sous peu. Tous préparaient ce déménagement avec fébrilité, et les nuits de Mary s'en trouvaient souvent écourtées. Ses yeux rougis en faisaient foi. Le vieux logement qu'elle habitait avec sa famille, au palais de justice, était assez près des cellules pour que les cris et les geignements des prisonniers leur parviennent. Carey Hyndman avait bien essayé de trouver mieux. Il s'était souvent plaint aux autorités, mais personne n'avait daigné se pencher sur son cas. En tant que gardien de prison, il était logé, mais il devait se contenter de ce qu'on lui offrait. On le lui avait laissé entendre assez crûment.

— Vous devez avoir hâte que les prisonniers soient emmenés dans la nouvelle prison, glissa Charlotte à la jeune fille, sans insister sur sa mauvaise mine.

Mary soupira en secouant la tête. Son geste ressemblait davantage à du désespoir qu'à de la fatigue.

— Je n'en peux plus, murmura-t-elle, trop découragée pour se révolter avec davantage de véhémence. Il faut que je quitte cet endroit.

— Tu peux t'installer dans la cabane, si tu veux, suggéra Charlotte. C'est exigu, mais au moins l'air y est plus sain. Jusqu'aux grands froids, ce sera assez confortable et ça te permettrait de te reposer.

Mary leva la tête de son ouvrage, les yeux soudain plus lumineux. À l'évidence, la proposition la tentait. Elle avait envie d'accepter, mais un obstacle subsistait, dont elle ne pouvait faire abstraction.

— On ne te chargerait rien, bien sûr, reprit Charlotte pour la rassurer.

La jeune fille se mordit les lèvres.

— Je ne sais pas, dit-elle. Ce serait merveilleux d'habiter ici. C'est si calme… Mais…

— Alors accepte, la coupa Anna qui ne comprenait pas ses réticences.

— Non, je ne peux pas laisser ma famille. Ma mère est malade. Si je ne l'aide pas le soir avec les petits et les repas, elle ne tiendra pas le coup. Non, je ne peux pas…

Tout son être disait oui, mais elle était trop attachée aux siens pour les abandonner à leur sort.

— Je comprends, lui dit Charlotte. Un jour, pourtant, tu devras faire ta vie.

— Tu vas bien épouser ton beau Rufus bientôt! lança Anna, moqueuse. Je ne pense pas qu'il va accepter d'habiter chez tes parents…

Mary ne put réprimer un rictus moqueur.

– Toi, avança Charlotte en la pointant du doigt, tu nous caches quelque chose!

Cette fois, la jeune fille mit une main sur sa bouche pour tenter de réprimer un ricanement nerveux.

– Il t'a fait la grande demande! s'écria Anna, plus excitée que s'il s'agissait de son propre mariage.

Mary ne répondait pas, mais ses compagnes la fixaient avec une telle obstination qu'elle dut se résoudre à avouer.

– Oui, dit-elle. Il m'a demandé de l'épouser.

Un éclair joyeux passa dans ses yeux, aussitôt effacé par une brume humide. La transformation fut si rapide que les deux autres eurent à peine le temps de réfréner leurs élans d'enthousiasme.

– Tu n'es pas heureuse? s'étonna la romantique Anna, qu'une telle nouvelle aurait propulsée au septième ciel.

– J'ai dit non, confessa Mary.

– Mais pourquoi? Tu aimes Rufus à la folie!

– Mes parents…

Mary ne put en dire davantage. De grosses larmes coulaient sur ses joues.

Ses amies se regardèrent, impuissantes. Puis Charlotte prit la jeune fille dans ses bras et lui murmura à l'oreille:

– Ne fais pas ça. Tu vas le regretter toute ta vie. Ne fais pas cette erreur.

– Parfois, on n'a pas le choix…, marmonna Mary en essuyant ses joues avec vigueur.

Pour lui donner le temps de se remettre, la jeune Anna orienta la conversation sur un autre sujet. Elle aussi en avait gros sur le cœur.

— Tu as raison, on n'a pas toujours le choix, déclara-t-elle sur un ton dépité. Par exemple, mon frère ne pourra pas entrer à la Sherbrooke Academy comme il le souhaitait.

Les deux autres se tournèrent vers elle, consternées.

Depuis des semaines, Ira Alger et sa femme tentaient de convaincre les dirigeants de la nouvelle académie d'accepter leur fils. Cette institution venait tout juste d'ouvrir ses portes et elle promettait de dispenser un enseignement de qualité, avec, entre autres, des cours de grec et de latin, de mathématiques, de géographie et d'histoire, moderne et ancienne.

— Le directeur de l'académie n'a pas accepté votre offre? demanda Charlotte.

Anna secoua la tête. Le directeur n'avait rien voulu entendre. Pourtant, Daniel Alger était très doué. Toujours premier de sa classe, il aurait pu devenir avocat, notaire ou médecin, si le directeur du nouvel établissement avait été plus conciliant. Même Rufus Miner avait intercédé en sa faveur.

— Ce n'est pas juste qu'un jeune si doué ne puisse pas continuer à étudier parce qu'il ne peut pas payer, s'indigna Mary.

— Je ne comprends pas, reprit Charlotte. Ton père a pourtant offert de travailler à l'école sans demander de salaire. Tous y auraient trouvé leur compte.

— Je sais, mais le directeur ne l'a pas vu de cette façon. Il ne voulait sans doute pas imposer la présence d'un pauvre à des enfants de riches. Ça risquait d'enlever du prestige à son école.

Avec tous les frais exigés, autant pour les livres et la pension que pour l'enseignement, seuls les enfants de familles aisées pourraient en effet fréquenter cette institution.

– C'est désolant, murmura Charlotte en pensant à ses garçons, à Tom surtout.

Quel avenir lui était réservé ? Sa condition de métis l'obligerait-elle à abandonner ses rêves les plus ambitieux ? Elle songea alors à Atoan, à cet amour impossible auquel elle avait dû renoncer. Puis ses pensées s'envolèrent vers Henry. Elle s'ennuyait d'eux, de leur couple, de leur entente, de ces années vécues dans une communauté de goûts et de perceptions, jamais la passion, certes, mais une belle connivence qui leur façonnait une vie douce et tranquille. Elle eut soudain très hâte que son mari rentre à la maison et une envie brûlante d'enfouir son visage dans son cou, de retrouver son odeur.

Le cœur amoureux, elle soupira si fort que ses compagnes, intriguées, relevèrent la tête de leur ouvrage. Chacune esquissa un sourire, puis elles se remirent au travail dans une atmosphère remplie d'émotions troubles, allant de la culpabilité et de l'incompréhension à la tristesse et aux remords. Chacune réfléchissait à ses propres égarements, aux pardons qu'elle n'avait pas accordés, aux joies qu'elle s'était refusées, aux multiples occasions où la raison l'avait emporté sur l'émotion, aux désirs qui ne se concrétiseraient jamais. Et la journée se passa ainsi, dans un silence recueilli où s'abritaient leurs âmes songeuses.

*

Quand les enfants revinrent de l'école, ce fut comme si une bourrasque secouait les trois amies. Elles écoutèrent les garçons raconter leur journée avec le plus grand plaisir, profitant de cette pause pour détendre leurs muscles endoloris. Tom accumulait les anecdotes. Chaque incident, chaque détail, chaque conversation prenait dans sa bouche des dimensions gigantesques, et il en faisait le récit avec un tel enthousiasme que son auditoire restait suspendu à ses lèvres. Avec son maigre vocabulaire, l'enfant réussissait à décrire les gens avec une justesse digne des meilleurs conteurs. Parfois, sa narration connaissait quelques ratés. Trop pressé, il sautait des mots, conjuguait un verbe au mauvais temps, faisait de curieuses inversions, commençait par la fin ou perdait le fil, puis concluait tel un vieux sage, mettant un point final à son histoire avant d'en avoir révélé le dénouement. Il était si drôle que les femmes l'auraient écouté pendant des heures. Les yeux écarquillés pour ne rien manquer, elles s'efforçaient de le suivre, malgré ses digressions, en retenant leur souffle et leur fou rire.

— Cet enfant dériderait un moribond! déclara Mary en se prenant la tête à deux mains.

— Il faudrait le faire travailler dans un cirque! lança Anna en levant les mains au ciel. J'ai vu une annonce dans le journal. Ce serait tout à fait sa place!

— Peut-être, mais pas avant qu'il ait terminé ses corvées, affirma Charlotte sur un ton très sérieux.

Tom avait suivi leur échange avec une grande attention, bien conscient qu'on parlait de lui.

— Je ne veux pas aller dans un cirque! protesta-t-il, indigné.

— Mais non, le rassura sa mère. C'était une plaisanterie. Tu sais bien qu'on ne pourrait se passer de toi ici.

Ses craintes ainsi dissipées, le garçon se résigna à se mettre au travail. Son grand frère et lui devaient accomplir leurs tâches avant le repas du soir. Il se dirigea donc vers la sortie, puis se ravisa.

— C'est quoi, un cirque? demanda-t-il, faisant s'esclaffer de nouveau ses trois admiratrices, qui auraient été bien en peine de répondre à sa question avec exactitude.

Il fallut que sa mère le chasse en lui promettant de tout lui expliquer au souper pour qu'il se décide enfin à partir. Il eut toutefois le temps d'entendre Mary mettre Charlotte en garde sur un ton railleur.

— Tu n'as pas fini avec ce petit clown. Il va t'en faire voir de toutes les couleurs…

*

Ce soir-là, Henry rentra très tard à la maison. Les enfants dormaient depuis longtemps, et Charlotte, qui l'avait attendu toute la soirée, s'était finalement mise au lit. En entendant ses pas sur la galerie, elle hésita entre se lever pour l'accueillir ou feindre de dormir. Elle ignorait dans quelles dispositions se trouvait son mari, et elle éprouvait certaines craintes. Depuis quelque temps, il évitait toute occasion de confrontation. Leur belle complicité battait de l'aile.

Quand Henry se glissa dans la chambre, elle choisit d'abord de lui laisser croire qu'elle dormait. Cependant, dès qu'il fut étendu sous la couverture, tout contre elle, elle voulut se blottir dans ses bras. Elle esquissa un mouvement vers lui, mais il s'était déjà déplacé de façon à lui tourner le dos. Cette attitude remplit la jeune femme d'une profonde tristesse, mais elle ne pouvait blâmer personne d'autre qu'elle-même. À force de s'entêter dans sa rancœur et sa rancune, elle n'avait eu que ce qu'elle méritait.

Charlotte mit du temps à s'endormir, ressassant sa désillusion. Lorsqu'elle sombra enfin dans le sommeil, elle avait échafaudé un plan pour reconquérir son mari. Il lui sembla rêver toute la nuit de pique-niques, de rivières et de balades à cheval en sa compagnie. Henry l'aimait et il était malheureux. Elle saurait bien lui faire oublier leur mésentente.

*

Le lendemain matin, elle s'éveilla le cœur en joie.

Il faisait un temps superbe. Elle le devina avant d'ouvrir les yeux.

Henry était déjà levé, et elle huma une odeur appétissante de pain perdu, doré à point. Elle quitta donc son lit avec une légèreté insouciante et un enthousiasme débordant.

Seuls dans la cuisine, les enfants s'empiffraient avec un bonheur évident. La mélasse leur coulait sur le menton, et leurs doigts étaient si collants qu'ils avaient du mal à manipuler leurs ustensiles.

Tom sourit en voyant sa mère, découvrant ainsi des dents aussi noires que ses cheveux. Il avait la bouche pleine.

– C'est tellement bon! dit-il en roulant des yeux gourmands.

Charlotte ne put s'empêcher de lui rendre son sourire. Sa bonne humeur était contagieuse.

– Où est votre père? demanda-t-elle, surprise de ne pas le voir.

– Il est parti tout de suite après avoir mangé, lui répondit Joshua.

Le garçon n'affichait pas le même contentement que son frère. Avec sa sensibilité à fleur de peau, il devinait les tiraillements qui divisaient les deux adultes chargés de veiller sur lui. Cette situation le tracassait, mais il n'osait pas en parler.

– Il a laissé un message, reprit-il en tendant à sa mère un bout de papier tout froissé, qu'il semblait avoir serré dans sa main très longtemps.

S'attendant à un mot gentil et amoureux, Charlotte prit le papier avec presque autant de gourmandise que son fils face à son déjeuner. Elle regrettait de ne pas s'être levée assez tôt pour embrasser son mari et lui exprimer sa tendresse. Ce n'était que partie remise, bien sûr, mais la journée serait longue, car rien ne pourrait détourner ses pensées de cet homme qui lui manquait. Ils avaient été séparés trop longtemps, tout en vivant dans la même maison. Le malentendu avait assez duré. Il fallait que leurs retrouvailles soient mémorables.

Tout en tendant à Tom un linge humide pour qu'il essuie son visage et ses mains, elle jeta un œil sur la note laissée par Henry. Elle aurait préféré la lire plus tard, une fois seule, afin de pouvoir savourer chaque syllabe, mais la curiosité l'emporta. Dès les premiers mots, toute son attention se trouva accaparée par les lettres qui s'alignaient sur le papier, formant des phrases qu'elle aurait souhaité ne jamais lire. Après quelques secondes, sa vue se brouilla et le sol se mit à tanguer sous ses pieds. Tom tendit ses deux mains vers elle, réclamant son aide, mais elle dut s'accrocher au dossier de la chaise la plus proche pour ne pas tomber.

— Tu es malade, maman? s'inquiéta Joshua en la voyant si pâle.

La jeune femme dut se faire violence pour le rassurer.

— Non, ce n'est rien. Ça ira mieux quand j'aurai goûté à ce festin. Pendant que je me sers, veux-tu aider ton frère? Lavez-vous les mains et le visage et dépêchez-vous de partir pour l'école. Il ne faudrait pas que vous soyez en retard.

Sans être dupe des efforts de sa mère pour le réconforter, Joshua obéit et exhorta son frère à se hâter. Il savait le stimuler, et le petit, qui vouait une confiance aveugle à son aîné, se soumettait toujours de bonne grâce à ses volontés.

Impatiente, Charlotte crut que leurs préparatifs dureraient toujours. Lorsqu'ils quittèrent enfin la maison, elle reprit le bout de papier laissé par Henry et tenta de déchiffrer les mots à travers ses larmes.

Je pars pour quelque temps. Je me rends au Vermont, car monsieur Hibbard veut y mettre sur pied un service de diligence, dès l'hiver prochain. Il m'a demandé d'aller rencontrer des gens pour lui. Je vais aussi régler quelques affaires personnelles et penser à nous deux. Je t'aime de tout mon cœur, mais je suis fatigué de t'aimer malgré toi. La distance nous rapprochera peut-être. Je l'espère...

*Surtout, ne t'inquiète pas pour moi. Et sache que
j'ai déjà hâte de te retrouver.*

La jeune femme relut ces quelques phrases à plusieurs
reprises, restant toujours sur sa faim, trop bouleversée
pour déchiffrer entre les lignes, mais consciente que le
vrai message se trouvait au-delà des mots. Henry était
parti sans qu'ils aient pu s'expliquer vraiment. Elle avait
trop tardé, avait tenu son mari pour acquis, convaincue que son amour pour elle serait plus fort que tout.
Mais il était parti. Il avait fui. Il l'avait fuie, elle. Il avait
abandonné les enfants. Plus intense et redoutable que le
chagrin croissait en elle une immense colère. D'un geste
rageur, elle déchira son message, le déchiqueta en mille
morceaux qu'elle jeta dans l'âtre. Elle en éprouva aussitôt
des regrets, car ce bout de papier constituait son seul lien
avec son mari. Elle eut le sentiment d'avoir réduit à néant
leur dernière chance et d'avoir livré Henry à la terrible
malédiction sur laquelle elle n'avait aucune emprise. Elle
se trouva soudain entourée d'ombres vacillantes. Le jour
n'arrivait plus à se faufiler dans la maison silencieuse.
Charlotte sentait l'odeur de la mort. Des effluves de mer
lui montaient aux narines, un grand vent la secouait. Elle
ferma les yeux, toute colère envolée.

– Ne reviens plus jamais, mon amour, murmura-t-elle
d'une voix tremblante. Tu dois rester loin de moi, maintenant. Tu as pris la bonne décision et j'espère de tout
mon cœur qu'il n'est pas trop tard.

Deuxième partie

1

Les fêtes, chrétiennes ou païennes, s'étaient succédé dans un ordre immuable. Des enfants étaient nés et des vieillards s'étaient assoupis pour toujours. Au village, dans les auberges et à la forge, les éternelles discussions politiques avaient occupé les longs mois d'hiver, ainsi que la dernière session de la paix qui avait été très houleuse. La nouvelle prison, mystérieuse derrière son inquiétante façade, accueillait des pensionnaires depuis quelques mois déjà, et la production de tissus était commencée dans la bâtisse de trois étages appartenant à Charles Goodhue.

Mais Henry n'était pas revenu.

Un service de diligence vers le Vermont avait bel et bien été mis sur pied, comme il l'avait laissé entendre dans son dernier message. Charlotte avait interrogé le conducteur, qui s'appelait Samuel. Celui-ci n'avait jamais entendu parler de Henry Brown. Même monsieur Hibbard avait perdu sa trace.

Au fil du temps, les garçons avaient cessé de réclamer leur père adoptif. Cela s'était fait progressivement. Leur mémoire d'enfant, centrée sur les apprentissages nécessaires, avait fini par renoncer à cette quête inutile.

Même Charlotte qui, dans les premières semaines et les premiers mois, avait fait des pieds et des mains pour retrouver son mari, ou du moins avoir de ses nouvelles, donnait maintenant l'impression de l'avoir oublié. Pourtant, ses amis ne s'y trompaient pas. Ils savaient qu'elle espérait encore son retour. Par contre, ceux qui la connaissaient moins bien prenaient son aplomb pour de l'indifférence ou de l'ingratitude. Selon eux, une femme abandonnée par son mari aurait dû démontrer plus de modestie. Ils auraient souhaité la voir courber l'échine devant l'adversité et se complaire davantage dans son malheur en réclamant pitié et sollicitude. À leur grand déplaisir, Charlotte se battait plutôt pour offrir à ses enfants une vie décente. Elle ne baissait jamais les bras, malgré la fatigue, et cachait sa douleur derrière une attitude guerrière.

Le soir, par contre, elle s'effondrait dans son lit, à bout de forces, et s'endormait très souvent le visage ruisselant de larmes.

Le lendemain matin, elle revêtait de nouveau son armure et poursuivait son combat quotidien.

Ainsi passaient les jours et les semaines.

De toute façon, elle n'aurait pas eu le temps de s'apitoyer sur son sort.

Son ami et complice, le marchand Tylar Moore, avait loué la fabrique de tissus, dont Charles Goodhue n'avait plus le temps de s'occuper. Dès que le contrat avait été signé, il avait promis à Charlotte de lui acheter sa laine à un bon prix. Il déjouait ainsi Charles Goodhue qui préférait importer de la laine d'Écosse, très dispendieuse. Sans dédaigner ce produit haut de gamme, Tylar aimait aussi s'approvisionner, du moins en partie, auprès des producteurs régionaux. Charlotte se réjouissait de prendre ainsi une modeste revanche sur Goodhue. Ce pied de nez au marchand lui faisait un bien immense. Pour ne pas décevoir Tylar, elle s'efforçait de lui fournir une laine de qualité, tout en se réservant ce que ses brebis lui donnaient de meilleur. Ses articles se vendaient bien et elle ne prévoyait pas réduire sa production. Dans sa fabrique, Tylar Moore confectionnait du tissu, certes, mais il ne pourrait jamais compétitionner avec le savoir-faire artisanal des jeunes collègues de Charlotte. Anna renouvelait sans cesse son extraordinaire inspiration. Les femmes plus fortunées recherchaient ses vêtements. Même les moins bien nanties trouvaient le moyen de se procurer un foulard ou un chapeau confectionné dans l'atelier de madame Brown.

Justement, deux dames endimanchées frappaient à sa porte. Elle ne les attendait pas, mais leur visite la réjouit.

— Entrez, madame Beckett. Donnez-moi donc vos manteaux.

La femme du milicien poussa devant elle sa petite Jane-Louisa. Âgée de deux ans, la fillette, encore emmitouflée dans son manteau d'hiver malgré le redoux, peinait à avancer. Mary, qui raffolait des enfants, vint à son aide.

— Je suis désolée de vous déranger en plein travail, s'excusa madame Beckett, mais mon mari avait attelé et il pouvait nous accompagner, mon amie et moi. Nous avons sauté sur l'occasion.

— Vous ne nous dérangez pas du tout, la rassura Charlotte en les invitant à s'asseoir.

Elle connaissait bien Caroline Beckett, une cliente assidue, mais elle n'avait pas encore eu l'occasion de rencontrer sa compagne qui, sans aucun doute, appartenait à la haute société. Son port de tête altier et ses vêtements coupés à la perfection lui conféraient une classe certaine. Charlotte avait souvent constaté que les gens bien nés et ayant fréquenté de grandes écoles possédaient une distinction naturelle.

— Je vous présente madame Elkins.

En entendant ce nom, Charlotte se rappela qu'elle avait déjà croisé cette femme, des années plus tôt. Avec son mari avocat, elle avait habité Sherbrooke pendant un temps, puis ils étaient partis et on ne les avait plus revus.

— Vous êtes de passage à Sherbrooke ? demanda-t-elle.

— Nous avons décidé de revenir pour de bon, expliqua madame Elkins. Après presque cinq ans à Charleston, mon mari a souhaité ouvrir un cabinet à Sherbrooke. Le village est en plein essor et les occasions d'affaires sont grandes.

— Heureuse de vous revoir, déclara Charlotte.

Elle était surtout curieuse d'entendre la raison de cette visite, qui n'en était sûrement pas une de pure courtoisie.

Caroline Beckett saisit son impatience. Elle-même était un peu pressée, car son mari viendrait très bientôt les reprendre et elle ne voulait pas le faire attendre.

— Voilà ce qui nous amène, dit-elle. Mon amie emménage dans une nouvelle maison et elle cherchait une bonne tisserande qui lui confectionnerait quelques articles. J'ai tout de suite pensé à vous. Tout ce qui sort de votre atelier est toujours impeccable et d'un charme fou.

— Vous êtes très aimable. J'apprécie beaucoup ces paroles louangeuses. Regardons ensemble ce que je pourrais vous proposer.

Une quinzaine de minutes plus tard, les trois femmes discutaient toujours, lorsqu'un bruit leur fit lever la tête. Un attelage lancé au grand galop entrait dans la cour, soulevant un nuage de poussière.

— Mon mari, déjà? soupira madame Beckett, déçue de le voir revenir si tôt.

Charlotte, au contraire, attendait cette chance de s'entretenir avec Henry Beckett.

— Je vous laisse aux bons soins d'Anna, dit-elle. Elle possède des doigts de fée et saura vous conseiller et répondre à vos demandes, j'en suis certaine. Si vous le permettez, j'irai pendant ce temps parler avec votre mari. J'ai un renseignement à lui demander.

Bien qu'intriguées, les clientes acquiescèrent et rejoignirent Anna qui s'activait derrière le métier à tisser. De son côté, Charlotte enfila sa pèlerine et sortit. Le milicien briquetier, de stature imposante, ne daigna pas descendre de voiture. À l'évidence, il s'attendait à ce que sa femme apparaisse dès son arrivée, comme si elle avait passé son temps à surveiller son retour. Surpris d'apercevoir Charlotte, il ne réussit pas à cacher son déplaisir. Cet homme commandait le respect et se distinguait par ses multiples talents. Sa briqueterie lui rapportait bien et il ne cachait pas son ambition de posséder de plus en plus de terres. Située sur le chemin du Deuxième Rang, dans le quartier d'Orford, sa maison ne satisferait bientôt plus aux besoins de sa famille grandissante. Le couple avait déjà trois enfants et ne semblait pas vouloir s'arrêter en si bon chemin.

Après l'avoir salué et lui avoir expliqué que sa femme en aurait encore pour quelques minutes, Charlotte en vint tout de suite au fait. Elle savait que monsieur Beckett était allé à Boston la semaine précédente et elle se demandait s'il n'avait pas du nouveau au sujet de Henry.

— Vous avez peut-être rencontré mon mari, dit-elle. Il pourrait être encore là-bas puisqu'on ne l'a pas revu dans la région.

Elle eut l'impression que son interlocuteur hésitait avant de répondre, une impression fugace mais troublante.

— J'aurais bien aimé pouvoir vous donner des nouvelles, finit-il par déclarer de sa voix grave, mais je n'ai pas revu votre mari depuis... son départ.

Il avait eu envie de parler d'une fuite davantage que d'un départ, mais il s'était retenu à la dernière minute. Charlotte lui en fut reconnaissante. Elle se doutait bien des ragots qui couraient sur son compte, et la délicatesse inattendue de cet homme bourru la toucha droit au cœur. Depuis la disparition de Henry, elle avait remarqué que les hommes faisaient preuve d'une plus grande ouverture d'esprit à son égard que les femmes. Les critiques et les médisances émanaient surtout de la gent féminine, dont elle constituait un des plus croustillants sujets de conversation autour des courtepointes et autres travaux d'aiguille. Dans la chaleur de la forge ou dans les odeurs croisées du magasin général ou de l'auberge, les hommes semblaient avoir d'autres préoccupations. Peut-être, en leur for intérieur, avaient-ils un peu honte du comportement de leur confrère. Chacun exigeait de son épouse une soumission totale, mais se sentait un devoir envers elle. Henry Brown avait dérogé à cette règle tacite. Quelques-uns lui accordaient des circonstances atténuantes, mais la plupart ressentaient un malaise face à cette absence prolongée et inexplicable, qui laissait dans l'embarras une jeune femme et ses enfants.

— Avez-vous eu l'occasion de parler au conducteur de la diligence? Il sait peut-être quelque chose qu'il n'a pas voulu me dire.

Monsieur Beckett secoua la tête.

— Je suis désolé, commença-t-il d'une voix hésitante.

Puis il regarda Charlotte droit dans les yeux et ajouta:

— J'ai fait quelques recherches, en effet, pour retrouver votre mari. On m'a dit qu'il avait bien conduit la diligence pendant un temps, mais qu'il était ensuite parti plus au sud. Je n'ai pas pu obtenir plus de précisions. Tous ceux à qui j'ai parlé avaient perdu sa trace depuis un bon bout de temps.

Ces informations bouleversèrent Charlotte, mais elle réussit à dissimuler les émotions contradictoires qui l'habitaient. Elle comprenait et acceptait que Henry ne souhaite plus vivre auprès d'elle. Bien qu'il l'ait nié pendant des années, peut-être avait-il fini par craindre la malédiction. Mais il aurait dû lui en parler et ne pas couper les ponts de cette manière. Elle avait le droit de savoir où il était, comment il allait, et s'il pensait à eux de temps en temps. «J'aime Tom et Joshua comme s'ils étaient mes fils», lui avait-il souvent répété. Pourtant, il avait déserté lâchement.

Tiraillée entre la tristesse et la colère, furieuse contre sa propre négligence et contre la duperie dont son mari avait fait preuve, elle remercia son visiteur alors que son épouse et madame Elkins apparaissaient sur la galerie.

Dès que la carriole se fut éloignée, elle s'empressa d'essuyer les larmes qui lui brouillaient la vue, puis elle revint auprès de ses compagnes qui s'étaient déjà remises au travail. Elle n'avait pas le temps de ressasser ses malheurs. Trop d'ouvrage l'attendait.

2

Il faisait une chaleur inhabituelle, ce matin-là, et les garçons refusèrent de revêtir leur manteau d'hiver. Ils insistèrent pour endosser plutôt une veste de laine qui leur permettrait de courir enfin plus librement. En cette belle matinée, ils se sentaient aussi légers que des agneaux du printemps qui gambadent au soleil pour la première fois.

— Il fait trop chaud pour s'empêtrer dans un gros manteau, plaida Joshua qui parlait aussi au nom de son frère.

Le petit acquiesçait à chacun de ses arguments, sans toutefois se mêler à la conversation. Il ne doutait pas que son aîné saurait défendre leur cause avec succès.

— Apportez au moins une tuque, au cas où l'air se refroidirait en fin d'après-midi, finit par concéder Charlotte, trop pressée de se mettre au travail pour continuer à discuter.

Les enfants semblaient si heureux de se débarrasser de leurs habits d'hiver, et si enthousiastes à l'idée de retrouver une plus grande liberté de mouvement, qu'elle n'osa pas leur refuser cette joie. Elle-même délaissa son manteau et se couvrit d'un simple châle pour se rendre à la bergerie.

Une très mauvaise surprise l'y attendait. Un animal, peut-être un loup ou un coyote, avait réussi à se glisser à l'intérieur. Un agnelet avait été emporté. Elle suivit la trace de sang sur le sol et trouva les restes de la pauvre bête, sur lesquels s'acharnait une nuée de corbeaux. Attristée, Charlotte revint à la maison juste à temps pour accueillir Ira Alger venu conduire sa fille.

– Laissez-moi regarder ce que je peux faire, dit-il après qu'elle lui eut raconté ce qui s'était passé. Si cette bête a pu accéder à vos agneaux cette fois-ci, elle reviendra, soyez-en certaine.

Très reconnaissante, Charlotte accepta son offre en se demandant toutefois combien elle pourrait le payer sans grever son budget. De toute façon, elle n'avait pas le choix. Depuis la mort de sa femme, le grand Mulvena cherchait à s'éloigner de Sherbrooke. Il sautait sur chaque occasion qui lui était offerte de prendre le large, et elle ne comptait plus sur lui pour les réparations d'urgence. Par chance, Ira Alger, généreux de nature, ne tenterait jamais de profiter de la situation pour lui soutirer de l'argent. Encore fragile, il hésitait à s'engager à long terme, mais il manifestait une bonne volonté touchante et se rendait utile chaque fois qu'il le pouvait.

– Faites de votre mieux, lui dit-elle. Je me fie à votre savoir-faire. Ça ne m'empêchera pas cependant d'effectuer une petite tournée dans le bois avec mon fusil.

– Vous ne devriez pas y aller seule. Ce n'est pas prudent.

Charlotte haussa les épaules. Il y avait tant de choses qu'elle devait faire seule maintenant. Elle s'était habituée à ne se fier qu'à elle-même et à la générosité de ses quelques amis, qui ne se comptaient plus que sur les doigts d'une main.

*

Une heure plus tard, elle s'enfonçait dans les bois à la recherche d'indices, en se demandant si son vieux fusil qui n'avait pas servi depuis des lustres serait capable d'abattre le coupable sans s'enrayer. Après avoir tourné en rond un bon moment, elle trouva enfin ce qui ressemblait à une piste de coyote. Elle la suivit, et les traces la menèrent à la rivière. Elle eut beau chercher aux alentours, elle ne vit aucune empreinte de pas ni même un excrément lui indiquant qu'elle était sur la bonne voie. Résignée, elle prit le chemin du retour.

Elle quittait le couvert de la forêt et s'engageait dans la prairie de son voisin lorsque lui parvint une odeur particulière. La brise lui apportait des effluves légers, difficiles à identifier, mais plus elle se rapprochait de la maison, plus ces émanations diffuses sentaient le brûlé. Elle leva les yeux et aperçut un nuage de fumée qui s'effilochait, volatile. Un feu faisait rage quelque part.

Inquiète, elle se mit à courir. Ses vêtements s'accrochaient aux ronces. Ses bottillons s'enfonçaient dans la neige fondante et elle traînait sous ses semelles un amas de boue qui la ralentissait. Le souffle court, elle ne s'autorisa une halte qu'en apercevant la bergerie. Tout semblait en ordre. La paix régnait sur son petit monde.

Après quelques secondes, elle reprit toutefois sa course, car le nuage de fumée s'intensifiait au-dessus de sa tête. Alors qu'elle enjambait la clôture, elle vit Mary qui se précipitait à sa rencontre en lui faisant de grands signes.

– C'est la distillerie! cria la jeune fille en la rejoignant. Il y a eu une explosion et le feu s'est répandu à toute vitesse. Monsieur Alger était allé au village pour acheter de la broche pour votre clôture. Il était là quand c'est arrivé. Après être venu nous avertir, il est retourné là-bas pour aider à éteindre le feu. Anna l'a accompagné. Elle se faisait du souci pour sa mère et ses jeunes frères.

Pendant un bref instant, Charlotte éprouva du soulagement. Le drame se passait ailleurs. Puis, sans prévenir, la peur lui transperça le cœur et elle s'écria :

– La distillerie n'est pas loin de l'école! Les enfants! Est-ce que les enfants sont à la maison?

– Non, pas encore. Mais Rufus va veiller sur eux. Il fera ce qui est le mieux pour leur sécurité.

Charlotte aurait dû être rassurée. Très responsable en effet, le jeune instituteur saurait sans doute mettre les garçons à l'abri. Malgré tout, un doute persistait dans son esprit. Une angoisse dont elle n'arrivait pas à se débarrasser.

– Je vais au village, déclara-t-elle en tendant son fusil à Mary.

La jeune fille ne savait trop que faire de cette arme dont elle n'avait guère l'habitude. Charlotte s'en aperçut et la lui reprit des mains. Elle se dirigea ensuite vers la maison. Une fois à l'intérieur, elle racla en vitesse ses semelles, après avoir rangé le fusil.

Mary l'avait suivie.

– Je ne veux pas rester ici à me morfondre, dit-elle.

– Tu sais monter en croupe? demanda Charlotte.

Sa compagne ayant acquiescé, Charlotte appela Shadow qui se tenait près de la bergerie. La bête accepta le mors sans aucune difficulté, et les deux femmes se hissèrent sur son dos.

Charlotte aurait voulu lancer la jument au galop, mais elle craignait que Mary ait du mal à se maintenir en équilibre. Elles mirent donc plusieurs minutes à se rendre au village, des minutes qui semblèrent des heures à la jeune mère, de plus en plus angoissée. Chaque instant, elle espérait croiser les garçons, mais elles atteignirent le pont sans les avoir aperçus. Un nuage noir et menaçant flottait sur le village, qui semblait pris dans un étau de fumée. Des gens couraient. D'autres restaient immobiles, sans oser franchir le pont, attendant la suite des événements. Une odeur de roussi enveloppait les maisons, si minuscules et vulnérables face à cet ennemi imposant et invincible. On n'aurait pu dire avec exactitude où l'incendie avait éclaté. Le feu paraissait venir de partout; le village disparaissait derrière une colonne de fumée.

Incapable d'attendre plus longtemps, Charlotte tenta de se frayer un chemin pour traverser le pont, mais la jument prit peur et refusa d'avancer. Elle allait l'abandonner et continuer à pied lorsque Mary lui cria à l'oreille, en tendant le bras:

– Là-bas! Voilà Rufus!

Le jeune homme les avait aperçues et venait vers elles en courant.

– Tout va bien? demanda-t-il en tendant les bras à Mary pour l'aider à descendre de cheval.

– Où sont les enfants? s'inquiéta Charlotte, sans répondre à sa question.

Surpris, l'instituteur fronça les sourcils.

– Ils ne sont pas à la maison? s'étonna-t-il.

– Non, lança Charlotte, aussitôt alarmée. Où sont-ils?

Rufus demeura le plus calme possible, mais une rougeur lui montait aux joues, sans lien avec la chaleur du brasier.

– J'ai renvoyé tous les enfants chez eux dès que l'alerte a été donnée, dit-il. J'ai reconduit Tom et Joshua, et quelques autres, jusqu'ici et chacun est parti en direction de sa maison. Ils doivent s'être amusés en chemin. Ou peut-être ont-ils décidé d'aller fureter du côté de la rivière pour mieux voir le feu.

Il évoquait les hypothèses les plus rassurantes, sans cependant convaincre personne. Lui-même ne pourrait plus dissimuler très longtemps son angoisse grandissante. Les enfants seraient-ils revenus sur leurs pas sans qu'il s'en aperçoive ? La curiosité les aurait-elle poussés à s'aventurer près de l'incendie ? En sueur, le jeune homme sentait croître en lui le poids de la culpabilité. Aurait-il dû reconduire les petits jusque chez eux ? Leur avait-il ordonné de se dépêcher, de ne pas flâner en chemin ? Il ne se rappelait plus. En fin de compte, il aurait peut-être été préférable qu'il les garde près de lui. Bien sûr, il ne pouvait pas accompagner chacun de ses élèves jusque chez lui. Il avait fait pour le mieux, mais il se jugeait très sévèrement. S'il était arrivé malheur aux garçons, il ne se le pardonnerait pas.

Le voyant si troublé, Mary crut nécessaire d'intervenir.

– Ils sont sûrement en sécurité quelque part. Ce sont les gamins les plus débrouillards que je connaisse. Tu as bien fait de les envoyer chez eux. C'était la meilleure solution.

Cette tentative pour rassurer à la fois l'instituteur et la mère des garçons n'eut pas le succès escompté. Affolée, proche de la panique, Charlotte avait du mal à prendre une décision. Ses enfants avaient besoin d'elle; ils réclamaient son aide. Elle le sentait jusque dans ses os, dans tous ses organes, dans sa tête et dans son cœur, mais elle n'arrivait pas à se concentrer.

De son côté, la jument s'impatientait. Le vacarme, le va-et-vient, la fumée, tout cela l'incommodait, et elle se mit à piaffer. Charlotte tenta de la calmer en lui caressant l'encolure, mais dès que Shadow sentit les rênes moins tendues, elle effectua une demi-volte et s'élança en direction de la maison. C'était sans doute la meilleure solution.

Charlotte le comprit. Sans hésiter cette fois, elle laboura les flancs de sa monture qui ne demandait pas mieux que de s'éloigner du village et de la fumée. À bride abattue, la cavalière se hâtait vers ses petits, qu'elle imaginait jouant sur la galerie en l'attendant. Ils avaient probablement emprunté un chemin de traverse, comme l'avait suggéré Rufus. Cela leur arrivait souvent. Ils avaient peut-être trouvé un oiseau blessé, ou quelque trésor mis au jour par la fonte printanière. Charlotte s'engagea dans le dernier droit le cœur plus léger, sans toutefois ralentir la cadence. Son entrée dans la cour fit voler des mottes de terre. Avant même que sa monture se soit immobilisée, Charlotte sauta sur le sol et se précipita dans la maison.

Les garçons n'y étaient pas.

Ils ne se trouvaient nulle part. Ni dans la bergerie, ni dans la cabane, ni dans l'atelier, ni dans les champs. La jeune femme tourna plusieurs fois autour des bâtiments, en vain. Elle appela, cria. Personne ne lui répondit, sauf le bélier.

À bout de souffle, elle revint s'asseoir sur la galerie. L'angoisse lui nouait les entrailles et troublait sa vision. Il lui semblait voir à travers une brume de plus en plus épaisse. Tout s'embrouillait. Elle avait l'impression de se trouver dans une forêt où des arbres morts, enchevêtrés, lui bloquaient le passage.

Elle se frotta les yeux et garda sa tête dans ses mains. Il lui fallait se ressaisir et retrouver ses enfants.

Lorsqu'elle entendit qu'on l'appelait, elle se leva d'un coup sec, pleine d'espoir, puis l'espoir céda la place à la stupéfaction. En état de choc, elle voulut faire un pas, mais ses genoux se dérobèrent sous elle, et elle retomba sur la galerie, trouvant juste assez de force pour ne pas s'étaler de tout son long.

Atoan la rejoignit en courant et la prit dans ses bras. Elle n'offrit aucune résistance et se blottit contre ce corps irréel, impossible, qui n'aurait pas dû être là et qui pourtant lui devenait soudain indispensable. Comment avait-elle pu vivre sans lui ? Comment avait-elle pu respirer, parler, rire, pleurer ? Déjà, elle ne se souvenait plus de la minute qui avait précédé son arrivée. Il s'agissait d'un passé sans consistance, sans ancrage. Quand il la repoussa avec douceur pour mieux la regarder, elle dut se détacher de lui et la douleur lui revint, terrible, obsédante, intolérable.

Atoan voulut parler, mais elle posa un doigt sur sa bouche. Elle connaissait déjà chacun des mots qu'il prononcerait. Elle avait tout de suite compris de quelle nouvelle il s'était fait le messager. Il ne serait jamais revenu vers elle s'il n'avait pas eu la confirmation du décès de Henry. Depuis longtemps, elle avait accepté la mort de son mari. Elle ne le reverrait jamais, elle le savait au fond, malgré quelques rayons d'espérance. Atoan ne lui apprendrait rien qu'elle n'ait déjà pressenti. Mais elle refusait de vivre une émotion qui la détournerait de l'essentiel. Aujourd'hui, elle ne devait penser qu'à ses enfants et conserver toute son énergie pour les ramener à la maison.

— J'ai perdu mes petits, dit-elle à Atoan, en baissant les yeux comme si elle avouait un crime.

— Nous allons les retrouver, affirma-t-il. Dis-moi ce qui s'est passé.

Elle lui raconta son malheur, et ils partirent ensemble à la recherche de Tom et de Joshua.

3

Grâce au travail concerté des habitants du village, le feu avait été circonscrit. Le danger était écarté, mais il ne restait plus du bâtiment sinistré qu'un amas de planches calcinées, de pierres et de cendres. Tout s'était envolé en fumée, le travail de plusieurs années, les espoirs des propriétaires. Une plaie béante défigurait la rue qui descendait vers la rivière, ce point de convergence, à la fois entrée et sortie, témoin constant des arrivées et des départs. Un lien manquait entre les maisons du haut de la pente et celles d'en bas. Il serait sans doute comblé avec le temps, mais le souvenir de cette triste journée subsisterait.

Charlotte et Atoan ne s'attardèrent pas au spectacle désolant devant lequel un groupe d'hommes et de femmes se recueillait. Ils avaient déjà arpenté les rives de la Saint-François sur une bonne distance et s'apprêtaient à remonter celles de la Magog, lorsque Daniel Burchard les accosta.

— Tu dois chercher les enfants, dit-il, s'adressant à Charlotte et ignorant Atoan, qui feignit de s'occuper de la jument. Quelqu'un m'a dit les avoir vus sur le chemin de Lennoxville.

— Quand? Il y a combien de temps?

— Je ne sais pas. J'aidais au feu et je n'ai pas pu me renseigner davantage.

Un homme se tenait derrière le cordonnier et semblait s'intéresser à ses paroles. Il se mêla à la conversation d'une façon inattendue.

— Ces deux chenapans auraient mis le feu que je n'en serais pas surpris.

— Mais qu'est-ce que vous racontez! s'indigna Charlotte. Mes fils étaient à l'école!

— Je n'en suis pas si sûr, lui répondit l'homme en haussant la voix et en jetant un œil mauvais à Atoan.

Deux autres personnes se joignirent à lui en acquiesçant à ses propos. L'un d'eux ajouta:

— Quand on a de la graine d'Indien dans le corps, on peut s'attendre à tout...

Daniel Burchard voulut s'interposer. Ces hommes allaient trop loin et l'altercation risquait de dégénérer. Du coin de l'œil, il voyait Atoan serrer les poings, prêt à se défendre. Heureusement, Rufus Miner était aux alentours et il avait tout entendu. En colère, il se planta devant les trois hommes et s'écria:

— Vous dites n'importe quoi! Tom et Joshua étaient avec moi. Je peux le jurer! Rentrez donc chez vous plutôt que de dire des bêtises!

Dépité, le petit groupe retourna à la contemplation des ruines, laissant Charlotte et Atoan avec un goût amer dans la bouche. Charlotte avait peur. La haine qu'elle avait décelée dans les yeux des hommes lui rappelait d'autres regards auxquels elle avait été confrontée enfant, et elle craignait le pire: la persécution, les calomnies. De son côté, Atoan s'inquiétait pour elle. Lui aussi avait perçu l'hostilité ouverte, le fiel, le désir de blesser. Il aurait aimé rabrouer ces abrutis, mais semer la pagaille n'aurait rien donné. Charlotte en aurait subi les conséquences, ce qu'il voulait éviter à tout prix. Il prit donc la jument par la bride et entraîna la jeune femme dans la direction que leur avait indiquée le cordonnier Burchard. Ils ne jetèrent pas un regard derrière eux.

— S'ils sont allés de ce côté, ils y sont encore, dit le jeune Abénaquis pour rassurer sa compagne. Ils ont dû se dire qu'il était trop tôt pour rentrer et qu'ils avaient encore du temps pour s'amuser. On va les retrouver.

Charlotte ne demandait qu'à partager son optimisme, mais elle ne comprenait pas. Pour quelle raison Tom et Joshua auraient-ils pris ce chemin qui les éloignait de leur maison ? Peut-être les informations obtenues par Daniel concernaient-elles d'autres enfants. Était-il préférable d'avancer ou de reculer, de se diriger vers le sud ou vers le nord ? Son esprit confus l'empêchait d'agir avec son efficacité coutumière. Par chance, son compagnon demeurait lucide. Prenant les choses en main, il se hissa d'un bond sur la jument et fit monter Charlotte en croupe. La jeune femme s'agrippa à sa taille et ferma les yeux. Une parcelle d'enfance lui revint alors en mémoire. Autrefois, quand Patrice, son premier mari, n'était encore qu'un gamin, il s'était enfui. Tom, le père d'Atoan, l'avait retrouvé sans difficulté. Le jeune Abénaquis saurait, lui aussi, suivre les garçons à la trace. Elle lui faisait confiance.

À chacune des maisons qui jalonnaient la route menant à Lennoxville, Charlotte descendait de cheval et frappait à la porte, mais personne n'avait vu les enfants. Toujours, elle répétait les mêmes questions, qui demeuraient sans réponse.

Sans s'en rendre compte, ils s'éloignèrent du village, et les habitations s'espacèrent.

— Nous devrions peut-être retourner sur nos pas, suggéra Charlotte. Ils ne peuvent pas avoir franchi une telle distance.

— Avançons encore un peu, lui répondit Atoan, qui semblait savoir où il allait.

L'Abénaquis paraissait mû par quelque savoir indicible. Il sentait la présence de Tom et de Joshua. Il n'avait rien dit à Charlotte pour ne pas lui causer de fausses joies ou de nouvelles frayeurs, mais certains indices l'incitaient à poursuivre dans cette direction: des empreintes de pas, des cailloux lancés au milieu de la route, des herbes froissées, des miettes de pain. Le jeune homme avait la certitude d'avoir repéré les traces des enfants et souhaitait continuer.

Pendant quelques minutes, ils progressèrent sans dire un mot. Seul le léger claquement des sabots brisait le silence. Puis soudain Charlotte poussa un cri et sauta à bas de cheval. La réception fut rude; elle trébucha et s'égratigna les genoux. Sitôt relevée, elle se précipita sur un bout de tissu qui traînait en bordure de la route.

— C'est à Tom, dit-elle après l'avoir ramassé. Je m'en suis servi ce matin pour entourer les galettes de maïs. Je voulais qu'elles restent tendres parce que Tom dit toujours qu'il préfère des galettes moelleuses. Joshua, au contraire, aime bien quand ça croque…

Elle ajoutait tous ces détails inutiles, comme si parler de leurs caprices ramènerait les enfants sains et saufs.

Elle enfouit son visage dans le tissu. L'odeur des galettes l'emplit d'espoir et d'impatience. Ils devaient se remettre en marche. Les garçons n'étaient plus très loin.

— Allons voir si les habitants de cette maison les ont vus passer, suggéra Atoan en montrant du doigt une pauvre chaumière qui semblait vouloir s'effondrer au moindre coup de vent.

Charlotte ignorait à qui appartenait cette bicoque, flanquée de deux peupliers majestueux. Elle eut beau repasser dans sa tête les noms des familles de Sherbrooke et des environs, elle n'arrivait pas à identifier les propriétaires de ce bout de terrain qui allait se perdre dans la rivière.

Ils cognèrent à la porte, mais il fallut un certain temps avant que des pas se fassent entendre. Et plus de temps encore avant que le loquet se soulève. Puis, dans l'entrebâillement de la porte apparut un petit visage apeuré qui s'éclaira aussitôt en apercevant Charlotte.

— Maman! lança Joshua en se précipitant dans les bras de sa mère.

Une seconde plus tard, Tom venait à son tour s'y réfugier. Charlotte les étreignit sur son cœur, jusqu'à ce que Joshua lui prenne la main et la tire dans la maison en refermant la porte avec précaution.

Atoan les avait suivis.

En entrant, il aperçut la fillette.

Le regard de celle-ci exprimait à la fois une grande frayeur et une immense tristesse, et ces deux émotions entremêlées lui donnaient un air hagard et attendrissant.

L'Abénaquis se dirigea vers elle, se comportant comme il l'aurait fait devant un animal sauvage. Il craignait de l'effaroucher, mais elle demeura sur place, incapable de réagir. Il s'accroupit alors devant elle et la regarda droit dans les yeux. Elle soutint son regard sans pourtant se délester de sa peur.

— C'est la faute de son père, dit le petit Tom qui les avait rejoints.

Le garçon prit la main de la fillette, qui ne bronchait toujours pas. En se pressant contre elle, pour la protéger, il planta ses yeux noirs dans ceux d'Atoan et celui-ci s'en trouva bouleversé. Il aurait voulu enlacer son fils, mais il n'en avait pas le droit. Il se contenta de le regarder, de le flairer, de s'en imprégner pour ne jamais oublier sa beauté et sa ressemblance frappante avec son grand-père.

Charlotte remarqua le trouble d'Atoan, mais maintenant qu'elle avait retrouvé ses enfants sains et saufs, elle voulait tout savoir.

— Que veux-tu dire? demanda-t-elle à Tom. Qu'est-ce qui est arrivé à son père?

Le petit ne dit rien. Joshua, silencieux lui aussi, entraîna alors sa mère jusque dans la pièce contiguë. Devant la scène horrible qui s'offrait à elle, Charlotte ne put retenir un cri. Étendue sur une paillasse, une femme gisait dans une mare de sang.

Alerté, Atoan s'était rapproché. Il se rendit auprès de la victime, mais ne put rien faire pour l'aider. La femme était morte.

Charlotte poussa Joshua hors de la chambre. Elle s'agenouilla devant lui et commença doucement à le questionner, avec mille précautions, en insufflant à ses paroles toute la tendresse du monde. Malgré l'ampleur du drame qui s'était déroulé sous ses yeux, le garçon gardait son sang-froid. Il raconta sans jamais élever la voix, parfois interrompu par son frère qui ajoutait un détail. Tout le temps que dura son récit, la fillette ne proféra pas un seul son.

Elle s'appelait Isabelle, comme le précisa le petit Tom en la présentant à sa mère. Lorsque l'instituteur avait ordonné aux enfants de rentrer chez eux à cause de l'incendie qui menaçait de s'étendre, la fillette s'était mise à pleurer. Elle avait peur, et plutôt que de prendre la direction de sa maison, elle avait choisi de suivre Joshua et Tom à distance. Lorsque Rufus les avait laissés de l'autre côté du pont, les garçons s'étaient aperçus que la fillette leur emboîtait le pas. Parce qu'elle ne les lâchait plus d'une semelle, ils avaient décidé de rebrousser chemin pour la reconduire chez elle.

— Sa mère nous a donné un morceau de tarte pour nous remercier, souligna Tom, qui paraissait accorder une importance capitale à cette gentillesse.

Ils avaient mangé avec appétit après cette longue marche et s'apprêtaient à repartir, mais le père d'Isabelle était arrivé. Tout de suite, les enfants avaient bien vu qu'il n'était pas dans un état normal. Tom s'était alors rapproché de son grand frère et la fillette l'avait imité, pendant que sa mère versait une tasse de thé à son mari et lui servait une tranche de lard salé. Elle lui avait ensuite suggéré d'aller dormir un peu, mais il s'était emporté.

Le récit de Joshua devint soudain plus confus. Encore troublé par la tragédie à laquelle il venait d'assister, le garçon s'embrouillait, cherchait ses mots. Son frère l'aidait de son mieux, mais il avait du mal à dompter son agitation et paraissait soulagé quand son aîné reprenait la parole.

— Ne vous en faites pas, leur dit Charlotte. Prenez tout votre temps. Je suis là maintenant. Je vais veiller sur vous.

Réconforté, Joshua se remit à parler, se libérant ainsi de ce fardeau trop lourd pour un enfant de neuf ans.

— Il a pris un couteau et il l'a frappée, lança-t-il dans un souffle, exhalant d'un coup toute sa colère et sa stupéfaction.

Horrifiée, Charlotte ne put s'empêcher de fermer les yeux. Elle ne les rouvrit que lorsque son fils continua son récit.

— Isabelle a pris le fusil…, commença le garçon.

Stupéfiés, Atoan et Charlotte se tournèrent vers la fillette qui regardait devant elle, sans s'intéresser à ce qui se passait dans la pièce.

— Qu'est-il arrivé ensuite? le questionna Atoan, qui se demandait s'ils ne couraient pas tous un grand danger.

— Elle l'a tué! lança Tom avec fierté. Elle l'a tué et il est parti!

En d'autres circonstances, les adultes auraient pu rire de cette explication insensée, mais pris d'appréhensions, ils pressèrent plutôt les enfants de questions.

— Où est-il allé? Était-il blessé?

— Êtes-vous certains de ce que vous racontez? Isabelle a bien tiré sur son père?

Les garçons opinèrent de la tête. Ils avaient tout vu. La fillette avait tiré et son père avait crié. Un cri qu'ils n'oublieraient jamais.

Charlotte et Atoan se regardèrent.

— J'y vais, dit l'Abénaquis.

— Prends le fusil.

— Non, ce ne sera pas nécessaire, dit-il en repoussant l'arme que Charlotte avait trouvée près du lit.

Il pressa l'épaule de la jeune femme pour la rassurer et ajouta :

— Garde-le et n'hésite pas à t'en servir.

Charlotte ferma la porte derrière lui et mit le loquet. Elle se posta ensuite à la fenêtre pour observer Atoan. Celui-ci se dirigea vers l'étable. Avant d'y pénétrer, il s'empara d'une pierre qu'il dissimula dans sa main droite. Aucun son ne lui parvenait, mais une odeur très forte le prit à la gorge dès qu'il mit le pied à l'intérieur. Il lui fallut quelques secondes pour s'habituer à la pénombre, puis il aperçut un corps étendu sur la paille. Le père d'Isabelle… Qui d'autre ?

À pas feutrés, l'Abénaquis s'approcha de l'homme qui semblait plus mort que vif. Un chiffon maculé de sang lui couvrait le torse. Atoan le toucha à l'épaule. Le blessé grommela sans ouvrir les yeux. Il se dégageait de lui une odeur répugnante d'alcool et de sueur. Difficile de dire s'il était ivre mort ou mourant. Une chose était sûre cependant : dans l'état où il se trouvait, il ne ferait de mal à personne. Atoan décida donc de revenir auprès de Charlotte et des enfants. Ils avaient de graves décisions à prendre.

4

— Je ne peux pas fermer mes yeux, se plaignit le petit Tom en frottant ses paupières.

— Pourquoi donc, mon chéri?

— Je vois des… des… choses.

— Quel genre de choses?

— La maman d'Isabelle veut me toucher et ses mains sont pleines de sang.

Charlotte voulut enlacer son fils, mais Atoan la devança.

— Je m'en occupe, dit-il en soulevant le garçon dans ses bras. Tu veux bien venir avec moi? Je sais comment faire disparaître ces… choses que tu ne veux plus voir.

Intrigué, Tom acquiesça, et tous les deux se retirèrent dans l'autre pièce.

Charlotte demeura seule avec son fils aîné qui avait demandé la permission de veiller dans la cuisine encore un peu. La journée avait été rude, éprouvante, et la jeune femme se demandait si ses enfants s'en remettraient jamais. Ils avaient été témoins d'une scène horrible, à donner la chair de poule aux plus endurcis, une scène beaucoup trop cruelle pour des esprits aussi jeunes et vulnérables. Elle était très fière d'eux, car ils avaient agi avec aplomb et courage, faisant preuve d'une grande générosité en demeurant auprès de leur amie en des circonstances absolument dramatiques.

Celle-ci dormait déjà dans le lit de Charlotte. Elle était tombée comme une masse, dès qu'elle s'était allongée. Tous avaient compris que le sommeil constituait son unique planche de salut. Après avoir alerté le shérif et le médecin, Charlotte l'avait emmenée chez elle, puisqu'on ne connaissait ni famille ni amis au couple Dumoulin. L'homme et la femme avaient loué un lopin de terre sur lequel ils venaient tout juste de s'installer avec leur fille unique. Canadiens français originaires de la ville de Québec, ils parlaient mal l'anglais, ce qui les avait quelque peu isolés. Pour que leur fille maîtrise mieux cette langue, ils l'avaient envoyée à l'école de Rufus Miner. Charlotte n'en savait pas davantage à leur sujet. Elle ignorait même si monsieur Dumoulin avait survécu à ses blessures.

— Pourquoi le shérif nous a-t-il posé toutes ces questions ? demanda Joshua.

Il semblait préoccupé, l'esprit tout entier habité par ce qui s'était passé. Depuis son retour à la maison, il n'avait presque pas ouvert la bouche.

— Parce que c'est important de savoir exactement ce qui est arrivé. Si quelqu'un a mal agi, il doit être puni.

— Est-ce qu'Isabelle a mal agi en tirant sur son père ?

— Mais non ! Elle n'avait pas le choix. Parfois, tu sais, il faut commettre des actes qui semblent mauvais, mais qui sont nécessaires. Quand on doit sauver sa vie, les règles habituelles ne comptent plus.

— Crois-tu que le shérif le sait ?

— J'en suis sûre. Ne t'inquiète pas trop pour ton amie.

À vrai dire, Charlotte éprouvait des craintes semblables à celles de son fils, mais pour des raisons différentes. Le shérif lui avait paru sceptique devant le récit de Tom et de Joshua. Ses questions insistantes ressemblaient souvent à des accusations, et les regards soupçonneux qu'il avait jetés autant sur les garçons que sur Atoan lui donnaient froid dans le dos chaque fois qu'elle y repensait. Cet homme aurait-il l'audace d'accuser les enfants ou Atoan? Si au moins Isabelle avait pu parler, au lieu de s'enfermer dans son mutisme. Peut-être le shérif lui aurait-il davantage fait confiance. Et monsieur Dumoulin? Avait-il enfin repris conscience? Et quels mensonges inventerait-il pour se disculper? Pour le moment, Charlotte ne pouvait qu'espérer et avoir foi en une certaine justice. Et ce pauvre espoir, il lui fallait le transmettre à son fils.

— Tu devrais aller dormir, maintenant, lui dit-elle en caressant sa joue. Demain, tu verras, tout ira mieux.

Bouleversé, le garçon hocha la tête plusieurs fois, embrassa sa mère puis se dirigea vers la chambre qu'il partageait avec son jeune frère. Il croisa Atoan qui en sortait.

— Ne fais pas de bruit, lui murmura celui-ci. Tom s'est endormi.

Tout en parlant, il pressa l'avant-bras de Joshua pour lui manifester son appui. Le garçon se dégagea d'un geste brusque, comme si ce contact physique l'avait apeuré ou, à tout le moins, incommodé. Joshua ne s'habituait pas à la présence de cet étranger dans la maison. Il ne comprenait pas la nature exacte des liens qui unissaient sa mère et Atoan, mais il en éprouvait un malaise qui s'exprimait par de l'animosité envers l'Abénaquis. Il avait souvent l'impression de reconnaître cette voix, de ne pas l'entendre pour la première fois, d'avoir déjà vu ce regard pénétrant, si semblable à celui de Tom. Mais dès qu'il cherchait à se souvenir, le visage de Henry, son père adoptif, lui revenait en mémoire et il se mettait à souhaiter de toute son âme qu'Atoan s'en aille, qu'il les laisse seuls, entre eux, qu'il respecte leur intimité dans laquelle il n'avait rien à faire. Rancune et tristesse s'entremêlaient alors sans qu'il puisse distinguer l'une de l'autre.

— Dors bien, ajouta Atoan, que ce mouvement de recul avait chagriné.

Il rejoignit ensuite Charlotte et déposa un baiser sur son front. Elle le regarda avec des yeux si effarouchés qu'il eut envie de la presser sur son cœur et de s'allonger auprès d'elle pour la soustraire à ses tourments. Ce n'était cependant pas possible.

— Je vais partir demain matin, dit-il.

— Non! Ne pars pas! s'écria la jeune femme malgré elle.

— Ce sera mieux pour tout le monde, tu le sais bien. Les miens quittent la pointe à l'aube. Je vais partir avec eux. Mais avant, je voudrais te parler de ton mari.

Charlotte pinça les lèvres, soudain repliée sur elle-même.

— Ce n'est pas nécessaire, répondit-elle vivement. Il n'y a rien à dire. Je sais bien qu'il est mort. Ça ne pouvait pas se terminer d'une autre façon.

Elle paraissait tiraillée entre la douleur et la rage. Atoan n'insista pas.

– Quand tu voudras savoir, je te raconterai, dit-il simplement.

Reconnaissante, la jeune femme lui sourit.

Il avait raison. S'il restait avec elle, les gens déverse-raient leur rancœur et leurs peurs sur lui, l'étranger, le sauvage. S'il partait avec les siens, la vie reprendrait son cours. Et la malédiction ne menacerait plus personne.

Voyant qu'elle se ralliait à sa décision, l'Abénaquis aurait souhaité aborder un autre sujet, mais il n'osait pas.

– Tu sembles songeur, lui dit Charlotte au bout d'un long silence. À quoi penses-tu?

Atoan hésitait. Il ne savait trop de quelle façon pré-senter ce qui le tourmentait. Après un moment toutefois, il décida de foncer. Tant pis si Charlotte ruait dans les brancards. Il devait parler et s'en voudrait à jamais s'il ne le faisait pas.

– Tom me ressemble…, commença-t-il.

Charlotte sourit sans répondre.

– Tu ne crois pas que les gens pourraient chercher à m'atteindre à travers lui? reprit Atoan. Il leur faudra un bouc émissaire. Il en faut toujours un.

– Que veux-tu dire? lui demanda Charlotte, le visage soudain très pâle.

Atoan alla droit au but.

– Il serait peut-être préférable que j'emmène le petit avec moi. Juste le temps que le vrai coupable de ce meurtre soit puni et que cette histoire soit oubliée.

Charlotte se leva d'un bond.

– Jamais! lança-t-elle. Jamais je ne me séparerai de mon fils.

– C'est aussi le mien, lui dit Atoan d'une voix très douce, et s'il lui arrivait quelque malheur par ma faute, je ne me le pardonnerais jamais… et toi non plus.

– Il ne lui arrivera rien. Je veille sur lui.

Sur ces mots, Charlotte attrapa son châle et sortit sur la galerie, mettant ainsi fin à la discussion.

*

Il faisait nuit noire et tout le monde dormait enfin à poings fermés lorsque des coups frappés à la porte réveillèrent Charlotte. Apeurée, la jeune femme voulut appeler Atoan, mais, après leur discussion de la veille, il avait préféré s'installer dans la bergerie.

Comme elle tardait à répondre, les coups redoublèrent, et Isabelle, couchée près d'elle, remua en geignant. Ce bruit insistant et agressif troublait son sommeil. Craignant qu'elle se réveille, ainsi que les garçons, Charlotte se dépêcha d'enfiler son châle par-dessus sa robe de nuit et alla ouvrir.

Elle se retrouva devant un Abénaquis aux yeux beaucoup plus pâles que ceux des autres membres de la tribu qu'elle avait côtoyés, des yeux de la couleur du sirop d'érable. Cette teinte particulière donnait à son regard une lumière et une douceur qui lui rappelèrent son propre père, dont elle avait voulu honorer la mémoire en donnant son nom à son fils aîné. En espérant bien sûr que le garçon hériterait de la générosité et de la gentillesse de son grand-père. Ce souvenir émouvant la libéra de ses craintes. Elle invita son visiteur nocturne à entrer, mais celui-ci refusa. Il salua plutôt Atoan qui arrivait au même moment, alerté par le bruit.

— Simon! Que fais-tu ici? demanda ce dernier dans sa langue.

L'autre lui répondit en faisant de grands gestes. Dans l'obscurité à peine éclairée par quelques étoiles et une lune blafarde, il paraissait gigantesque, et ses mouvements prenaient une ampleur démesurée. On aurait dit un personnage de théâtre ambulant, s'agitant avec frénésie pour attirer l'attention des spectateurs. Pourtant, le message qu'il avait à délivrer n'avait rien de comique.

— Des hommes du village se préparent à attaquer notre campement à l'aube, traduisit Atoan. Le meurtre de cette pauvre femme a attisé leur haine et leur méfiance. On ne parlait que de cette histoire à l'auberge, semble-t-il. L'alcool aidant, les esprits se sont échauffés. Certains ont affirmé que si un Abénaquis se trouvait sur les lieux du crime, il n'était pas aussi innocent qu'il le disait.

Alors que Charlotte tentait d'assimiler ces informations invraisemblables, traduites au fur et à mesure par Atoan, le visiteur reprit la parole, mais cette fois sur un ton plus posé, presque en chuchotant.

— Un petit groupe s'apprête à venir faire un tour par ici pour interroger Tom, expliqua Atoan, le regard indigné.

Sidérée par autant de bêtise, Charlotte n'arrivait pas à croire un mot de ces racontars. Elle demanda à Atoan de questionner son ami encore et encore.

— Ce n'est pas possible, répéta-t-elle à plusieurs reprises. Ces hommes sont fous. Ce n'est pas possible. Ton ami aura mal compris.

Alors qu'elle tournait en rond sur la galerie, Atoan lui prit le bras et ce contact la calma. Elle continuait cependant à secouer la tête, renversée par ce qu'elle venait d'apprendre. Atoan resta auprès d'elle sans dire un mot, conscient qu'elle aurait une terrible décision à prendre.

Au bout d'une longue attente, si lourde que la nuit leur sembla plus noire encore, Charlotte hocha la tête. Elle acceptait la proposition d'Atoan. Il pouvait emmener Tom. Le silence se remplit de serments, d'engagements solennels. Oui, Atoan veillerait sur l'enfant au risque de sa propre vie ; oui, il le ramènerait dès que ce serait possible ; oui, Charlotte lui faisait confiance ; oui, les choses s'arrangeraient, car cette folie des hommes ne pouvait pas durer. Pourtant, malgré toutes ces promesses, la jeune femme avait l'impression qu'une bête maligne lui fouillait les entrailles et qu'elle serait dévorée quoi qu'elle fasse. D'autres fuites lui revinrent en mémoire. Les yeux inquiets de son père et de sa grand-mère. L'incompréhension, le doute, les malentendus. Elle croyait avoir dompté tout ça, avoir mené son destin d'une main assez ferme pour que la malédiction disparaisse. Mais voilà que Tom recevait ce terrible héritage. Voilà qu'il s'exilait lui aussi, sans comprendre, sans que son cœur d'enfant puisse trouver un sens à cet exode. Son fils, son tout-petit, s'enfuyait comme elle l'avait fait dans son enfance, mais elle savait par expérience qu'il n'échapperait à rien, surtout pas à lui-même.

— Je vais le chercher, dit-elle avec un sanglot dans la voix.

Elle ne pleurerait pas. Assimilerait ce départ à un jeu. Atténuerait son chagrin. Miserait sur l'esprit d'aventure de son fils. Elle pressentait que Joshua serait le plus bouleversé, le plus difficile à convaincre. Pourrait-il s'habituer à l'absence de son frère ? Et pardonner à Atoan ?

Charlotte n'eut pas besoin de se rendre jusqu'à la chambre des enfants. Son aîné apparut dans l'embrasure de la porte. Il avait déjà compris ce qui se passait et regardait sa mère avec des yeux tristes et apeurés.

— Je ne veux pas que mon frère parte, dit-il. Personne ne lui fera du mal. Je vais le défendre.

— Je sais, reconnut Charlotte en lui caressant la joue. Tom a toujours pu compter sur toi. Mais parfois il vaut mieux partir que se battre. Son absence sera très courte, le temps que tout le monde oublie cette histoire. Il reviendra très vite.

— S'il part, je pars avec lui, rétorqua le garçon en se croisant les bras.

— Tu ne peux pas me laisser toute seule, lui répondit Charlotte. Je vais avoir besoin de ton aide. Je ne pourrai pas surmonter cette épreuve sans toi.

Cet argument toucha le garçon, qui jeta un regard mauvais à Atoan. Cet homme lui volait son frère. Depuis son arrivée, plus rien ne fonctionnait. Tout allait à la débandade. Sa famille se dispersait. À ce moment-là, le garçon songea que l'Abénaquis devait également être responsable de la disparition de Henry. Son père adoptif lui manquait tellement. En sa présence, personne n'aurait osé s'en prendre à sa famille.

Dans un dernier sursaut de révolte, il voulut s'opposer encore une fois au départ de son frère, présenter des arguments plus solides, proposer un compromis, mais il aperçut alors Tom et Isabelle qui se tenaient par la main.

Les voix les avaient réveillés. Tous les deux se frottaient les yeux, étonnés de ne plus être dans leur lit à cette heure de la nuit.

Plutôt que d'aller vers son jeune frère, Joshua se retira dans la chambre. En colère, il donna un coup de pied dans une bottine qui alla buter contre le mur. Le bruit sourd résonna dans toute la maison. Charlotte frémit. Elle aurait voulu consoler son aîné, mais elle devait avant tout s'occuper du plus jeune. L'aube viendrait rapidement.

*

À la grande surprise de sa mère, et à son grand soulagement, Tom ne s'émut aucunement de devoir partir avec Atoan, qu'il connaissait pourtant si peu. L'enfant devinait ce qu'on tentait de lui cacher et accordait d'emblée sa confiance à l'Abénaquis. Loin de l'apeurer, l'aventure qu'il s'apprêtait à vivre l'excitait, et il applaudit à l'idée de voyager dans ces grands canots d'écorce qu'il avait toujours admirés. Deux problèmes lui apparaissaient toutefois insolubles et venaient émousser son enthousiasme.

– Pourquoi Isabelle et Joshua ne peuvent-ils pas venir ?

À cette question, Charlotte trouva une réponse qui sembla le satisfaire. Bien sûr, Joshua veillerait sur leur mère pendant son absence. Quant à la fillette, elle ne pouvait pas partir alors qu'elle venait tout juste de perdre sa maman et que son père était entre la vie et la mort.

Cette explication lui convenant, le gamin exposa son deuxième souci.

– Je n'aime pas manquer l'école. Je vais prendre du retard et monsieur Miner ne sera pas content.

Silencieux jusque-là, Atoan prit la parole.

– Je suis un instituteur moi aussi, comme monsieur Miner, et j'enseigne aux enfants de la tribu. Crois-moi, tu en sauras davantage que tes camarades à ton retour.

L'Abénaquis adressa au garçon un clin d'œil de connivence qui finit de le rassurer tout à fait.

– Il faut partir maintenant, leur rappela Simon qui s'était fait discret, attendant à l'extérieur que Tom et Atoan soient prêts à le suivre.

Il avait parlé dans sa langue, mais Charlotte comprit que l'heure était venue. Elle frissonna comme si un courant d'air glacial avait envahi la maison, puis elle se força à sourire pour camoufler son désarroi. À la dernière minute, elle sortit de sa poche la dent d'ours en collier que les Abénaquis lui avaient apportée le jour de la mort de sa grand-mère, et qu'elle portait toujours sur elle. Elle passa le cordon de cuir au cou de son fils.

– Un grand ami m'a offert ce présent autrefois. Il est à toi maintenant. Il te protégera.

Le visage de son fils s'illumina.

– Merci, maman! Je t'aime…

Après l'avoir embrassé et serré dans ses bras, Charlotte libéra le petit Tom qui prit sans hésiter la main d'Atoan et sortit avec lui. Il ne remarqua pas le regard amoureux qu'échangèrent son père et sa mère.

Incapable de dormir après leur départ, Charlotte les accompagna en pensée. Elle imagina la timidité de Tom devant les regards curieux des jeunes Abénaquis. Puis elle sourit quand il se joignit à leurs ablutions matinales et à leurs jeux. Un peu plus tard, avec des larmes dans les yeux, elle admira autant que lui le grand canot, et lorsque Tom étendit la main en dehors de l'embarcation pour toucher l'eau, elle ressentit sur ses doigts la morsure vivifiante du froid. Quand elle eut enfin la certitude que les Abénaquis étaient déjà loin et que plus rien de malveillant n'atteindrait son fils, elle s'endormit sur sa chaise.

Son repos fut de courte durée.

*

Un cheval qui renâcle, des voix criardes, le bois qui craque, le bêlement des moutons, des corneilles qui croassent… Pendant un court instant, des sons disparates s'entrechoquèrent dans son cerveau, puis Charlotte se réveilla tout à fait et bondit de sa chaise. On frappait à la porte. Elle eut à peine le temps de lisser ses cheveux et de défroisser sa jupe que les coups reprirent de plus belle, nerveux, pressés, impatients.

Réveillés eux aussi, Joshua et Isabelle se placèrent à ses côtés, le premier dans un geste de protection, la deuxième pour être rassurée. Leurs craintes nourrirent le courage de Charlotte qui se décida à répondre en jetant au passage un coup d'œil à l'horloge. Neuf heures trente ; il était plus tard qu'elle ne le pensait.

À sa grande surprise, la porte s'ouvrit sur le shérif. Il était accompagné de monsieur Beckett, bien campé dans son rôle de milicien. Leurs silhouettes imposantes empêchaient le jour d'entrer dans la maison et jetaient de l'ombre sur Charlotte et les enfants.

— Pouvons-nous vous parler ? demanda le shérif d'une voix plus douce et plus amène qu'à l'accoutumée.

Étonnée par cette gentillesse inattendue, Charlotte les invita à entrer. Elle découvrit alors, juste derrière eux, le pasteur Lefebvre ainsi que trois cavaliers sur leur monture, qui attendaient dans la cour.

— Serait-il possible de faire sortir les enfants ? demanda le révérend. Ce serait préférable.

Joshua rouspéta, mais Charlotte lui adressa un regard à la fois sévère et suppliant. À son corps défendant, le garçon entraîna alors sa compagne et ils quittèrent la maison pour se réfugier dans la bergerie.

Les visiteurs attendirent quelques secondes dans un silence oppressant. D'un geste, Charlotte leur offrit un siège qu'ils refusèrent.

— Nous sommes porteurs d'une bonne et d'une mauvaise nouvelle, déclara Henry Beckett, avec cet air sévère qui ne le quittait jamais.

Charlotte frémit en pensant tout de suite à Tom et à Atoan. Mais il ne s'agissait pas d'eux.

— Monsieur Dumoulin a repris conscience au cours de la nuit, lui annonça le shérif, et nous avons pu l'interroger.

Charlotte était suspendue à ses lèvres, mais le révérend lui coupa la parole.

— Le pauvre homme s'est confié en toute sincérité, dit-il sur un ton suffisant.

À l'évidence, il avait obtenu des révélations que son statut d'homme d'Église l'empêchait de révéler, mais dont il s'enorgueillissait.

— Monsieur Dumoulin a avoué son crime, poursuivit le shérif, que cette interruption avait contrarié. Il a tué sa femme et aurait poignardé sa fille si vos fils n'étaient pas intervenus en tentant de le maîtriser. Il ne se rappelle pas qui a tiré sur lui, mais il s'agit assurément de légitime défense. Lui-même l'a reconnu, et il ne portera pas plainte.

— Il a manifesté un profond remords et a recommandé son âme à Dieu, ajouta le révérend.

— Ce qui ne l'empêchera pas d'être pendu haut et court! lança Henry Beckett.

Charlotte ne les écoutait plus. Tom et Atoan s'étaient enfuis pour rien. Elle avait laissé partir son fils, l'avait exposé à l'inconnu pour l'éloigner d'un danger qui n'existait plus. Il fallait qu'elle se lance à sa recherche maintenant, avant qu'une trop grande distance les sépare. Tom pouvait rentrer à la maison. Toute menace était écartée. L'assassin avait avoué son crime. La vérité se répandait déjà dans le village.

— Je dois partir, dit-elle en enfilant son manteau. Mon fils… Atoan… Je dois partir.

Surpris et choqués par sa réaction, les trois hommes comprirent qu'elle les mettait à la porte sans plus de cérémonie. Ils auraient aimé lui poser quelques questions. Pourquoi était-elle soudain si pressée? Avait-elle besoin d'aide? Mais Charlotte avait oublié leur présence. Elle se dirigea vers Joshua et déposa un baiser sur son front.

— Tu pourras t'occuper d'Isabelle jusqu'à ce que Mary et Anna arrivent? Elles seront là dans quelques minutes.

— Tu vas chercher Tom? lui demanda le garçon.

— Oui. Je peux compter sur toi?

— Oui. Pars vite!

Charlotte ne se le fit pas dire deux fois. Maintenant qu'elle avait l'assentiment de son aîné, elle pouvait se consacrer à l'essentiel : ramener Tom à la maison et rassurer Atoan.

5

Dans sa hâte, Charlotte n'avait pas pris la peine de seller la jument. Montant à cru, elle galopa à bride abattue jusqu'au campement, qu'elle trouva abandonné. Conscients du danger, les Abénaquis étaient partis depuis un bon bout de temps déjà. Les feux ne brûlaient plus ; les cendres avaient refroidi. Soudain transie, malgré le soleil généreux qui séchait la rosée, Charlotte eut du mal à se ressaisir et à lutter contre le découragement. Or le temps jouait contre elle. Il lui fallait reprendre la route, suivre la rivière Saint-François jusqu'au village des Abénaquis, au bord du lac Saint-Pierre, et ramener son fils. Toutefois, avant d'entreprendre ce périple, elle devait avertir Joshua, lui expliquer la situation. Au cas où son absence se prolongerait, elle devait aussi confier les enfants à une personne responsable. Elle ne pouvait s'en remettre entièrement à son aîné pour diriger la maisonnée. Il était trop jeune et trop troublé par les événements des derniers jours. Pour l'instant, il avait encore grand besoin qu'on veille sur lui.

Elle retrouva les deux enfants assis dans l'atelier, en compagnie d'Anna et de Mary. Les jeunes femmes leur avaient confié des tâches faciles qui occupaient leur esprit et les empêchaient de ressasser des pensées chagrines.

En l'apercevant, Joshua bondit, et l'écheveau de laine qu'il tenait sur ses genoux se retrouva au sol.

— Tu ramènes Tom? cria-t-il, plein d'espoir.

Charlotte le déçut en lui apprenant le départ précipité des Abénaquis. En voyant son visage défait, elle s'efforça de le rassurer.

— Ne t'en fais pas, dit-elle. Je vais le retrouver.

Le garçon se précipita dans ses bras. Elle l'aurait gardé ainsi, tout contre son ventre, pendant des heures, mais le temps lui était compté et elle dut le repousser.

Mises au courant de son projet, Mary et Anna lui promirent de se relayer auprès des enfants et de ne jamais les laisser seuls. Pendant que Joshua sellait la jument, Charlotte rassembla quelques affaires, enfila une culotte sous sa jupe et endossa une veste de laine ayant appartenu à Henry. Au bout de quelques minutes d'une agitation désordonnée, elle était fin prête. Pour ne pas flancher devant les enfants, elle écourta les adieux, enfourcha sa monture et partit au grand galop vers King's Highway. Ce chemin la mènerait à Melbourne, où elle prendrait le traversier pour atteindre Richmond. Rendue là, si elle n'avait pas déjà rattrapé Atoan, elle devrait s'informer du trajet, pour se rendre à destination sans perdre de temps.

Elle pensa à Henry, qui lui avait si souvent raconté ses voyages en lui décrivant l'état lamentable des routes et les détours qu'il avait parfois dû emprunter pour se rendre à bon port. Il en riait toujours après coup. Ce souvenir la réconforta, même si elle n'arrivait pas à se départir d'une crainte diffuse. À vrai dire, elle espérait retrouver les Abénaquis à Melbourne et pouvoir alors rentrer chez elle avec Tom. Il lui suffirait de les devancer et de surveiller leur passage, afin de les intercepter.

Sans donner le moindre répit à sa monture, elle franchit la distance qui la séparait du premier village en un temps record, puis continua sa route au même rythme, pendant de longues heures, jusqu'à ce que la jument montre des signes de fatigue. Profitant d'un accès à la rivière, Charlotte se permit une pause pendant laquelle elle scruta le cours d'eau en aval et en amont, en plissant les yeux. Des rayons de soleil couraient sur les flots en mille pépites scintillantes bercées par la brise. À plusieurs reprises, elle crut apercevoir un canot, mais l'illusion se noyait aussitôt dans les sillons d'argent. Personne ne venait.

Devait-elle attendre ou continuer?

Parce que Shadow avait besoin de reprendre son souffle, la jeune femme choisit de demeurer quelques minutes encore à ce poste d'observation. C'était la bonne décision à prendre car, après un court laps de temps, une silhouette imprécise se profila à l'horizon. D'abord déformée par la réverbération, la forme prit peu à peu des contours, et son allure allongée rappelant celle d'une embarcation fit frémir Charlotte qui ne la quitta pas des yeux. Très vite, elle constata qu'il s'agissait bien d'un canot. Puis que des Abénaquis étaient à bord. Et que des enfants prenaient place parmi les adultes.

La jeune femme s'agita pour attirer l'attention des pagayeurs. Ils l'aperçurent, mais ne se dirigèrent pas tout de suite vers elle, ce qui la jeta dans un tel état de panique qu'elle se mit à crier.

– Atoan! Atoan! C'est moi, Charlotte! Atoan!

Elle ne distinguait pas encore les visages des voyageurs, mais Simon, l'Abénaquis aux yeux pâles qui était venu les avertir du danger la nuit précédente, la reconnut enfin et ordonna l'accostage.

Charlotte dut se retenir pour ne pas se lancer à l'eau. Les embarcations prenaient tout leur temps, une éternité à ses yeux! Or, plus elles se rapprochaient, plus son impatience cédait la place à la consternation. Ni Atoan ni Tom n'étaient dans les canots.

Elle recourut aux gestes les plus expressifs et à différentes mimiques du visage pour se faire comprendre, mais Simon finit par lui expliquer, autant avec ses mains et son corps qu'avec son anglais baragouiné, qu'Atoan et son cousin s'étaient plutôt dirigés vers la Nouvelle-Angleterre. Bien sûr, l'enfant était avec eux, en bonne forme et en sécurité.

– Tout va bien, dit-il.

Charlotte ne réussit pas à saisir pourquoi ils étaient allés vers les territoires de chasse alors que d'habitude, au printemps, les Abénaquis retournaient sur les rives de la Saint-François, dans leur village du même nom. Le temps leur étant tout à fait relatif, Simon ne put lui indiquer à quel moment le groupe reviendrait au pays.

Il ne lui restait plus qu'à faire demi-tour, en se disant qu'il valait mieux savoir tout cela maintenant plutôt qu'à la fin de son périple. C'était une bien mince consolation, et un sentiment d'urgence l'habitait encore. En se dépêchant, peut-être réussirait-elle à rattraper Tom et Atoan. Elle aurait aimé le croire, mais son bon sens la ramena vite à la raison. Shadow ne pourrait pas garder un rythme aussi soutenu qu'à l'aller, et il était hors de question de voyager de nuit. Il lui fallait donc trouver un endroit pour dormir, puis rentrer chez elle en espérant avoir bientôt des nouvelles d'Atoan.

Sans trop se presser, pour laisser sa monture retrouver son énergie, elle rebroussa chemin. Elle espérait atteindre Brompton avant la tombée du jour. Tout en se demandant si quelqu'un accepterait de l'héberger pour la nuit, elle se répétait sans cesse : « Fais confiance à Atoan. » Son fils était entre bonnes mains. Son père veillerait sur lui. « Il ne lui arrivera rien. » Peut-être cette expérience aurait-elle de surcroît un effet bénéfique sur Tom. Depuis quelque temps, elle le trouvait malingre, trop souvent malade, enclin à attraper fièvres, rhumes ou maux en tous genres. Ce voyage inattendu et le grand air le stimuleraient et le fortifieraient.

Bercée par les mouvements lents et réguliers de sa monture, les muscles relâchés et dodelinant de la tête, Charlotte refusait de s'inventer des malheurs. Son fils ne fuyait pas ; il allait vers les siens. Rien de mal ne pourrait lui advenir puisque son père lui tenait la main.

Réconfortée par cette vision réjouissante du petit Tom découvrant le monde auprès d'Atoan, elle arriva enfin au hameau de Brompton. Quelques maisons disséminées le long de la rivière, des chemins de terre s'enfonçant dans les bois, vers d'autres cabanes. Rien de vraiment attirant. Où trouver un abri ? La nuit tombait tôt en avril, et Charlotte ressentit soudain une immense fatigue. En fouillant dans son sac, elle trouva du fromage et du pain que Mary avait pris soin d'y déposer. Tous les deux étaient secs, mais elle réussit à en extraire de bons morceaux, suffisamment en tout cas pour lui redonner un peu de vigueur. Elle avala ensuite une lampée de bière d'épinette qui finit de la revigorer.

– Et si on continuait? proposa-t-elle à Shadow, qui bougea les oreilles au son de sa voix. On est si près de la maison. Tu tiendras le coup?

Rien n'était moins sûr. Elles avaient beau avancer à pas de tortue, la pauvre bête, peu entraînée depuis le départ de Henry, se remettait mal de sa longue course. La tête tombante, elle peinait à mettre un pied devant l'autre. Charlotte regrettait de l'avoir poussée à ce point. Pour la soulager, elle décida de marcher à ses côtés, et lui permit de brouter à sa guise les rares touffes d'herbe qui perçaient à travers les plaques de neige. Au bout d'une heure, la jument avait récupéré et elles entreprirent de franchir les derniers kilomètres qui les séparaient de Sherbrooke.

– Allez, ma vieille! lança Charlotte en pressant les flancs de Shadow.

La brave bête comprit ce qu'on attendait d'elle et se mit d'emblée au trot puis au galop. Tout se passa très bien pendant un bon moment, puis la pluie que Charlotte redoutait depuis un certain temps se mit à tomber. Après quelques minutes, la jeune femme et sa monture, trempées jusqu'aux os, durent ralentir la cadence. Charlotte ne voyait plus rien; Shadow non plus. Elle s'ébrouait à répétition, menaçant chaque fois de faire tomber sa cavalière.

– Nous voilà dans de beaux draps, marmonna cette dernière. Si j'avais eu assez de jugeote pour m'arrêter à temps, on n'en serait pas là. Qu'est-ce qu'on fait maintenant?

À vrai dire, la seule solution était de continuer, en espérant que la pluie faiblirait et qu'elles pourraient rentrer avant la nuit, ce qui devenait par ailleurs de plus en plus improbable.

Prise de frissons, Charlotte essaya de stimuler sa monture, mais la pauvre bête recevait la pluie de plein fouet et hésitait à galoper. Malgré l'insistance de sa maîtresse, elle garda le trot sur une courte distance, puis se remit au pas.

Charlotte essaya de surmonter ses craintes. Aidée par un ciel nuageux, la brunante s'étendait maintenant sur la forêt environnante. En outre, la jeune femme percevait des sons qui lui glaçaient le sang. Avait-elle entendu un grognement tout près? Des pas? Une respiration rauque?

Alors qu'elle s'essuyait le visage pour mieux voir la route, une soudaine douleur à la jambe lui arracha un cri, et Shadow se mit à ruer de toutes ses forces. La jeune femme eut beaucoup de mal à rester en selle, mais elle réussit par miracle à garder son équilibre. En se retournant, elle aperçut un animal accroupi sur le ventre qui la fixait de ses yeux hagards. Un chien, un loup, un coyote? Quoi qu'il en soit, la bête lui parut monstrueuse, gigantesque. Après l'avoir mordue au mollet, elle les avait attaquées par-derrière, mais avait été blessée par une puissante ruade. Soudain, deux de ses congénères apparurent à ses côtés. Elles grognaient, hargneuses, sur le point de bondir. Sans demander son reste, la jeune femme laboura les flancs de Shadow qui se lança aussitôt dans un galop effréné. Tout ce qui leur importait était de semer leurs assaillants. Pendant plusieurs minutes, Charlotte crut entendre des pas qui les poursuivaient. Elle finit par se retourner et scruta la route embrumée. Les bêtes avaient disparu. Sans doute avaient-elles préféré chercher une proie moins redoutable.

À moitié rassurée, Charlotte se mit en quête d'un endroit sûr, où soigner ses blessures et celles de Shadow. Sa jambe l'élançait et elle avait l'impression d'avoir été éclaboussée de sang. Dès qu'elle toucha le sol, elle examina la jument et comprit pourquoi. De profonds sillons rouge vif, des marques de griffes, couraient sur la croupe de Shadow.

Ne sachant plus où se diriger, la jeune femme choisit de marcher sans s'éloigner de la route. Peut-être quelqu'un viendrait-il à passer. Chaque pas lui causait une douleur intense et elle devinait qu'il en allait de même pour la jument, mais elle devait avancer.

La pluie avait cessé. Dans l'air humide, des nappes de brouillard s'effilochaient, semblables à des flocons de laine. À travers une éclaircie, la jeune femme crut déceler un mouvement. Apeurée, elle se réfugia derrière Shadow, puis se trouva ridicule. Faisant appel à tout son courage, elle étira le cou et observa de nouveau.

Après quelques secondes, elle éclata d'un rire nerveux. Elle avait entraperçu une vieille cabane contre laquelle frappaient de longues branches ballottées par le vent. Elle tira Shadow par la bride et s'approcha. La cabane se révéla être une ancienne grange délabrée, qui avait dû abriter autrefois un cheval et quelques brebis. Craintive, la jument résista, mais à force de caresses, Charlotte réussit à la faire entrer. Le sol était recouvert de foin, de touffes de laine et de crins noirs. Le toit dégoulinait à quelques endroits et la porte fermait mal, mais il y faisait chaud.

Enfin en sécurité, Charlotte et sa monture s'installèrent de leur mieux. La jeune femme trouva un baril dans lequel l'eau de pluie s'était accumulée. Elle put ainsi nettoyer leurs plaies, puis la fatigue prit le dessus et elle sombra dans un sommeil profond qui lui évita de réfléchir à sa situation pour le moins hasardeuse.

*

En rouvrant les yeux, elle perçut tout de suite une présence dans la cabane et s'alarma à tort.

— Vous voilà enfin réveillée! Je vous ai crue endormie pour l'éternité.

En entendant cette voix inconnue, elle essaya de se lever, mais une douleur intense ralentit ses ardeurs. Une main se posa alors sur son bras. Elle releva la tête et se trouva nez à nez avec un homme à l'air bienveillant. Elle reconnut tout de suite Samuel, le conducteur de la diligence.

— Que faites-vous ici? demanda-t-elle en se frottant les yeux. Où est ma jument?

— Parlons-en! Elle a bien failli vous faire faux bond! D'après ce que je peux voir, elle n'a eu qu'à donner un coup de sabot pour ouvrir la porte de votre abri improvisé. À moins que le vent y soit pour quelque chose...

Charlotte réussit à se mettre debout en grimaçant.

— Que voulez-vous dire?

L'homme lui expliqua alors qu'il avait trouvé la jument sur le bord du chemin et qu'elle s'apprêtait à le suivre jusqu'à Sherbrooke. N'ayant pas reconnu Charlotte, il lui expliqua qu'il conduisait la diligence qui reliait

Trois-Rivières à Stanstead. Un des passagers avait aperçu la cabane lors d'un arrêt pour soulager sa vessie.

— On s'est dit que le cheval n'était pas arrivé là tout seul, et on vous a découverte. Je ne sais pas quelles étaient vos intentions, mais si vous voulez vous rendre à Sherbrooke, il me reste une place. Vous êtes la bienvenue.

Charlotte aurait volontiers sauté au cou de son sauveur, mais la décence la retint, surtout que deux des voyageurs passaient justement la tête par la porte grande ouverte. Ils étaient curieux, mais surtout impatients de reprendre la route. Malgré sa boiterie, Charlotte s'empressa de monter dans la diligence pour ne pas les retarder, tandis que le conducteur attachait Shadow derrière.

Une fois assise sur la banquette, auprès d'un couple de personnes âgées au sourire amène, la jeune femme soupira de soulagement. Très bientôt, elle serait de retour à la maison. Elle revenait sans son fils, et l'attente serait longue, mais dans sa fermette, chez elle, rien de mal ne pourrait plus lui arriver. Elle retirait de cette escapade qui aurait pu très mal tourner la conviction profonde que son sort était lié à son lopin de terre et qu'elle ne devait plus s'en éloigner.

6

Pendant des semaines, après le départ de Tom et d'Atoan, chacune des secondes vécues sembla incomplète à Charlotte, chacun de ses gestes lui parut inachevé. Sans qu'elle le veuille, ses paroles, même les plus anodines, exprimaient un manque. Tous le ressentaient autour d'elle, parce que son corps l'exhalait par tous ses pores. Un vide immense qu'elle cherchait à combler par tous les moyens, en empruntant sa survie aux autres, au temps, au travail, aux retours et aux départs. Comme si chaque parcelle du quotidien possédait le pouvoir inconscient d'éloigner le chagrin et l'ennui, le remords et les craintes.

Au mois de mai, les passereaux qui avaient fui la saison froide étaient revenus les uns après les autres. L'alouette avait repris sa place sur le piquet de clôture, d'où elle avait lancé pendant des jours ses douces vocalises. L'épervier avait retrouvé sa partenaire et ils avaient construit leur nid dans le boisé. Les brebis avaient agnelé presque toutes en même temps, ce qui avait tenu Charlotte éveillée plusieurs nuits consécutives. Une fois passée cette période accaparante, il avait fallu nettoyer et s'occuper du potager, tout en supervisant la tonte des moutons.

Puis le printemps avait cédé sa place à l'été.

La saison chaude avait été marquée par un incident cocasse. La jument de Charlotte avait été saillie par un étalon qui s'était échappé de son enclos. Parce que l'événement avait réjoui Joshua, sa mère avait pris le parti d'en rire. Surtout que la déconfiture du propriétaire de l'étalon faisait plaisir à voir. Selon ses dires, il venait de gaspiller la semence si précieuse de ce reproducteur qui faisait sa fierté et remportait toutes les médailles lors des foires agricoles. Une semence qu'il vendait à prix fort, en vrai maquignon. Sans le vouloir, sa bête lui avait joué un sale tour !

Dépité, le pauvre homme avait accusé Charlotte d'avoir mal entretenu ses clôtures. En vain, car Rufus Miner, engagé pour l'été, venait tout juste de les relever lorsque l'affaire s'était produite. L'instituteur ne s'était pas gêné pour faire comprendre au voisin qu'il aurait dû prévoir un meilleur enclos pour son étalon au sang chaud. Une fois cette mésentente réglée, le jeune homme avait consacré plusieurs journées à blanchir la bergerie à la chaux, un travail essentiel qui n'avait pas été fait depuis trop longtemps.

Puis l'automne avait déployé ses splendeurs.

Charlotte avait surveillé le passage des Abénaquis, mais n'avait aperçu qu'une seule famille, qu'elle ne connaissait pas.

Les oiseaux étaient repartis avec leur progéniture.

Et voilà que l'hiver s'imposait plus rapidement que souhaité.

Depuis septembre, Rufus avait réintégré sa classe. Il l'avait fait un peu à contrecœur, car il se désolait de ne plus côtoyer Mary au quotidien. Il ne pourrait plus lui voler un baiser comme il l'avait fait si souvent au cours de l'été, à la moindre occasion. Ni pique-niquer avec elle ni marcher à ses côtés au bord de la rivière. Malgré le refus de la jeune femme de l'épouser, Rufus Miner ne renonçait pas à son rêve, certain de vaincre un jour les craintes de la jeune fille. Il comprenait son désir de se consacrer d'abord à sa famille, mais les circonstances pouvaient changer, et il trouverait alors les bons arguments pour la rassurer.

Très vite cependant, le jeune homme, qui adorait les enfants et son métier, avait renoué avec le bonheur d'enseigner. Un bonheur contagieux que ses élèves ressentaient eux aussi, sauf peut-être Joshua et Isabelle qui avaient travaillé avec lui tout l'été et qui se désolaient de devoir maintenant le partager avec le reste de la classe. Leur instituteur était devenu un compagnon et un modèle. Sa présence réconfortante leur avait permis de surmonter leurs petits et grands malheurs. Avec lui, ils avaient couru dans les champs en quête de nouvelles découvertes, oubliant ainsi de s'apitoyer sur leur sort. En leur confiant des responsabilités à leur mesure, le jeune homme leur avait appris à ne pas se poser en victimes.

Mais voilà que cette complicité prenait désormais un nouveau visage. Rufus était redevenu l'enseignant, la figure d'autorité à laquelle il fallait obéir et qui ne pouvait se permettre de faire preuve du moindre favoritisme. Isabelle et Joshua avaient espéré que leur relation privilégiée avec l'instituteur leur aurait valu un statut particulier. Or, Rufus Miner leur avait gentiment fait comprendre que, malgré l'affection qu'il leur portait, il devait traiter tous ses élèves de la même manière et faire bien attention à ne pas susciter de jalousies.

Joshua et Isabelle avaient du mal à s'y faire et leur rendement scolaire s'en ressentait. Isabelle, surtout, manifestait des comportements qui préoccupaient Charlotte. Sans l'avoir planifié et sans qu'aucun document vienne le confirmer, la jeune femme avait adopté l'orpheline que personne n'avait réclamée à la mort de son père, survenue quelques jours après le décès de sa mère. Monsieur Dumoulin, en effet, n'avait pas survécu à ses blessures.

Un lien s'était tissé entre elles, jour après jour, à mesure que s'installait une certaine routine. La fillette était devenue un membre de la famille à part entière. Ni Charlotte ni son fils n'auraient pu désormais envisager leur quotidien sans elle. Joshua comblait ainsi l'absence de son frère. Tel un chevalier servant, il protégeait sa nouvelle petite sœur et l'entourait de ses attentions maladroites, se dévouant à son bien-être. De son côté, Isabelle ne parlait jamais de son passé, ni de ses parents ni de leur mort tragique. Ses agissements laissaient néanmoins supposer qu'elle n'avait rien oublié. Ces heures terribles l'avaient marquée à jamais.

Pendant l'été, avec Joshua qu'elle adorait et Rufus qu'elle vénérait, la fillette avait semblé s'accommoder de sa nouvelle vie. Par contre, depuis le début des classes, elle gérait mal une colère latente. Rufus avait dû la punir à quelques reprises parce qu'elle avait montré, sinon de l'agressivité, à tout le moins une grande irritabilité, le plus souvent sans raison. Toujours à fleur de peau, prête à exploser à la moindre contrariété, elle était imprévisible : tantôt d'une sensibilité extrême, tantôt d'une dureté étonnante pour un être si délicat et aux traits si gracieux. Charlotte se reconnaissait parfois dans cette dualité, mais, la plupart du temps, elle se trouvait en état de déséquilibre face à cette enfant. Elle ne savait jamais à quoi s'attendre d'un jour à l'autre. La petite possédait plusieurs visages qu'elle dévoilait au fur et à mesure.

– Je ne sais plus comment agir avec elle, expliqua Charlotte à Rufus, venu rendre une visite surprise à Mary.

– Laissons faire le temps, lui répondit l'instituteur. J'ai vu souvent des enfants malmenés par la vie démontrer de l'agressivité. Si on n'y accorde pas trop d'intérêt, tout finit par rentrer dans l'ordre. En attendant, je promets d'être présent le plus possible et très attentif.

Charlotte soupira. Ses diverses expériences lui avaient enseigné que les problèmes ne se règlent pas toujours. Rufus croyait le contraire; elle n'allait pas lui enlever ses illusions.

Consciente que les deux amoureux souhaitaient se retrouver en tête-à-tête avant l'arrivée du père de Mary, elle rentra dans la maison, où Joshua et Isabelle apprenaient leurs leçons. En voyant leurs petites têtes penchées sur l'ardoise, elle se dit que Rufus Miner avait peut-être raison, après tout. Tout irait bien. Le temps chasserait les idées noires.

*

Dès le lendemain après-midi toutefois, Charlotte dut faire face à la réalité. Son optimisme un peu forcé de la veille ne dura pas très longtemps.

Elle finissait d'atteler la jument et s'apprêtait à se rendre au village pour livrer sa production récente au magasin général de Richard Smith. Elle en profiterait pour faire quelques achats. Un grand ménage s'imposait dans la maison et elle manquait, entre autres, de savon du pays. Il lui fallait aussi renouveler ses réserves de thé et acheter un poisson pour le souper.

Elle s'installait sur la banquette lorsque Joshua apparut au bout du chemin. Il avait couru, sa respiration saccadée en témoignait.

– Pourquoi reviens-tu si tôt de l'école? demanda Charlotte. Isabelle n'est pas avec toi?

On voyait rarement le garçon sans la fillette sur ses talons. Son absence était donc pour le moins étonnante. Bouleversée, Charlotte comprit alors à quel point l'orpheline l'avait conquise, et quelle place importante elle occupait maintenant dans sa vie. En constatant l'état d'essoufflement dans lequel se trouvait son aîné, elle dompta néanmoins son impatience d'en savoir davantage.

– Reprends ton souffle, dit-elle. Tu es en sueur! Quelle idée de courir comme ça!

Après quelques minutes, le garçon put enfin lui raconter ce qui s'était passé.

– Le shérif a emmené Isabelle! lança-t-il, le regard affolé.

Charlotte éprouva un certain soulagement. Elle avait imaginé le pire, l'irrémédiable, mais si Isabelle se trouvait auprès du shérif, elle était en sécurité, quoi qu'il ait pu arriver.

– Continue, dit-elle d'une voix qui se voulait rassurante.

– Elle a essayé de tuer cet imbécile de Beckett.

– Quoi! Qu'est-ce que tu me racontes là?

Le garçon prit une grande respiration et vida son sac d'un seul trait. Walter William Beckett, un garçon de neuf ans qui faisait plus vieux que son âge, avait fait peur à Isabelle en lui mettant un ver de terre dans le cou, alors que l'instituteur avait le dos tourné. La fillette ayant crié comme un cochon qu'on égorge, les voisins étaient accourus dans la cour de l'école pour lui porter secours. Bien sûr, Rufus Miner avait sévi et le jeune Beckett avait passé plus d'une heure à genoux dans un coin de la classe. Tout semblait donc arrangé.

Mais à la récréation, alors que les autres enfants s'amusaient, Isabelle avait saisi une roche de bonne dimension et avait frappé Walter William. Par chance, le garçon s'était retourné juste à temps, et le coup l'avait seulement effleuré. Sa veste était déchirée à l'épaule et un filet de sang coulait sur sa joue, mais la blessure était superficielle. Il avait quand même couru jusqu'au magasin général, où il savait trouver sa mère, et avait feint de souffrir terriblement. Folle d'inquiétude et horrifiée par ce qui arrivait à son fils, la pauvre femme n'avait rien trouvé de mieux que de faire appel au shérif.

Cette histoire invraisemblable suscita chez Charlotte plus de perplexité que de colère. Pourquoi Caroline Beckett s'en remettait-elle au shérif pour régler une chicane d'enfants? Savait-elle au moins que son fils avait parti le bal? Peut-être Joshua tentait-il de minimiser le geste d'Isabelle. Walter William était-il plus gravement blessé que son fils ne voulait bien l'admettre?

La jeune femme se livrait à ces réflexions lorsque le shérif, suivi de monsieur Beckett, fit une entrée remarquée dans la cour. Il stoppa sa voiture à quelques pieds de Shadow qui rua dans les brancards. Quand la poussière fut retombée, Charlotte aperçut Isabelle, recroquevillée sur la banquette. La petite faisait peine à voir. Elle semblait terrorisée, sur le point de s'évaporer. La jeune femme se précipita vers elle, mais le shérif interrompit son élan d'un geste autoritaire.

— Avant de vous la rendre, il faut qu'on parle.

Charlotte salua la fillette, qui lui offrit un pauvre sourire.

— Reste avec ta sœur pendant que je parle avec le shérif, ordonna la jeune femme à Joshua.

Elle avait bien choisi ses mots pour faire comprendre à ses visiteurs que la fillette faisait dorénavant partie de la famille et qu'elle la défendrait bec et ongles si on voulait lui faire des misères. Elle se retira ensuite à l'écart avec le shérif.

Ce dernier n'attendit pas qu'elle le questionne. Il prit les devants.

— Cette enfant a un problème et je crois qu'il faut la surveiller de près. Au dire du jeune Beckett, les autres élèves ont peur d'elle. Ils s'en méfient et préfèrent s'en tenir loin. Je ne retiendrai rien contre elle pour aujourd'hui, mais si elle continue à se comporter en sauvageonne, il va bien falloir prendre les grands moyens.

— C'est-à-dire?

— Je propose de l'envoyer à Québec ou à Montréal, où des maisons existent pour ces filles récalcitrantes à l'autorité et qui ont perdu l'esprit.

— Vous ne pensez tout de même pas mettre cette enfant à l'asile! Vous connaissez son histoire. Vous savez ce qu'elle a traversé. N'importe quel enfant, ou adulte d'ailleurs, qui aurait vu son père tuer sa mère en subirait des séquelles. Il faut l'entourer d'amour, d'attentions, et non pas l'enfermer.

— Je comprends votre point de vue, mais mon travail consiste à faire régner l'ordre et à voir à ce que les gens se sentent en sécurité. Cette enfant trouble la paix publique. Bien des personnes sont contrariées.

— Pensez-vous que cette petite fille représente une réelle menace pour les habitants de la région ?

Le ton railleur emprunté par Charlotte heurta le shérif, qui mit fin à l'échange.

— Je n'en discuterai pas avec vous aujourd'hui, mais je vous recommande de bien la surveiller. À la moindre incartade, je ferai mon devoir.

Sur ces paroles, il tourna les talons et se dirigea vers sa voiture. Il ordonna à Isabelle de descendre et prit place sur le siège du conducteur. Sans saluer, il fit reculer son cheval et prit la direction du village. Henry Beckett, quant à lui, semblait moins pressé. Charlotte crut qu'elle aurait droit à des remontrances de sa part, mais le milicien briquetier se contenta de la saluer en levant son chapeau. Il était impossible de lire sur son visage quels sentiments l'habitaient, mais Charlotte comprit alors qu'elle n'avait rien à craindre de ce côté-là. En homme d'honneur, Henry Beckett blâmerait son fils plutôt que de s'en prendre à une fillette. Ce gaillard, tout d'une pièce, d'à peine trente ans mais en paraissant quarante, n'accepterait pas qu'une petite fille ait eu le dessus sur son garçon. Son orgueil avait dû en prendre un coup. Le pauvre Walter William avait sans doute été sermonné, et il y penserait désormais à deux fois avant de s'attaquer à plus faible que lui. Par contre, Charlotte ignorait si Caroline Beckett passerait l'éponge. Peut-être venait-elle de perdre une bonne cliente.

La jeune femme haussa les épaules. Ce n'était pas ce qui importait pour l'instant.

Elle prit les deux enfants par la main et les entraîna joyeusement dans la maison, où elle leur servit une copieuse collation. Elle les envoya ensuite recouvrir les choux, une tâche qui les occuperait jusqu'à la tombée du jour.

Elle remit au lendemain sa course au village. Richard Smith devrait patienter. Elle repoussa également les décisions à prendre au sujet d'Isabelle. Pour l'instant, le problème la dépassait et elle préférait attendre pour ne pas se tromper. Si elle se fiait à son instinct, la solution finirait bien par se présenter d'elle-même.

7

1ᵉʳ janvier 1829

Charlotte regarda par la fenêtre pour la troisième fois en quelques minutes. Des flocons de neige virevoltaient, légers comme du duvet. La cour avait pris un aspect ouaté, irréel, digne d'un conte pour enfants. La jeune femme scruta le ciel de nouveau, puis elle observa la cime des arbres et constata avec soulagement l'absence totale de vent. Ils pourraient peut-être se déplacer sans trop de problèmes.

– On y va, maman?

Joshua s'impatientait. Depuis le matin, il harcelait sa mère, la pressant de se préparer au plus tôt. Si elle l'avait écouté, ils seraient partis à la barre du jour, alors qu'ils n'étaient attendus chez Olive que pour le repas du midi. Isabelle, pour sa part, oscillait entre l'excitation et l'appréhension. Elle n'était plus retournée à l'école depuis sa prise de bec avec le jeune Walter William Beckett. Elle était plutôt restée à la maison, où elle avait su se rendre utile. Mary et Anna l'avaient accueillie avec enthousiasme à l'atelier. L'ouvrage ne manquait pas et elles ne refusaient aucune aide. De plus, la fillette s'entendait à merveille avec ses deux collègues, avec Anna surtout qu'elle considérait comme sa grande sœur. Bien entourée, rassurée par la routine, elle souriait plus souvent et paraissait plus calme. Elle avait pris du poids, ce qui l'avantageait. S'extraire de ce cocon rassurant pour fêter la nouvelle année chez les Burchard lui faisait un peu peur. Elle le démontrait par son mutisme et sa façon bien à elle de rester à l'écart, sans toutefois rien perdre des paroles et des gestes de son entourage.

— Veux-tu mettre ta jolie robe bleue? lui demanda Charlotte, sans s'occuper des doléances de son fils. Elle te va si bien.

Le visage d'Isabelle s'illumina. Elle adorait cette robe qu'Anna lui avait confectionnée. Elle hocha la tête en guise d'assentiment et se retira dans la chambre.

— Enfin! s'exclama Joshua. On va peut-être pouvoir y aller!

Charlotte passa une main dans les cheveux de son fils.

— Toi, mon chenapan gourmand, ce sont les friandises qui t'intéressent!

Le garçon rouspéta en tentant de se recoiffer sous le regard moqueur de sa mère.

*

Chez les Burchard, la cuisine commençait déjà à s'emboucaner, mais personne ne s'en formalisait, sauf peut-être la maîtresse de maison qui craignait que toute cette fumée ne masque le goût de ses plats. Dès leur arrivée, Joshua et Isabelle furent happés par les autres enfants qui les entraînèrent dans une pièce adjacente où un poêle à bois ronronnait, créant une atmosphère chaleureuse.

Les bambins avaient les joues rouges et leur accueil fut si enthousiaste qu'Isabelle se joignit au groupe sans hésiter. Charlotte qui l'observait à la dérobée se réjouit de l'entendre rire.

Une heure plus tard, les convives s'attablèrent, les enfants dans une pièce, les adultes dans une autre, et Olive réclama de l'aide pour servir. Tout en distribuant les plats avec elle, Charlotte s'étonna de découvrir au moins cinq inconnus autour de la table. Cela se produisait de plus en plus souvent, chaque fois qu'elle se rendait au village. Alors qu'avant elle pouvait nommer la plupart des habitants, les nouveaux arrivants étaient maintenant si nombreux qu'elle n'arrivait plus à maintenir à jour sa liste de connaissances. La population de Sherbrooke avait beaucoup augmenté en quelques années. Environ trois cents personnes y vivaient. Le village connaissait un bel essor, que rien ne semblait vouloir ralentir. Les maisons et les commerces s'ajoutaient les uns aux autres, les services et les métiers se multipliaient.

Cette croissance inattendue lui donnant parfois le vertige, Charlotte se réjouissait de retrouver ses amis de la première heure.

La voix de Mulvena dominait toutes les autres. Le veuf avait surmonté son deuil avec courage, sa joie de vivre ayant vite pris le dessus sur l'affliction. Intéressées par ce beau grand bonhomme, quelques femmes du village lui faisaient de l'œil, mais il n'avait encore jeté son dévolu sur aucune d'elles. Le souvenir d'Hortense le satisfaisait. Fidèle à son habitude, il se moquait des Felton et Goodhue qui n'abandonnaient pas leurs idées de grandeur. Après un moment, Daniel Burchard lui glissa un mot à l'oreille pour lui rappeler que certaines des personnes présentes n'apprécieraient peut-être pas son sens de l'humour. Il était sans doute préférable qu'il ravale ses commentaires désobligeants, au cas où l'on rapporterait ses paroles aux principaux intéressés. Par un grand geste de la main, Mulvena signifia qu'il ne s'en souciait guère. Cependant, pour ne pas incommoder son hôte, il orienta plutôt la conversation vers la nouvelle loi électorale à l'étude. Ses interlocuteurs se lancèrent alors dans un débat passionné.

Lorsque Charlotte voulut desservir le père d'Olive, celui-ci la retint par le bras.

— Avez-vous tout mangé le veau que je vous ai fait livrer ? demanda-t-il.

— Non ! Je devrais en avoir pour une bonne partie de l'hiver.

— Vous êtes satisfaite ?

— Oh oui ! La viande est savoureuse, de très bonne qualité.

Monsieur Terrill ne cacha pas son contentement. Il soignait sa réputation et aimait bien que ses clients lui restent fidèles, année après année. Charlotte le remercia avec chaleur. Il lui avait fait un bon prix, et elle avait pu le payer en partie avec ses confections, comme cela se faisait très souvent entre les artisans et les commerçants qui se connaissaient de longue date. Le mois précédent, grâce à ce système de troc, Charlotte avait chaussé les enfants de neuf et s'était procuré un nouveau rouet. C'était le plus souvent de cette façon qu'elle payait les objets de première nécessité. Les habitants de Sherbrooke et des environs aimaient bien faire des réserves de lainages pour affronter la saison froide, et ils n'hésitaient pas à marchander avec elle.

Depuis le début de l'automne, Charlotte et ses collègues travaillaient du matin au soir, sept jours par semaine, pour satisfaire à la demande. Le temps des fêtes leur procurait donc une pause très appréciée dont elles entendaient profiter au maximum. Anna et Mary avaient prévu plusieurs sorties, auxquelles devaient participer Rufus Miner et d'autres jeunes gens. En cette période de réjouissances, chacune de leur journée se déroulait sous le signe de la bonne humeur et de la fantaisie. Elles en avaient bien besoin et se moquaient de la désapprobation à peine dissimulée de certains.

Pour Charlotte toutefois, l'abandon aux plaisirs en cette période festive se faisait moins aisément. Comment oublier qu'il lui manquait un fils? Elle l'avait tellement attendu! Talaz, la sœur d'Atoan, n'avait pas écrit depuis longtemps. Atoan non plus, d'ailleurs, et ni lui ni Tom n'étaient au rendez-vous de l'automne. Charlotte avait été amputée, et ce membre disparu la faisait parfois souffrir jusqu'à l'insupportable. Elle entra donc dans la danse où l'entraînaient ses jeunes compagnes un peu à contrecœur. Enivrée par la musique, elle en éprouva toutefois un réel bonheur.

*

La fête dura tout l'après-midi. Les enfants se gavèrent de friandises, les hommes burent plus que de raison, et les femmes chantèrent et dansèrent sans retenue au son de l'harmonica de Rufus Miner. Tous voyaient venir l'heure du départ avec regret.

Les plus sages commençaient à rassembler leur marmaille quand la porte s'ouvrit toute grande, poussant à l'intérieur une vague de froid qui surprit les fêtards. La plupart étaient en sueur, et ce contraste soudain leur rappela que l'hiver les attendait dehors. Tous les visages se tournèrent vers les nouveaux arrivants, dans un silence stupéfait. Même le cri de joie de Charlotte ne réussit pas à se frayer un chemin jusqu'à ses lèvres. Ce fut donc sans voix qu'elle se précipita vers le petit Tom, emmitouflé dans un manteau doublé de fourrure. Le visage rieur du garçon disparaissait en grande partie sous les poils du capuchon rabattu sur sa tête.

Olive invita Atoan à entrer. Mary et Anna le débarrassèrent de sa pelisse et de ses grosses mitaines. Pendant ce temps, les invités demeuraient sur leur quant-à-soi, trop étonnés pour réagir. Monsieur Terrill fut le premier à se ressaisir.

– Bon, annonça-t-il d'une voix forte, il va falloir y aller avant que la noirceur prenne.

Ainsi libérés, plusieurs convives prirent leurs affaires et déguerpirent, heureux d'échapper au malaise qui s'installait. Certains contournèrent l'Abénaquis sans le regarder. D'autres affichèrent clairement leur mépris. Monsieur Terrill, pour sa part, prit le temps d'embrasser sa fille et ses petits-enfants. Avant de partir, il adressa un salut discret à Charlotte, lui témoignant ainsi son soutien.

Il ne resta bientôt plus que les amis très proches. Tom et Atoan s'assirent à la table devant une assiette remplie à ras bord. Debout devant eux, Charlotte pleurait de bonheur entre deux éclats de rire. Que son fils lui avait manqué! Elle croyait avoir endormi la douleur, ou s'y être habituée, mais le retour de Tom lui rappelait le chagrin et l'ennui qui ne l'avaient jamais quittée depuis son départ. En regardant son cadet s'empiffrer, le visage radieux, elle se demanda comment elle avait pu survivre sans lui.

De son côté, Joshua ne quittait plus son frère des yeux. Assis près de lui, il lui offrait tout ce qu'il trouvait à portée de main: un peu de mélasse, un verre de lait, une tranche de pain, un morceau de gâteau. Il devançait ses désirs, et personne n'aurait pu l'éloigner, ne fût-ce que trois secondes. Il arborait un air sérieux et attendri.

— Il a tellement grandi! murmura Charlotte à Atoan, attendant de celui-ci une explication à ce miracle.

L'Abénaquis se contenta de sourire, mais un éclair de fierté illumina son regard. En neuf mois, Tom avait pris du poids et avait gagné quelques centimètres. Maintenant presque aussi grand que son frère, il avait aussi acquis de l'endurance en accompagnant les chasseurs dans les grands territoires. Personne ne s'était plaint de lui. Ce garçon vaillant et courageux avait gagné le respect des hommes de la tribu, alors que sa bonne humeur et sa nature accommodante lui avaient valu l'affection des femmes. Atoan avait hâte de tout raconter à Charlotte. Il comptait les minutes, espérant qu'ils se retrouveraient seuls très bientôt.

— Je ne pouvais pas te donner tous les détails dans mes lettres, dit-il. Je vais me reprendre ce soir.

— Quelles lettres? demanda Charlotte. Je n'ai rien reçu...

— Nous t'avons écrit deux fois. Tu n'as vraiment rien reçu?

Charlotte en voulait à la terre entière. Au postier qui avait mal fait son travail, à Atoan qui s'était sûrement trompé, aux routes impraticables, aux diligences, à l'hiver.

Sa colère et le désarroi de l'Abénaquis jetèrent un froid, qui embarrassa les Burchard.

Heureusement, Tom vint à leur secours sans le vouloir.

– Il faut vite retourner à la maison, dit-il.

Puis, en se tournant vers Joshua, il ajouta :

– Je vous ai apporté un cadeau, à toi et à maman, mais je l'ai laissé là-bas. Et à toi aussi, dit-il à l'intention d'Isabelle, qui n'osait pas trop se rapprocher des deux frères.

L'affection qui les liait l'un à l'autre, et que l'éloignement avait renforcée, impressionnait la fillette. Un peu craintive, elle cherchait sa place au sein de cette fratrie et de cette famille si particulière dont elle ne comprenait pas encore tous les rouages. Que Tom ait pensé à lui offrir un présent la troubla.

– On y va, maman ? demanda Joshua, impatient.

Charlotte acquiesça, l'air réjoui.

– Mais avant, précisa-t-elle, il faut remercier Olive pour toutes ses bontés.

Sans hésiter, tous exprimèrent leur reconnaissance à leur hôtesse, gênée par ces hommages. Pour couper court à cet élan de gratitude, elle les mit dehors en riant et en leur ordonnant de ne pas attendre la prochaine année pour venir lui rendre visite. Toutefois, avant de refermer la porte, elle ne put résister à l'envie de glisser un avertissement à l'oreille de Charlotte.

– Essaie de ne pas donner prise aux commérages.

Mary, Anna et Rufus Miner avaient déjà pris la direction du pont. Charlotte hocha la tête pour rassurer son amie, puis elle rejoignit Atoan et les trois enfants, blottis sous les couvertures au fond de la charrette.

*

Ce soir-là, Joshua rangea près de son lit les raquettes que son jeune frère lui avait offertes. Après s'être gentiment moquée de son aîné, Charlotte pressa les enfants de se préparer pour la nuit. Isabelle tenait sur son cœur le coffret d'osier que Tom avait confectionné pour elle, et dont un os poli constituait l'attache. Comme elle l'avait murmuré un peu plus tôt, elle recevait un cadeau pour la première fois et ne savait trop de quelle façon réagir. Elle aurait voulu sauter au cou de Tom, mais la gêne l'en empêcha. Elle s'empara plutôt du coffret comme d'un trésor et ne le lâcha plus. Touchée par cette marque d'affection inattendue, elle aussi dormirait sans doute avec son présent.

Charlotte regarda ses plus vieux se diriger vers la chambre en encadrant leur jeune frère. Les trois enfants avaient décidé de dormir ensemble, dans le même lit, et elle n'avait pas eu le cœur de s'y opposer. Tant pis si la nuit était écourtée à cause des mille et une histoires qu'ils se raconteraient.

Quelques instants plus tard, elle se retrouva seule avec Atoan. L'Abénaquis la fixait de ses beaux yeux noirs, aussi brillants que la rivière après la pluie. Charlotte fut aussitôt happée par ce regard insistant, débordant de passion. Elle eut peur soudain de perdre la raison si elle s'engouffrait dans cette brèche où l'amour voulait l'entraîner.

– Je suis désolée, dit-elle, mais il faudrait que tu couches dans la bergerie ou dans la cabane. Je ne veux pas prêter le flanc à la médisance. Certains sont très prompts à condamner, et je préfère ne pas avoir à mentir.

Atoan lui prit les mains et l'attira vers lui.

– J'aurais une idée pour faire taire les mauvaises langues.

Charlotte fronça les sourcils, ne sachant trop où il voulait en venir.

– Si on se mariait, reprit-il en plongeant son regard dans le sien et en accentuant sa pression sur ses doigts.

– Mais…, commença Charlotte.

– Non, attends. Je sais ce que tu vas dire. Tu ne veux pas que nous vivions ensemble et je respecte ta volonté et tes croyances. Par contre, rien ne nous empêche d'être mari et femme. Je pourrai ainsi venir plus souvent et personne n'y trouvera rien à redire. Ce ne sera pas différent des couples dont le mari passe l'hiver au chantier. Qu'en penses-tu ?

Charlotte ne s'attendait pas du tout à une telle proposition, mais elle comprit soudain pourquoi la peur l'habitait depuis l'arrivée d'Atoan. De tout son cœur, elle aurait souhaité lui dire oui et se blottir dans ses bras en défiant les qu'en-dira-t-on, les malédictions, les craintes, les lendemains improbables, la mauvaise conscience, les pièges de toutes sortes. Mais l'angoisse l'oppressait et elle doutait de pouvoir la vaincre. Pourtant, quand Atoan l'enlaça, elle puisa dans cette étreinte la force dont elle aurait besoin pour affronter ce qui forcément surviendrait.

– Oui, murmura-t-elle en rejetant avec ce simple mot toutes les embûches.

Cette nuit-là, Atoan coucha dans la bergerie pour que tous les deux puissent jurer qu'il en avait été ainsi, mais il ne dormit pas seul, du moins pendant quelques heures.

*

Le lendemain matin, l'Abénaquis eut le temps de nourrir les bêtes et de nettoyer la bergerie avant que la maisonnée se réveille. Lorsque Tom sortit pour appeler son père, celui-ci était fin prêt. Il prendrait la diligence jusqu'à Stanstead et, de là, se rendrait au Vermont pour retrouver les siens. Malgré ce départ imminent, le déjeuner se prit dans une atmosphère joyeuse. Adultes et enfants mangèrent comme des ogres, le bonheur aiguisant leur appétit. Charlotte s'était surpassée pour offrir à sa famille un repas digne d'un jour de fête. Repu, Joshua se frotta le ventre, puis fit part à Tom et à Isabelle de ses plans pour la journée.

— On va essayer mes nouvelles raquettes. Je suis sûr de vous battre à la course à plate couture. On apportera le toboggan et on glissera dans la côte du Deuxième Rang.

Son entrain aurait dû soulever l'enthousiasme de ses interlocuteurs, mais plutôt que de participer à son allant, son jeune frère se tourna vers Atoan. Il attendait que l'Abénaquis intervienne.

— Qu'est-ce qui se passe? demanda Joshua, sur un ton qui trahissait son étonnement et son inquiétude.

Puisque personne ne lui répondait, il se tourna vers sa mère, réclamant son soutien. La jeune femme paraissait aussi perplexe que lui.

— Tu n'as pas envie de jouer dehors avec ton frère? demanda-t-elle à Tom.

— Mais je ne peux pas, maman! s'étonna le garçon. Atoan ne t'a pas dit que nous devions partir ce matin? Le père Michael nous attend au village. Il nous accompagne pour que le conducteur de la diligence nous laisse monter. Parfois, ils ne laissent pas monter les Abénaquis. Il a bien dit qu'on devait arriver à Stanstead aujourd'hui si on voulait prendre la diligence demain pour le Vermont.

— Mais... quoi? Que dis-tu là? Quel père? Que veux-tu dire?

Charlotte bafouillait, incapable de trouver les mots pour exprimer sa stupéfaction. Pas un instant elle n'avait soupçonné que son cadet ne resterait pas avec elle. Dans son esprit, cela allait de soi. Maintenant que le cas Dumoulin était bel et bien réglé, la vie reprendrait son cours. Elle retrouverait son fils, et Joshua retrouverait son frère. La question ne se posait même pas.

Atoan tenta de lui expliquer.

— Tom souhaitait participer aux grandes chasses de janvier, dit-il. Les autres garçons de la tribu lui en ont parlé et il en rêve depuis des semaines. Je lui avais promis... Si tu consens, bien sûr...

En apparence, le jeune homme sollicitait l'approbation de Charlotte, mais au ton de sa voix, celle-ci devina que pour lui tout était entendu d'avance. En arrivant la veille, il savait déjà qu'il repartirait le lendemain avec Tom, mais il s'était bien gardé d'en parler.

— Tu m'as menti, dit la jeune femme.

— Mais non, voyons! Je ne t'ai jamais dit que Tom avait l'intention de rester ici. D'ailleurs, il avait été averti qu'il devait d'abord te demander la permission. Je sais à quel point il vous a manqué.

Charlotte se tourna vers Tom, en espérant qu'il nierait tout, qu'il accuserait Atoan d'hypocrisie, qu'il la supplierait de le garder, qu'il crierait son désespoir à l'idée de repartir chez les Abénaquis. Ses attentes furent déçues. Le garçon lui jetait un regard implorant, certes, mais pour une tout autre raison. Comme si sa vie dépendait de la réponse de sa mère. Cela ne faisait aucun doute : l'enfant voulait suivre Atoan. Il avait trouvé un père, sans trop comprendre par quel prodige ce père lui était venu, et il ne le quitterait plus. Il avait pris goût à cette vie de nomade, où l'on ne s'installe jamais pour très longtemps, où l'on soutire à la terre, aux rivières et aux forêts ce qu'elles ont de meilleur, où plus rien ne compte que le dépassement de soi, dans une communion intime avec la nature. Atoan avait réussi à épargner à son fils les difficultés inhérentes à cette existence précaire. Le garçon n'avait vu que le beau côté de l'expérience : l'admiration filiale, le compagnonnage, la liberté d'action, l'aventure, les nouveaux défis. Ainsi protégé par son père, il lui faudrait encore du temps pour se rendre compte des contraintes, de l'ostracisme, du mépris, de la faim toujours aux aguets.

Le regard de Tom fixé sur sa mère était si pur, si plein d'espoir, si franc, que Charlotte ne put aller à l'encontre de ses désirs.

— Tu vas veiller sur lui ? demanda-t-elle à Atoan.

L'Abénaquis eut à peine le temps de hocher la tête pour la rassurer que Joshua bondissait de sa chaise et venait se placer devant son frère.

– Tu ne vas pas le laisser repartir! cria-t-il à sa mère. Tu ne peux pas faire ça. Pourquoi aurait-il le droit de quitter la maison, alors que je dois rester pour t'aider? Pourquoi aurait-il un père, alors que moi je n'en ai pas?

Lui aussi avait tout compris. Il savait maintenant quel lien unissait sa mère et l'Abénaquis.

– Mon chéri…, commença Charlotte en tendant les bras vers lui.

Il avait déjà tourné les talons.

D'un geste rageur, il décrocha son manteau rangé sur un clou près de la porte et s'enfuit.

Cette fois, Charlotte ne put retenir ses larmes. Elle pleura longtemps sous le regard attristé de Tom et d'Atoan. Après un moment, le garçon de sept ans esquissa un geste vers elle. Il regrettait de causer un tel chagrin à sa mère. Pendant une seconde, il eut envie de lui dire qu'il restait, mais il manqua de courage. Partir lui était devenu vital. La maison, le village, la route, la bergerie, l'enclos, tout lui semblait désormais trop confiné, sans horizon. De plus, même si sa mère lui manquait, il ne pouvait plus se séparer de son père. Vivre sans lui deviendrait vite intolérable.

– Nous serons partis trois ou quatre mois seulement, dit Atoan, s'adressant autant au fils qu'à la mère, aussi bouleversés l'un que l'autre. Nous reviendrons aux premiers jours du printemps, c'est promis. Ton trousseau sera prêt? demanda-t-il à Charlotte.

La jeune femme essuya ses larmes et hocha la tête.

*

Quand ils se furent éloignés, Charlotte pensa rejoindre Joshua dans son refuge et tenter de le consoler, mais elle y renonça. Soudain assaillie par le doute, elle n'en menait pas large. Entourée de ceux qu'elle aimait, elle s'était crue invincible. Maintenant que sa famille se trouvait désunie à nouveau, l'avenir s'assombrissait et sa belle assurance s'effritait. Elle avait dit oui à Tom, mais peut-être avait-elle eu tort. Elle avait dit oui à Atoan, mais peut-être s'était-elle trompée.

Troublée, indécise, elle caressa du bout des doigts le joli bracelet que Tom lui avait offert et qu'il avait confectionné avec l'aide de Talaz.

Une main timide se glissa alors dans la sienne.

Isabelle était restée silencieuse tout ce temps, mais elle tenait à prodiguer à sa mère adoptive tout le réconfort dont elle était capable.

– Joshua n'est pas fâché, murmura-t-elle. Il est triste. Mais quand il va comprendre que Tom est heureux, il va être heureux lui aussi.

Charlotte serra très fort la main de la fillette.

Deux femmes, deux complices, vivaient maintenant dans cette maison. Elle ne devait pas l'oublier.

8

Février 1829

En entrant dans la boulangerie de Francis Loomis, Charlotte tomba nez à nez avec madame Willard, et les deux femmes prirent quelques minutes pour échanger des politesses. La femme du tanneur attendait avec beaucoup d'excitation la tenue de la foire agricole d'hiver.

— C'est très intéressant de voir toutes les réalisations de nos concitoyens. Un vrai régal pour les yeux!

— Présenterez-vous le produit de vos ruches, cette année? lui demanda Charlotte.

Grâce à Anna, amie intime de l'aînée des Willard, elle savait que la femme du tanneur avait travaillé fort pour produire un miel de première qualité dont elle était très fière. Sa connaissance approfondie des plantes n'était pas étrangère à son succès. Mère de famille, elle trouvait dans cette occupation une façon de s'évader de la maison et des interminables tâches ménagères qui finissaient par user les femmes. D'ailleurs, ses enfants comprenaient très bien qu'elle les délaisse quelques heures par semaine pour s'occuper de ses ruches. Ils étaient toujours prêts à lui donner un coup de main. Même Elizabeth, sa fille aînée chargée de l'entretien de la maison, collaborait à l'occasion à cette petite entreprise familiale.

— Oui, répondit madame Willard, étonnée de sa propre audace. J'ai mis quelques pots de miel de côté pour la foire. On verra bien…

— Je suis persuadée que vous remporterez le premier prix. En tout cas, je vous souhaite bonne chance.

Ayant souvent acheté des produits de madame Willard, Charlotte avait pu en apprécier la qualité. Cependant, elle redoutait les entourloupettes dont étaient capables certains participants pour obtenir la faveur du jury.

— J'en aurai besoin, en effet! s'exclama la femme du tanneur en la saluant.

Quelques instants plus tard, Charlotte quittait la boulangerie avec une miche dans son sac. Elle croisa alors madame MacFarlane, l'épouse du tailleur, qui venait elle aussi renouveler ses provisions. Les deux femmes ne se connaissaient pas beaucoup, mais madame MacFarlane lui ayant toujours fait bonne impression, Charlotte s'arrêta pour converser. Très vite, elles en vinrent à discuter des sessions de la paix qui s'étaient déroulées la semaine précédente.

— Avez-vous entendu la sentence prononcée contre ce pauvre homme de Lennoxville?

Trop occupée, Charlotte ne s'était pas du tout intéressée à ces procès. Elle secoua la tête.

— En plus de faire de la prison, il a été fouetté lors d'une traversée du village!

Madame MacFarlane paraissait indignée. Charlotte allait abonder dans son sens lorsque son interlocutrice coupa court à la conversation en prétextant un rendez-vous. Elle pénétra en vitesse dans la boulangerie, comme si son salut en dépendait. Étonnée, Charlotte comprit toutefois son empressement en voyant le révérend Lefebvre venir vers elle à grandes enjambées. Elle feignit de ne pas l'avoir aperçu, mais il la héla d'une voix forte.

– Quelqu'un vous cherche, dit-il en tentant de reprendre son souffle.

– Qui donc? demanda Charlotte, intriguée.

– Le père Power est passé me voir. Il voulait savoir où vous trouver.

La jeune femme fronça les sourcils. Que lui voulait donc ce missionnaire catholique qui venait à l'occasion dans la région pour prêcher à ses ouailles. Ceux de sa confession qui vivaient à Sherbrooke ne possédaient pas encore d'église. William Felton avait d'abord fait don d'un terrain, en 1824, pour construire un temple anglican, puis il avait offert un emplacement pour l'érection d'un lieu de culte catholique. Avisé, le bonhomme jouait sur les deux tableaux, s'assurant la reconnaissance des uns et des autres. Il faut dire que sa femme, de foi catholique, ne l'aurait pas laissé faire preuve de favoritisme.

Cependant, faute de moyens, la construction de l'église prenait plus de temps que prévu. C'était devenu un objet de dérision qui blessait les pratiquants catholiques, pour la plupart canadiens-français, irlandais ou écossais. En attendant, ils devaient se contenter des offices célébrés à l'occasion par les missionnaires ambulants. Le père Power, anglophone, était de ceux-là.

Charlotte l'avait rencontré une seule fois, alors qu'il rendait visite à madame Felton et qu'elle se trouvait à

Belvidère pour livrer une commande. Ils avaient échangé quelques mots, sans plus.

— Savez-vous ce qu'il me veut? demanda-t-elle, perplexe.

— Il n'a pas voulu me mettre dans le secret, lui répondit son interlocuteur sur un ton amer.

Clément Lefebvre avait changé au cours de la dernière année. Ses convictions religieuses semblaient ébranlées, et les sermons dont il abreuvait ses fidèles les gênaient la plupart du temps. Pour cette raison, madame MacFarlane avait préféré s'enfuir, une réaction que le révérend provoquait de plus en plus souvent. On l'évitait pour ne pas avoir à subir ses prêches d'une logique parfois douteuse. Certains paroissiens, tracassés, s'étaient plaints par écrit aux autorités épiscopales, mais ils n'avaient pas obtenu de réponse. Puisque des rumeurs laissaient entendre que le pasteur ne resterait plus très longtemps en poste à Sherbrooke, personne n'avait cru nécessaire d'insister.

— Vous lui avez dit où j'habitais? demanda Charlotte, un peu anxieuse à l'idée de voir le missionnaire débarquer chez elle à l'improviste.

— Bien sûr, mais je ne pense pas qu'il se soit rendu chez vous. D'après ce qu'il m'a dit, il avait quelques courses à faire. Vous le trouverez peut-être au magasin général.

Après ces paroles énoncées sur un ton impatient, le pasteur continua son chemin sans la saluer. Charlotte ne s'offusqua pas de son manque de courtoisie. Elle savait que l'homme d'Église lui en voulait pour plus d'une raison.

Sans plus attendre, elle se dirigea vers le magasin général.

*

Installé derrière son comptoir, le maître de poste avait déposé sa pipe un instant pour servir maître Charles de Tonnencour. Seul francophone à exercer le métier d'avocat à Sherbrooke, celui-ci recevait toujours une correspondance imposante.

Charlotte répondit par un signe de tête au salut du maître de poste, puis elle entreprit de longer les quelques allées du magasin à la recherche du père Power. Elle croisa plutôt mesdames Elkins et Beckett au rayon de la vaisselle. Les deux femmes lui firent un accueil poli mais réservé. Elles n'avaient pas cessé de faire appel à ses services, mais leur connivence passée s'était muée en une relation d'affaires courtoise, sans plus.

Charlotte se dirigea ensuite vers l'étal où le marchand Smith entreposait ses barils de mélasse. Il vint rapidement la servir, et elle lui demanda s'il avait aperçu le père Power.

— Il est passé en coup de vent, en effet. Il a presque couru d'un bout à l'autre du magasin, puis il est ressorti. Tu le trouveras peut-être à la forge. Tout le monde finit par y faire un saut au cours de la journée.

— Il n'a pas parlé de moi ? voulut savoir Charlotte, que cette recherche commençait à lasser.

Tant qu'il lui suffisait de visiter les endroits où, de toute façon, elle devait se rendre, le jeu ne l'embêtait pas. Par contre, passer à la forge, où tous les hommes se rassemblaient dans un nuage de fumée, ne l'enchantait guère. Après avoir réglé la facture et vérifié si ses articles se vendaient bien, elle quitta le magasin général et décida de rentrer à la maison. Le père Power n'avait parlé d'elle ni au postier ni au marchand. «Sans doute une autre invention du révérend Lefebvre pour m'embarrasser et se rendre intéressant», se dit-elle.

Après quelques secondes, toutefois, la curiosité l'emporta et elle opta pour une courte visite à la forge, histoire d'en avoir le cœur net. Plutôt que de se diriger vers l'écurie attenante à l'auberge des frères King pour récupérer sa jument, elle obliqua donc vers la gauche et se rendit jusqu'à la forge du vieux Walker. Elle hésita quelques secondes avant de pousser la porte, car elle entendait déjà les voix puissantes et assurées des hommes réunis dans l'atelier.

En pénétrant à l'intérieur, elle aperçut d'abord Silas Dickerson. Le journaliste monopolisait l'attention et chacun de ses propos fouettait son auditoire. Nul doute possible, les personnes présentes épousaient ses vues et s'entendaient à dénoncer avec lui le magouillage des plus fortunés.

– Ils ne sont pas riches pour rien! lança l'orateur, aussitôt encouragé par un murmure approbateur.

Tout récemment, le journaliste s'était encore attiré les foudres des marchands de la région en dénonçant leur entêtement à s'opposer à la construction de nouvelles routes. Il les avait accusés de nuire ainsi à la croissance économique des cantons, et de le faire exprès afin de conserver tout leur pouvoir. Il semblait avoir enfourché une fois de plus son éternel cheval de bataille.

– Ils vont toujours contrecarrer les plans qui seront proposés. Tant qu'il n'y a pas de routes praticables pour sortir des cantons et se rendre dans les grands centres, les cultivateurs doivent passer par eux.

– Leurs magasins sont pleins, et puisqu'on ne peut pas acheter ailleurs, ils fixent les prix et s'octroient une marge de profit plus que confortable.

Charlotte se tourna vers celui qui venait de s'exprimer et dont elle avait reconnu la voix. On trouvait presque toujours Carey Hyndman auprès du journaliste, quand celui-ci passait par Sherbrooke. Le crieur public adulait cet homme en passe de devenir un champion, ou un martyr selon le point de vue, de la liberté d'expression. Près du père de Mary se tenait John Mulvena. Celui-ci fit un signe de la main à Charlotte et se fraya un chemin jusqu'à elle.

– Est-ce que tu viens participer à la discussion? se moqua-t-il. On aurait bien besoin de l'avis éclairé d'une femme.

Le visage de Charlotte s'empourpra. Elle se sentait déplacée dans ce repaire de mâles à la sueur malodorante. Quelques-uns avaient remarqué sa présence et la regardaient sans aménité. Elle n'eut soudain qu'une envie: quitter cet endroit au plus vite. À son grand déplaisir, Mulvena ne ressentait pas la même urgence et il entreprit de lui raconter ses projets pour la semaine à venir.

– Je pars demain pour Montréal, expliqua-t-il. Monsieur Terrill m'a engagé pour livrer de la potasse et de la viande salée, pendant que les chemins sont encore praticables. Ira Alger devrait m'accompagner. On ne sera pas trop de deux parce que d'autres cultivateurs vont aussi nous confier leurs produits. Ils en ont assez de passer par les Goodhue et compagnie. Et moi, ça me fait bien plaisir de jouer un bon tour à ces messieurs les marchands !

Il aurait continué ainsi pendant longtemps, reprenant les arguments déjà exposés par Dickerson, mais Charlotte l'interrompit.

– Je ne vois pas le père Power, dit-elle. Est-ce qu'il est venu à la forge ?

– Non, lui répondit son ami, étonné par la question. S'il était venu, il ne serait pas resté très longtemps. Je ne crois pas que nos discussions auraient obtenu sa bénédiction.

Alors que Charlotte s'apprêtait à le saluer et à quitter cet endroit trop emboucané pour ses yeux fragiles, le nouveau sujet à l'ordre du jour attira le grand Mulvena et il lui tourna le dos sans plus de cérémonie. En sortant, Charlotte eut le temps d'entendre Carey Hyndman réitérer son souhait d'une nouvelle carte électorale.

– Le gouvernement se décidera-t-il un jour à créer de nouveaux comtés ? lança-t-il de sa voix de crieur public qui portait au-delà des murs de la forge.

Même en sachant qu'elle n'aurait jamais le droit de voter, la jeune femme aurait aimé en entendre davantage. À l'instar de ses concitoyens, elle jugeait injuste l'actuelle division des comtés qui ne leur donnait aucune chance de se faire entendre auprès des gouvernements. Le comté auquel ils appartenaient était si vaste, en effet, et les Canadiens français y étaient si largement majoritaires, que Sherbrooke, petit îlot anglophone, n'arrivait jamais à faire élire ses représentants. En outre, les lieux de votation étaient si éloignés, à plus de cent kilomètres du village parfois, qu'il leur était très souvent impossible d'exercer leur droit de vote. Il fallait une détermination à toute épreuve et beaucoup de temps libre pour oser s'aventurer sur de mauvais chemins sans être sûr d'arriver avant la fermeture des bureaux de scrutin. La plupart des Sherbrookois y renonçaient, tout en déplorant la situation. Traités comme des citoyens de seconde zone dont l'avis n'intéressait personne, ils réclamaient des changements depuis longtemps, afin que leur voix compte.

Charlotte réfléchissait encore à cette question épineuse en arrivant chez elle, où quelqu'un l'attendait, assis sur la galerie. En l'apercevant, le visiteur se leva comme un ressort et vint au-devant d'elle. Il marchait avec une telle détermination, sa longue soutane ondulant autour de lui, que la jument prit peur. Charlotte dut faire preuve de fermeté pour qu'elle ne prenne pas le mors aux dents.

— Vous voilà enfin! lança le père Power. Vous êtes plus difficile à trouver qu'une grenouille au fond d'une mare!

Sans trop apprécier la comparaison, Charlotte s'excusa de l'avoir fait attendre, tout en menant Shadow à l'écurie. Elle n'aimait pas les façons un peu désinvoltes de son visiteur.

— Je suis le père Power, dit-il en lui tendant une main qu'elle ne put serrer comme la politesse l'aurait exigé, car elle avait commencé à dételer.

— Je sais, lui répondit-elle en se disant qu'il ne l'avait pas reconnue. On m'a dit que vous me cherchiez. Pouvez-vous m'accorder quelques secondes?

Conscient que ses manières l'avaient froissée, Michael Power lui offrit de l'aider, d'une voix radoucie.

— Laissez-moi vous soulager de ces paquets, proposa-t-il en prenant sur lui de vider la voiture des achats effectués par Charlotte.

Empêtré dans sa soutane, le révérend en avait plein les bras. Il s'empressa de se rendre sur la galerie, où il déposa une bonne partie de son fardeau. Charlotte le rejoignit et ils entrèrent ensemble dans la maison.

– Pourquoi n'avez-vous pas attendu dans l'atelier? demanda la jeune femme à son visiteur. Anna vous y aurait reçu avec plaisir.

– J'ai pensé que ce ne serait pas convenable, se contenta de répondre le père Power.

Charlotte n'insista pas. Depuis toujours, elle avait de la difficulté à comprendre ce qui était convenable et ce qui ne l'était pas. Grâce à la liberté de pensée de sa grand-mère, elle avait été élevée sans cette conscience aiguë des convenances qui guidait tant de ses concitoyens. Cette incapacité à distinguer le bien du mal selon des normes établies, plutôt qu'en se fiant à son intuition, lui avait très souvent causé des ennuis. Or, elle n'aurait pas pu agir autrement sans renier une part d'elle-même. Elle acceptait donc d'en subir les conséquences.

Après avoir servi une tasse de thé à son visiteur, la jeune femme lui posa enfin la question qui lui brûlait les lèvres.

– Que puis-je faire pour vous? Pourquoi vouliez-vous me voir?

Michael Power avala en grimaçant une gorgée du breuvage encore trop chaud, avant de lui expliquer le but de sa visite.

– J'ai un message pour vous, annonça-t-il. De la part de quelqu'un que vous aimez bien.

Il voulait faire durer le suspense, mais l'air sérieux, presque maussade, de son hôtesse le convainquit de cesser son petit jeu et d'aller plutôt droit au but.

– Vous le savez peut-être, je dessers le village des Abénaquis, et je connais bien votre ami, monsieur Gill.

– Gill ? s'étonna Charlotte.

– Mais oui, Atoan Gill. Vous le connaissez, n'est-ce pas ?

Ébahie, la jeune femme se rendit compte qu'elle n'avait jamais su le nom de famille du père de son fils.

– Vous connaissez Atoan ? demanda-t-elle avec fébrilité, une fois remise de sa surprise. Je ne savais pas que vous…

Soudain, elle se rappela. Tom avait parlé du père Michael, qui les accompagnait dans la diligence. Michael Power ! À ce moment-là, elle n'avait pas fait le lien.

– J'ai une lettre. Attendez un peu…, dit le prêtre.

Après avoir exploré ses nombreuses poches, quelques-unes si profondes qu'il risquait de ne plus pouvoir en ressortir la main, le missionnaire trouva enfin ce qu'il cherchait.

Charlotte prit la missive du bout des doigts, craignant qu'elle ne s'évapore au contact de sa peau. Elle aurait souhaité être seule pour la lire, mais il était assez difficile de congédier le religieux sans paraître ingrate. Toutefois, elle ne pouvait attendre. Elle lut donc le billet d'Atoan, d'une traite d'abord, puis en savourant chaque mot. À la fin, Tom avait ajouté une courte note pour dire qu'il allait bien et qu'il pensait souvent à sa maman adorée. Ces deux phrases touchèrent la jeune femme droit au cœur. Ses yeux se remplirent de larmes.

– Parlez-moi d'eux, supplia-t-elle le religieux.

Ému de la voir si bouleversée, le missionnaire ne savait trop par où commencer. Il choisit alors de raconter les exploits du petit Tom. Déluré et attachant, l'enfant avait vite gagné le cœur de toute la communauté, qui s'amusait de ses frasques. Personne ne résistait bien longtemps à son charme. Atoan enseignait chaque soir aux enfants qui accompagnaient les chasseurs. Tom apprenait plus vite que les autres. Il aimait s'instruire et était curieux de tout. Il parlait très bien la langue abénaquise, et son père était très fier de lui.

Après avoir laissé un peu de temps à Charlotte pour absorber toutes ces nouvelles, le narrateur se décida à aborder le principal sujet qui l'amenait à Sherbrooke.

– Atoan m'a demandé de vous marier, déclara-t-il avec un grand sourire.

La jeune femme écarquilla les yeux de surprise.

– Vous! N'êtes-vous pas un prêtre catholique?

– Oui, en effet, mais Atoan et moi en avons discuté, et j'ai accepté de célébrer une cérémonie réunissant les rituels de différentes confessions. Atoan tenait à ce que les rites ancestraux de sa tribu ne soient pas mis de côté. Il a fait quelques demandes en ce sens à d'autres hommes d'Église, mais il a été éconduit. J'ai été le seul, je crois bien, à consentir à certains compromis que Dieu me pardonnera, je l'espère. Qu'en pensez-vous?

Charlotte hésitait. Elle comprenait les exigences d'Atoan, mais se demandait comment réagirait son entourage. Le révérend Lefebvre, entre autres, lui ferait sans doute des misères si elle ne se mariait pas dans sa foi. Après réflexion, elle balaya de la main les éventuelles objections.

— Je suis d'accord, dit-elle d'une voix ferme, convaincue que ce consentement avait la force d'un sacrement.

9

Comme Atoan le lui avait demandé dans sa lettre, Charlotte avait passé beaucoup de temps à préparer la noce. Elle n'avait d'abord invité que ses proches amies, Olive, Anna, Mary, et leurs chevaliers servants, ainsi que John Mulvena qui ne lui aurait pas pardonné d'être écarté. Mis au courant, monsieur Terrill avait manifesté le désir d'être présent lui aussi, de même que ses voisins, les Willard, puis Richard Smith, le marchand, et quelques autres. Leur soutien l'avait touchée. Ce serait un beau mariage.

Ne sachant trop quoi porter pour l'occasion, Charlotte avait prié Anna de lui coudre une robe très simple, et la jeune fille, d'une créativité débordante, s'était surpassée. Isabelle l'avait aidée de son mieux en brodant des marguerites sur les manches, et Mary avait ajouté sa touche personnelle en teignant le tissu d'une couleur qui rappelait à la fois le bleu de la rivière et le mauve d'un coucher de soleil. Le résultat était renversant, d'une douceur irréelle et d'une incroyable légèreté.

Olive avait insisté pour s'occuper de la nourriture et John Mulvena avait réparé ou fabriqué le mobilier indispensable à une belle réception. De son côté, Joshua avait nettoyé tout ce qui pouvait être nettoyé, de la bergerie aux chambres à coucher, en passant par la charrette, les harnais et toutes les bottines de la maison. Il n'en finissait plus de frotter, comme si ce geste pouvait faire disparaître à la fois la poussière et sa hâte de revoir son jeune frère. Il était prêt à tout pour précipiter le retour de Tom, même à ce que sa mère épouse Atoan, pour lequel il éprouvait des sentiments mitigés.

Aussi impatiente que son fils, Charlotte regardait chaque matin vers la pointe, en cherchant la fumée qui aurait dû s'échapper des feux, mais avril tirait à sa fin et les Abénaquis n'avaient toujours pas établi leur campement. Plus les jours passaient, plus la jeune femme s'alarmait. S'il leur était arrivé malheur? Peut-être étaient-ils passés sans s'arrêter. Atoan aurait-il changé d'idée? Et si Tom avait été blessé pendant la chasse? Tué même? Son imagination ne connaissait plus de limites, et les mots d'apaisement de ses collègues et amis ne suffisaient pas à calmer ses appréhensions. Dans un mois, elle n'aurait plus le choix. La tonte commencerait, et cette corvée exigeante ne lui laisserait aucun répit. Si Atoan n'arrivait pas bientôt, il leur faudrait renoncer à ce mariage qui lui semblait de plus en plus une douce folie.

En attendant, pour ne pas céder à l'angoisse, la jeune femme s'intéressait aux nouvelles races de moutons importées depuis peu d'Angleterre. Au début, quand elle avait entendu un éleveur de Compton vanter au magasin général ses quelques spécimens de race Southdown, puis quand elle avait vu, chez William Felton, un magnifique bélier de race Leicester et quelques brebis de race mérinos, elle avait jugé très sévèrement ces gens fortunés qui faisaient grand cas de leurs acquisitions.

– Un mouton restera toujours un mouton, avait-elle affirmé, et la laine qu'il donne ne sera toujours que de la laine, quel que soit son pedigree.

Or, à la foire de février – où le miel de madame Willard avait remporté un franc succès –, Charlotte avait fait le tour des étals et examiné de près différents articles confectionnés à partir de la laine de ces moutons de race. Elle avait compris alors qu'elle ne pourrait plus résister très longtemps à la pression. Pour demeurer dans la course et offrir des vêtements de qualité, les talents conjugués de Mary et d'Anna ne suffiraient plus. Il fallait leur procurer une meilleure laine, une laine à la hauteur de leurs dons. Ses jeunes collègues s'étaient affairées sans relâche pour présenter leurs plus belles créations à la foire d'hiver, mais elles avaient dû se rendre à l'évidence : il manquait à leurs articles une texture, une douceur au toucher et à l'œil. Même si elles avaient réalisé des chefs-d'œuvre d'originalité et de créativité, les rares tisserandes et tricoteuses ayant eu la chance de travailler la laine des moutons de race pure l'avaient emporté haut la main. Charlotte ne pouvait plus se cacher la tête dans le sable. Elle devait améliorer son cheptel pour obtenir une matière première plus performante.

À cet effet, elle se rendait justement à Lennoxville, où l'inventaire d'un éleveur décédé un mois plus tôt était mis à l'encan. La veuve du défunt désirait retourner vivre auprès de sa famille, en Nouvelle-Angleterre. Elle avait donc confié au notaire la tâche de vendre son troupeau de mérinos. D'après ce que Charlotte avait observé, ces moutons donnaient la plus belle laine qui soit. Une fois cardée et filée, elle permettait de créer des merveilles. Il lui faudrait sans doute hausser un peu ses prix pour compenser l'achat des bêtes. Toutefois, en continuant de produire une ligne d'articles plus abordables, elle pourrait conserver sa fidèle clientèle tout en offrant des produits plus luxueux à ceux et celles qui pouvaient se les payer. En outre, cette nouvelle gamme donnerait à Anna et à Mary la chance de déployer leur immense talent, qui se trouvait trop souvent confiné aux vêtements usuels.

La jeune femme s'était donc mise en route avec enthousiasme. D'habitude, John Mulvena l'accompagnait pour ce genre de démarches. À deux reprises, il avait acheté des moutons pour elle, car très souvent les vendeurs ne la prenaient pas au sérieux. Ils la considéraient comme une bergère et une tisserande, non comme un véritable éleveur. Il valait toujours mieux avoir un homme à ses côtés pour discuter affaires, même si elle s'y connaissait plus que lui. Aujourd'hui, le grand gaillard n'était pas disponible et elle avait décidé de se rendre seule à l'encan. « On verra bien, se disait-elle, confiante. Je me débrouillerai. »

À cette heure matinale, le village s'animait dans l'air printanier. Les rues grouillaient déjà de monde; hommes et femmes sortaient d'une boutique pour s'engouffrer dans une autre. Devant l'auberge, elle croisa la diligence et répondit au salut un peu cérémonieux de Samuel, le conducteur. Aussitôt elle pensa à Henry et un sentiment de tristesse assombrit sa bonne humeur. Distraite, elle ne vit pas le cavalier qui venait à toute allure en sens inverse. Se trouvant sur son chemin, elle l'obligea à effectuer un écart qui faillit le désarçonner. Il lui montra le poing sans pourtant ralentir sa course.

Au cœur du village, des odeurs de toutes sortes l'assaillirent. Celles qui émanaient de la taverne étaient peu agréables, mais elles furent vite remplacées par les effluves de bon pain qui s'échappaient de la boulangerie. Charlotte huma cet arôme appétissant qui lui rappelait sa grand-mère. Elle aurait aimé s'arrêter pour se procurer une miche tout juste sortie du four, mais le temps lui manquait. Elle poursuivit donc sa route en longeant les prairies en bordure de la rivière Saint-François, jeta un coup d'œil à l'école que fréquentait toujours Joshua en attendant d'être admis à l'académie, puis, laissant la jument trottiner à sa guise, elle se trouva bientôt loin de l'agitation du village. Les bruits s'estompèrent, les maisons s'espacèrent, et la jeune femme se permit de relâcher sa vigilance. Les charretiers ou les cavaliers qu'elle croisait à l'occasion, pris par leurs affaires, la saluaient davantage par réflexe que par politesse.

Après avoir franchi quelques kilomètres, Charlotte constata avec déplaisir que les chemins avaient beaucoup souffert des pluies printanières. Les roues de la charrette risquaient de s'enliser si elle ne portait pas une attention de tous les instants au trajet emprunté par la jument. Celle-ci peinait d'ailleurs à avancer, ses sabots s'enfonçant très souvent dans la boue.

— À ce rythme-là, on n'arrivera pas avant la nuit, grommela la jeune femme, irritée par ce contretemps.

En essayant de se détendre pour ne pas transmettre ses appréhensions à Shadow, elle guida celle-ci de son mieux. Fécondée l'été précédent par l'étalon fugueur, la jument en était à ses derniers mois de gestation, et Charlotte la ménageait le plus possible. Quand apparurent enfin les premières maisons de Lennoxville, elle poussa un soupir de soulagement auquel Shadow répondit à sa manière, en s'ébrouant.

De plus en plus excitée à l'idée de participer seule à cet encan, elle se renseigna auprès d'un passant pour savoir où se tenait l'événement. Grâce aux indications, elle trouva sans peine l'endroit. De très nombreux acheteurs et curieux affluaient de tous les coins du village. Imitant les autres, Charlotte paya le palefrenier pour qu'il s'occupe de son attelage, puis elle se dirigea d'un pas déterminé vers les enclos.

Peu de femmes se trouvaient sur place. Entourée d'hommes, Charlotte perdit un peu de son aplomb, mais elle s'efforça de n'en rien laisser paraître. Elle se sentait tout à coup minuscule au milieu de ces cultivateurs qui parlaient haut et fort et qui lui jetaient des regards furtifs, tantôt étonnés, tantôt agacés, parfois lubriques. En adoptant un port altier, histoire d'allonger le plus possible sa silhouette menue et gracile, Charlotte se rendit jusqu'aux enclos où les bêtes mises en vente se serraient les unes contre les autres. Aussitôt, la bergère oublia tout le reste. Les brebis lui parurent d'une beauté sans nom, et elle fut saisie d'un très fort désir de les posséder. Quant aux deux béliers qui s'observaient d'un œil mauvais, prêts à s'affronter à la moindre provocation, ils l'impressionnèrent tellement qu'elle passa de longues minutes à les admirer, indifférente à l'effervescence qui s'emparait des acheteurs à mesure que l'heure avançait.

– De bien belles bêtes, n'est-ce pas ?

On lui effleurait l'épaule. Étonnée, Charlotte se retourna et tomba nez à nez avec messieurs Felton et Goodhue, tous les deux ravis de l'avoir surprise et décontenancée.

— Très belles, bredouilla la jeune femme en s'efforçant de retrouver son assurance. Après avoir tenté en vain, et à plusieurs occasions, d'acheter son lopin de terre, les deux hommes n'avaient plus insisté, mais Charlotte sentait toujours planer une menace en leur présence. Elle devait probablement à l'affection de madame Felton le fait de n'avoir pas été harcelée davantage, mais elle se doutait bien que le maître entêté et ambitieux du Belvidère n'avait pas dit son dernier mot. D'autres préoccupations l'avaient entraîné ailleurs, mais il n'oubliait pas qu'une parcelle de terrain lui avait échappé, alors qu'il possédait une bonne partie du village.

— Les moutons de race Leicester m'intéressent davantage, reprit monsieur Felton, mais je ne voulais pas rater une bonne affaire.

— Il est vrai que vous possédez un troupeau remarquable, admit volontiers son interlocutrice. J'ai eu l'occasion de l'admirer la dernière fois que je suis allée voir madame Felton.

Toujours sensible aux éloges, le militaire se rengorgea. Davantage homme d'affaires et spéculateur qu'éleveur, il tirait néanmoins une immense fierté de ses bêtes dont il prenait grand soin. Plusieurs engagés avaient pour tâche principale de garder brebis et béliers en bonne santé.

— Avez-vous l'intention de vous procurer de nouvelles brebis? s'informa Charles Goodhue, sur un ton qui frôlait la raillerie.

— En effet, lui répondit Charlotte en le regardant droit dans les yeux.

Pas question pour la jeune femme de se laisser intimider par cet arrogant personnage. Elle était venue ici pour améliorer son cheptel et comptait bien repartir avec au moins deux brebis et peut-être un de ces magnifiques béliers, si le prix lui convenait, bien entendu.

Goodhue haussa les épaules, abandonnant la jeune femme à ses illusions, puis les deux hommes se dirigèrent vers des connaissances. Charlotte, pour sa part, se faufila de son mieux jusqu'au premier rang. Quand tous furent rassemblés, l'encanteur débita son boniment habituel à toute vitesse, pressé de passer aux choses sérieuses. Il avait prévu vendre les bêtes en un seul lot, mais il dut cependant déchanter après quelques minutes, car personne ne semblait disposé à partir avec le troupeau.

Il proposa donc le premier bélier, qui trouva preneur en quelques secondes. Le scénario se répéta avec les quatre plus belles brebis. Raisonnable, Charlotte n'avait pas encore participé aux enchères, car les prix s'étaient envolés à une vitesse effarante. Mais quand l'encanteur appela les mises pour les bêtes restantes, la jeune femme n'eut plus le choix. Elle leva la main, mais d'autres s'empressèrent de la relancer. Chaque fois qu'elle annonçait un nouveau montant, quelqu'un offrait davantage. Elle se retourna pour voir qui lui mettait ainsi des bâtons dans les roues, et constata que William Felton et Charles Goodhue renchérissaient, l'air amusé, jouant avec elle tel un chat avec une souris. Dépitée, la jeune femme laissa tomber. Jamais elle ne pourrait l'emporter. Quand il ne resta plus que trois bêtes – deux brebis et le plus jeune bélier –, elle tenta sa chance une dernière fois, mais ses compétiteurs ne semblaient guère disposés à lui accorder la moindre faveur. Lorsqu'un autre acheteur, qu'elle ne prit même pas la peine d'identifier, se mit de la partie, elle renonça pour de bon.

Sans regarder autour d'elle, pour éviter les regards moqueurs et suffisants, elle récupéra sa jument et reprit la route, pressée de rentrer à la maison.

– À quoi ai-je pensé ? grommela-t-elle entre ses dents, humiliée, mais surtout en colère contre sa naïveté.

Felton et Goodhue avaient trouvé là une occasion en or de se venger, sans qu'il y paraisse. Tout compte fait, elle aurait dû en éprouver une certaine fierté. Ne s'étaient-ils pas livrés à ce jeu cruel parce qu'elle leur avait tenu tête ? En gardant sa terre, elle avait remporté une victoire qu'ils ne lui pardonnaient pas. Or, cette idée ne la réconfortait nullement. Il lui fallait d'abord se remettre de la gifle qu'ils lui avaient infligée.

– Cette petite guerre ne sera jamais finie, expliqua-t-elle à Shadow avec gravité.

Au son de sa voix, la bête encensa de la tête, puis Charlotte entendit un sifflement strident. Surprise, elle sursauta et faillit lâcher les rênes. Quelqu'un la poursuivait, bien résolu à la rattraper.

Intriguée, la jeune femme s'arrêta sur le côté du chemin. Elle ne mit pas longtemps à reconnaître monsieur Terrill, le père de son amie Olive. Le cultivateur n'avançait pas aussi vite qu'il l'aurait souhaité, car il traînait derrière lui, attachés à sa voiture, les deux brebis et le bélier que Charlotte avait tenté d'acheter sans succès. Piquée au vif par le sans-gêne de cet homme qu'elle avait toujours considéré comme un allié, et peinée par cette trahison, la jeune femme eut bien envie de se remettre en route, mais elle pensa à Olive et décida d'attendre en cachant sa déception.

Arrivé à sa hauteur, le cultivateur prit quelques secondes pour reprendre son souffle, comme si c'était lui qui avait trotté jusque-là.

— Je pensais ne jamais te rejoindre, dit-il. Tu étais pressée de rentrer !

— Je voulais arriver avant la noirceur.

— Je comprends, mais je suis bien content de ne plus avoir à te courir après.

— Pourquoi vouliez-vous tant me rattraper ?

— Veux-tu toujours faire l'acquisition de nouvelles brebis ?

Charlotte hésita, ne sachant trop où monsieur Terrill voulait en venir. Elle avait eu son lot d'humiliation pour la journée et ne supporterait pas une autre moquerie.

— J'attends de trouver exactement ce que je cherche, finit-elle par répondre d'une voix qui trahissait son mécontentement.

— Si ces bêtes t'intéressent, reprit son interlocuteur, elles sont à toi. À un bon prix à part ça !

— Que voulez-vous dire ?

Perplexe, Charlotte demeurait sur la défensive.

Le cultivateur, quant à lui, affichait un sourire satisfait, et son œil moqueur rappelait celui d'un enfant qui aurait joué un bon tour à ses camarades.

— Je suis arrivé en retard à l'encan, mais j'ai bien vu de quelle manière Felton et son acolyte te traitaient. J'ai décidé de leur donner une leçon. J'ai poussé les enchères jusqu'à ce qu'ils renoncent. Ce fut assez simple et rapide, car ils ne tenaient pas trop à ces moutons. Bref, je les ai achetés pour toi, si tu les veux toujours, bien entendu. Je peux te proposer un prix d'ami si tu me promets de me donner le premier agneau. Qu'en penses-tu?

Abasourdie, Charlotte ne trouvait pas de mots pour exprimer sa reconnaissance. Ses lèvres tremblaient et ses yeux s'embuèrent. Cependant, après quelques secondes, elle pensa aux compères Felton et Goodhue et à leur déconfiture lorsqu'ils apprendraient la nouvelle. Un grand éclat de rire jaillit alors de sa poitrine. Elle riait aux larmes, d'un rire si contagieux que monsieur Terrill s'esclaffa à son tour. Heureux de voir l'amie de sa fille si rayonnante, et très fier de son coup, le père d'Olive se tapait sur les cuisses, l'œil égrillard et le visage empourpré à force de s'agiter. Il anticipait déjà les belles soirées à venir, alors qu'il raconterait son exploit à tous ceux qui voudraient l'entendre.

Charlotte fut la première à reprendre ses esprits. Quelqu'un venait et elle ne voulait pas être prise en flagrant délit d'espièglerie. William Felton, malgré tout ce que les gens chuchotaient dans son dos, était respecté et craint. Il ne faudrait pas qu'on raconte partout qu'elle s'était bien amusée à ses dépens. Inutile de s'attirer les foudres du militaire et de ses partisans.

Une fois le cavalier passé, la jeune femme retrouva donc un comportement plus digne et entreprit d'établir avec plus de précision les termes du contrat qui la lierait à monsieur Terrill. Le marché fut conclu en quelques minutes.

— Je te fais confiance, déclara le cultivateur. De toute façon, si tu avais refusé mon offre, j'avoue que j'aurais été plutôt mal pris. Je ne tenais pas vraiment à agrandir mon troupeau. Pas cette année, en tout cas.

— Je vous serai éternellement reconnaissante de ce beau geste, lui promit Charlotte.

Mal à l'aise, comme sa fille, devant de tels épanchements, le cultivateur s'appliqua à démêler ses rênes. À ses yeux, il n'avait rien fait d'exceptionnel. Bien qu'il ne l'avouerait jamais, il éprouvait pour Charlotte une vive admiration. Cette petite bonne femme d'apparence si fragile, toute menue, avec des cheveux pareils à des filets de brume et un teint diaphane, inspirait le respect. À force de courage, de ténacité et de travail, elle avait réussi à faire sa place et à nourrir seule sa famille. Bien sûr, elle transgressait quelques conventions, mais monsieur Terrill ne s'en offusquait en rien. Au contraire, cette contestation tranquille lui plaisait, peut-être parce que lui-même n'aurait pas osé affirmer ainsi son indépendance d'esprit.

Pour couper court aux effusions, il offrit à la jeune femme de lui livrer les bêtes chez elle, ce qu'elle accepta avec plaisir. Les deux attelages se remirent donc en route, au rythme lent des mérinos.

10

Mai 1829

Charlotte avait beau passer tous ses moments libres à contempler avec ravissement ses nouvelles bêtes, elle ne pouvait s'empêcher de s'inquiéter. Les Abénaquis n'avaient pas encore donné signe de vie. Personne ne les avait vus monter leur campement sur la pointe. Atoan ne lui avait pas écrit depuis deux mois, et elle n'avait aucune nouvelle de son fils. Les préparatifs du mariage étaient presque terminés, et ceux qui s'étaient proposés de l'aider restaient sur le qui-vive, prêts à tout mettre en branle à son signal. Sa belle robe attendait, bien étalée sur le coffre au pied de son lit. Une merveille ! Exactement ce qu'elle avait souhaité ! Elle ne se lassait pas de l'admirer ! Simple, sans fioriture, mais d'une grande élégance. Charlotte le répétait à l'envi : Anna s'était surpassée ! D'ailleurs, celle-ci espérait avec impatience l'arrivée d'Atoan, pour enfin voir la mariée danser dans sa création.

Le plus irrité par ce retard inexplicable était sans contredit le jeune Joshua, qui voyait ses efforts partir en poussière, à mesure que le délai s'allongeait. Encore quelques jours et il lui faudrait recommencer son grand ménage. Ce n'est donc pas étonnant qu'il ait été le plus assidu à se rendre jusqu'au bord de la rivière pour guetter le retour des Abénaquis. Et encore moins étonnant qu'il ait été le premier à signaler leur apparition à grand renfort de cris et de sautillements. À l'entendre, on aurait pu croire qu'il venait de trouver un trésor.

— Ils arrivent! criait-il en remontant la côte. Les Abénaquis sont arrivés! J'ai vu les canots! Tom est de retour!

Contrairement à son fils, Charlotte figea net en apprenant la nouvelle. Ses jambes faiblirent et elle dut s'asseoir un instant sur la galerie pour reprendre son souffle et retrouver assez de force pour mettre un pied devant l'autre. Tiraillée entre le soulagement, l'anxiété, l'excitation et une joie intense, elle eut du mal à recouvrer son sang-froid et son sens pratique.

— Tu es certain? insista-t-elle auprès de Joshua en le saisissant par les épaules.

Incapable de rester tranquille, celui-ci la tira par le bras.

— Viens vite! Je veux voir Tom débarquer. Dépêche-toi!

Ainsi éperonnée par son fils, Charlotte cessa de tergiverser et cria à ses collègues qu'elle s'absentait pour quelques instants. Sans attendre leur réponse, ni même savoir si elles l'avaient entendue, elle agrippa la main de Joshua et tous les deux coururent vers la rivière, vers Tom, vers Atoan, vers une vie qui ne serait plus jamais pareille.

Quand ils aperçurent les canots, la mère et le fils plissèrent les yeux pour trouver ceux qu'ils cherchaient, mais à mesure que les embarcations se rapprochaient, la consternation se peignait sur leur visage.

— Tom n'est pas là, se désola Joshua, d'une voix oscillant entre la déception et la colère.

– Je ne vois pas Atoan non plus, murmura Charlotte.

La jeune femme courut vers la grève, au risque de se casser une jambe. À son arrivée, Simon, le grand Abénaquis aux yeux brun clair, mettait pied à terre. Elle lui prit le bras, alors qu'il amarrait le canot.

– Atoan! cria-t-elle d'une voix suppliante. Où est Atoan? Et Tom? Je ne vois pas mon fils!

L'Abénaquis tenta de se libérer pour terminer sa tâche, mais elle resserra sa poigne comme si cet homme pouvait la sauver d'un grand danger. De ses deux mains, elle entourait le bras tout en muscles du chasseur, et celui-ci dut défaire chaque doigt un à un pour se dégager. Quand ce fut fait, il désigna un des canots qui venait d'accoster. Au grand soulagement de Charlotte, le père Power y prenait place. Elle se précipita à sa rencontre.

Avant même d'avoir mis pied à terre, le prêtre lui avait expliqué l'essentiel.

– Je viens vous chercher. Atoan a eu un accident de chasse. Il voulait revenir, mais il n'a pas pu terminer le trajet. Nous l'avons laissé en route. Tom est avec lui. Il refusait de le quitter. Il faut que vous veniez. Tous les deux vous réclament.

*

Deux heures plus tard, en observant Joshua, dont les yeux écarquillés et la fervente admiration pour les pagayeurs la touchaient, Charlotte tenta de surmonter la terrible angoisse qui l'étreignait. En ce début de mai, le soleil courait en mille pépites d'argent sur la rivière. Le temps doux remplissait l'âme et le cœur de petites et grandes douceurs. Si la raison de ce voyage n'avait pas été si dramatique, sans doute la jeune femme aurait-elle pu y trouver un immense plaisir. Assise au fond du canot, elle épousait chaque coup d'aviron qui la propulsait vers l'avant, et renouait avec une sensation depuis longtemps enfouie au creux de sa mémoire. En fermant les yeux, elle entendait la mer, l'eau qui frappait les rochers, des orages et des embellies à perte d'horizon. Elle était soudain transportée dans un lieu qu'elle croyait avoir oublié et qui pourtant l'habitait tout autant que son amour pour Atoan. Au bout du compte, elle n'avait guère dévié de sa route initiale. Ce qui l'avait forgée n'avait jamais disparu, et des souvenirs lui revenaient au fil de l'eau. Ses morts la retrouvaient, comme s'ils l'avaient attendue tout ce temps au confluent des rivières. Ils l'accompagnaient et elle leur rendit hommage, pendant que Joshua, encouragé par Simon, apprenait à pagayer.

– Tout va bien se passer, s'entendit-elle dire à haute voix.

Le malheur ne pouvait frapper en un jour aussi doux et tendre.

Personne ne lui répondit, chacun étant concentré sur sa tâche. Il ne fallait pas perdre une minute. Seul Joshua se tourna vers elle et lui sourit avec tendresse, avant de retourner à son apprentissage.

Tout le long du trajet, le garçon se donna corps et âme à cette occupation ardue pour un enfant de son âge, inexpérimenté de surcroît. Il ne rechigna jamais, emboîtant le pas à leurs guides durant les portages, soucieux de ne pas ralentir le rythme. Devant un si grand courage et un tel sens des responsabilités, Charlotte ne regretta pas un instant de l'avoir emmené. Il s'inquiétait pour son frère; le laisser derrière aurait été cruel. Dans l'action, il oubliait de se faire du mauvais sang. Il oubliait également son amie Isabelle. La fillette les avait regardés partir avec une tristesse dans les yeux qu'elle n'arrivait pas à dissimuler. Heureusement, Anna avait promis de prendre grand soin d'elle et de ne jamais la quitter. Quant aux animaux, Mulvena avait juré de s'en occuper comme s'ils étaient les siens. Charlotte pouvait donc se consacrer entièrement à ce pèlerinage à l'issue incertaine.

Après avoir dressé puis démonté les tentes à quelques reprises, après avoir pagayé sur des étendues d'eau sans commencement ni fin, et portagé jusqu'à l'épuisement, ils entreprirent dans l'urgence la dernière étape de leur expédition. Ils arrivèrent à destination au début d'un après-midi pluvieux. On devinait le soleil derrière les nuages gris, mais l'orage menaçait. Il ne tarderait pas à s'abattre sur le village où Atoan avait trouvé refuge. Une famille qu'il connaissait depuis toujours l'y avait accueilli et soigné de son mieux.

En pénétrant dans la chambre sombre où reposait son fiancé, Charlotte sentit son corps se vider de son sang. Un froid cruel engourdit ses membres, comme si elle-même se mourait. La blessure qui tuait son grand amour avait creusé un trou dans son propre cœur. D'abord, elle ne vit pas son fils qui se tenait à la tête du lit, tout recroquevillé sur son chagrin. Tom était entouré de Talaz, la sœur d'Atoan, et de Mali, leur mère. Mais lorsque l'enfant leva les bras vers elle, l'appelant à son secours, Charlotte se précipita aussitôt et le serra très fort contre sa poitrine.

Tom éclata alors en sanglots. La peine de son fils nourrit la sienne, et sa souffrance devint insupportable.

À ce moment, Atoan ouvrit les yeux et surprit la mère et le fils enlacés. Il s'émut de cet amour indissoluble, qui le rassurait tout en le terrassant avec la même cruauté que l'arme qui l'avait blessé à mort. Cet amour dont il était l'âme, la source et la victime.

Charlotte croisa son regard attendri et désespéré. Elle repoussa doucement le petit Tom. L'enfant rejoignit son frère qui l'entoura de ses bras protecteurs.

– Tu es venue…, murmura Atoan.

La jeune femme prit sa main et déposa un baiser sur son front.

– Je t'aime tant, dit-elle.

– Nous ne pourrons pas nous marier, se désola le blessé.

– Nous le sommes déjà, lui affirma Charlotte. Nous l'avons toujours été.

Atoan la regarda comme jamais il ne l'avait regardée. Dans leurs yeux affluaient des promesses, des regrets, des bonheurs qu'eux seuls pouvaient comprendre et partager. Les autres s'étaient retirés. Ces derniers instants leur appartenaient et ils les passèrent dans un silence sacré. Aucune parole n'aurait eu de sens. Quand les paupières d'Atoan se fermèrent sur la vie et que le grand sommeil l'emporta très loin d'elle, Charlotte devint aussi fragile, aussi stérile, qu'un ruisseau vidé de son eau vive. Elle n'avait jamais baissé les bras devant les épreuves, car elle avait toujours eu quelqu'un à attendre. Depuis qu'ils étaient enfants et pêchaient en riant, pieds nus dans la rivière Saint-François, depuis qu'ils étaient amants et s'aimaient sur la grève, depuis qu'ils avaient un fils et se prolongeaient en lui, Charlotte avait vécu dans l'attente, dans l'espoir. Aussi fidèle que les oiseaux migrateurs, Atoan revenait toujours. Qui pourrait-elle espérer désormais? Qui désirer? Pourquoi ouvrir les yeux, appréhender l'hiver et souhaiter le printemps? Reste-t-il des raisons de vivre quand le bien-aimé s'en est allé?

Tom s'approcha et prit la main de sa mère. Charlotte eut alors beaucoup de mal à réprimer un geste instinctif de recul, presque de répulsion. Ce petit garçon qui tendait vers elle un visage ravagé par le chagrin cachait-il un démon malveillant, capable de détruire aussi bien les êtres aimés que les êtres honnis? Tom avait-il tué son père par sa seule présence auprès de lui? Ou Atoan était-il mort de l'avoir trop aimée, elle? Quoi qu'il en soit, Charlotte était persuadée que la malédiction avait frappé encore une fois, car la vie ne pouvait être aussi cruelle.

Alors qu'elle le repoussait, le cœur en lambeaux, Joshua vint se placer derrière son jeune frère et posa les mains sur ses épaules, le prenant ainsi sous sa protection. Accablée par le chagrin, écartelée entre la haine, la colère, la peur, le désespoir, Charlotte recula. Ces enfants s'adoraient. Ils désiraient veiller l'un sur l'autre, s'entraider, traverser ensemble les épreuves, se réjouir de leurs succès respectifs, mais, contrairement à leurs attentes légitimes, cet amour fraternel risquait de causer leur perte.

Pendant quelques secondes, pour les sauver tous les deux, la jeune femme eut envie de répudier le fils d'Atoan. Ses pensées amères, aux couleurs de sa profonde détresse, l'entraînaient dans un gouffre sans fond, où sa raison s'égarait. Ivre de douleur, elle souhaita que Tom suive son père dans un paradis où il ne pourrait plus faire de mal à ceux qu'il aimait. Elle-même aurait dû disparaître avec sa mère, le jour de sa naissance, et toute cette souffrance lui aurait été épargnée, ses morts vivraient encore.

Puis les yeux de Tom, levés vers elle, la happèrent avec une force prodigieuse, vertigineuse, la tirant de l'abîme, et elle éprouva une tendresse si grande pour cet enfant qu'elle ne put retenir un cri. En le serrant contre sa poitrine, elle lui fredonna une comptine. Elle ne possédait que cette arme dérisoire, que ces mots remplis d'innocence, pour déjouer les sortilèges. «Je veillerai sur toi, quoi qu'il advienne. Je te le jure.»

11

Novembre 1829
Sept mois plus tard

Impossible de circuler dans le village sans entendre parler des élections qui devaient se tenir à partir du 10 novembre, soit dans quelques jours à peine. Qu'elle se trouve à la boulangerie de Francis Loomis, au magasin de Richard Smith, à l'auberge des frères King, chez l'horloger ou le chapelier, Charlotte ne pouvait aborder un autre sujet de conversation sans être aussitôt ramenée à l'obsession de l'heure. Même Olive Burchard, croisée par hasard devant la boutique du tailleur, entreprit de lui expliquer comment la création toute récente de nouveaux comtés rendrait enfin justice à la population anglophone des townships.

– On va pouvoir envoyer deux députés à Québec, tu te rends compte? On sera peut-être enfin entendus! Et il y aura un bureau de vote à Sherbrooke!

L'enthousiasme de son amie dérida Charlotte. Encore ébranlée par la mort d'Atoan, malgré les mois qui avaient coulé sur son chagrin, elle tentait de reprendre le fil de sa vie. L'absence, la cruelle absence, avait créé un vide qu'elle n'arrivait pas à combler et qui parfois l'aspirait.

Il lui était difficile de se confier, car cet amour impossible avait toujours suscité un malaise autour d'elle, même chez ceux et celles qui lui portaient une affection sincère. Elle préférait donc se taire pour les épargner et pour ne pas ruiner de précieuses amitiés, comme cela s'était produit avec Hortense. Elle apprivoisait ainsi dans la solitude cette immense tristesse qui l'habitait jour et nuit. Seul le petit Tom aurait pu comprendre, mais son rôle de mère consistait à aider son fils et non à l'accabler davantage. Pour cette raison, elle évitait de manifester son désarroi en sa présence. Cette dissimulation continuelle, cet oubli de soi, ce refoulement obligé exigeaient beaucoup d'énergie. Elle se sentait parfois si lasse. Combien de temps encore pourrait-elle donner le change ? Se battre sur tous les fronts à la fois, sans personne sur qui s'appuyer, l'épuisait.

— Tu t'intéresses à la politique, maintenant ? demanda-t-elle à son amie, l'air étonné et un brin moqueur.

— Je n'ai pas le choix ! s'exclama Olive. Mon mari, mon père, mes frères, mes oncles, mes voisins, ils ne parlent que d'élections et de candidatures. C'est tout ce que j'entends à longueur de journée !

Charlotte secoua la tête en soupirant. Comme bien d'autres choses depuis la mort d'Atoan, ces affaires publiques la laissaient indifférente.

— Quand les femmes pourront voter, dit-elle, je me pencherai peut-être sur la question, pas avant.

— Ma pauvre enfant, s'esclaffa Olive, je ne pense pas qu'on verra ça de notre vivant, ni toi ni moi !

— Je ne pense pas non plus, reconnut Charlotte, mais on peut toujours rêver.

— De toute façon, je préfère abandonner cette tâche à mon mari. Imagine! Nous aurions le choix entre Brooks ou Tremain — les deux hommes de Goodhue —, et ce pauvre Evans qui n'a aucune chance de l'emporter. Les premiers représentent les marchands, alors que Francis Evans doit se contenter de l'appui des cultivateurs.

— Et encore! Les cultivateurs qui doivent de l'argent aux marchands n'auront pas le choix de voter pour eux.

— Au bout du compte, ce vote est inutile! Si les hommes voulaient bien nous écouter, on pourrait leur annoncer tout de suite le résultat. Ça leur ferait gagner un temps précieux!

Les éclats de voix d'Olive attirèrent l'attention des passants qui déambulaient sur King's Highway. Tous succombaient au charme magique de la première neige. Les flocons virevoltaient, pareils à des feux follets ne sachant trop où se diriger, mais peu pressés de toucher le sol. Des enfants essayaient de les attraper avec leurs mains ou leur bouche, mais la plupart trébuchaient avant d'avoir réussi. Leur joie faisait plaisir à voir, et les deux femmes les observèrent pendant quelques minutes, jusqu'à ce qu'une voix de baryton les fasse sursauter.

— Je suis content de vous rencontrer, mesdames. Ça m'évitera un déplacement. J'ai tant à faire.

De sa main gantée, le révérend Lefebvre fouettait la neige qui lui chatouillait le visage, comme on chasse un insecte trop insistant.

— Bonjour, mon révérend, lui dit Olive. Vous vouliez nous voir?

— Je voulais surtout vous saluer avant mon départ.

– Vous partez en voyage? demanda son interlocutrice, intriguée, alors que Charlotte gardait le silence.

– Si on veut, lui répondit le pasteur. En fait, je m'en vais aux États-Unis pour y pratiquer la vraie foi.

Surprises, les deux femmes ne surent d'abord pas quoi dire. Charlotte mobilisait ses énergies pour dissimuler le mieux possible son contentement, alors qu'Olive manifestait une déception sincère. Malgré ses défauts, le révérend demeurait à ses yeux un homme d'Église auquel ses ouailles devaient le respect.

– Vous allez nous manquer, finit-elle par déclarer, au grand soulagement de Charlotte qui, ainsi, n'avait plus à ajouter quoi que ce soit. J'espère que vous ferez un bon voyage et que vous serez très heureux avec vos nouveaux paroissiens.

– Mon remplaçant devrait arriver bientôt, leur annonça le révérend en se remettant en marche.

Il les abandonna ainsi sans en dire davantage.

– Tu t'attendais à ça? demanda Olive, encore sous le choc. Je n'en reviens pas!

– Des rumeurs circulaient depuis quelque temps, mais je n'y avais pas porté attention. Il paraît que notre pasteur s'est converti à l'universalisme.

– Bon! La belle affaire! Après les élections, l'universalisme! Qu'est-ce que c'est que ça?

Incapables de répondre à cette question, mais égayées par cette conversation animée, les deux amies rirent de leur ignorance. Elles riaient encore quand elles se séparèrent un peu plus loin, et Charlotte avait toujours le sourire aux lèvres en rentrant à la maison, où les enfants l'attendaient.

Elle constata rapidement que sa bonne humeur n'était pas contagieuse. Les garçons affichaient en effet un air des plus sérieux, qu'ils conservèrent malgré les taquineries de leur mère. Quant à Isabelle, sa moue boudeuse ne présageait rien de bon.

— On dirait des candidats ayant perdu leurs élections, se moqua-t-elle en empruntant une image au goût du jour. Est-ce que votre instituteur vous a disputés, les garçons ?

Tom et Joshua, loin d'apprécier son humour, se renfrognèrent de plus belle.

— Vous m'inquiétez, reprit Charlotte, sans ironie cette fois. Cessez de faire cette tête et dites-moi ce qui vous tracasse.

Les deux frères se concertèrent du regard, puis Joshua prit la parole.

— Je ne veux plus aller à l'école, annonça-t-il, l'air buté, mais d'une voix tremblotante.

— Et si Joshua ne vient plus à l'école, je n'y vais pas non plus ! lança son frère avec plus d'aplomb que lui.

Abasourdie par cette mutinerie bien orchestrée – même Isabelle avait été mise dans le secret et approuvait en silence –, Charlotte tenta d'alléger l'atmosphère en usant de toute la tendresse dont elle était capable.

— Allons, dit-elle en attirant les enfants contre elle. Mes petits pirates ont eu une mauvaise journée. Vous allez me raconter vos soucis et je suis certaine que nous trouverons une solution.

Cette approche n'obtint aucun succès. À l'évidence, rien ne détournerait les garçons de leur but. Ils en avaient parlé avant de s'adresser à leur mère, et ils paraissaient bien décidés à ne céder ni à la raillerie ni aux sermons, ni même aux supplications.

— Je suis parmi les élèves les plus vieux de l'école, et monsieur Miner ne peut plus rien m'apprendre, argua Joshua.

— Tu seras sans doute admis à l'académie, l'an prochain. Il faut persévérer.

— Je ne veux pas aller dans cette école de prétentieux ! Personne ne voudra être mon ami et j'y serai malheureux comme les pierres. Je suis l'homme de la maison, maintenant, et je veux faire ma part. Les garçons de mon âge travaillent déjà. Ils ne perdent pas leur temps à l'école.

Son fils semblait tellement résolu à ne pas céder, il paraissait si sûr de lui et si déterminé à mener sa bataille jusqu'au bout, que Charlotte en éprouva une grande fierté, malgré son désaccord. Cet enfant savait ce qu'il voulait et il défendrait son point de vue de toutes les manières et avec tous les moyens à sa disposition. Elle prit donc ses récriminations très au sérieux. Comment le faire changer d'idée sans risquer de le perdre pour de bon ? Elle craignait, en l'affrontant, qu'il ne s'éloigne d'elle et ne lui pardonne pas de l'avoir enchaîné à une vie qu'il n'avait pas choisie. À onze ans, sa large carrure lui donnait des allures d'homme fait. De plus, certains de ses arguments étaient irréfutables et il aurait fallu faire preuve de mauvaise foi pour le contredire. Par contre, Charlotte aurait aimé que ses fils à l'intelligence si vive deviennent des gens importants, qu'ils se taillent une place de choix dans cette société en croissance, où les plus instruits avaient un avenir assuré. Elle pensait à son père médecin et elle aurait voulu qu'eux aussi fassent une différence dans la vie de leurs semblables. Toutefois, il s'agissait là de son rêve à elle. À l'évidence, Tom et Joshua nourrissaient d'autres ambitions. Elle devait leur faire confiance; ils trouveraient leur voie.

— Si tu continuais jusqu'en décembre? proposa-t-elle. Ensuite, on verra. Qu'en penses-tu?

— Ça ne sera pas possible, confessa son fils. J'ai déjà trouvé un emploi.

— Quoi! Que me dis-tu là?

— Il va travailler à la fabrique de laine! lança Tom, très fier d'avoir été mis dans la confidence avec Isabelle.

— Tu es trop jeune! On ne peut pas t'avoir engagé sans m'en avoir parlé auparavant.

Soudain plus nerveux, Joshua se mordilla les lèvres. Il avait fait des démarches en catimini, et Alexander Thomson, l'ouvrier tisserand de la fabrique, s'était montré favorable à sa candidature. Il avait toutefois exigé le consentement écrit de Charlotte.

— Si tu es d'accord..., murmura-t-il, sans plus de précisions.

La jeune femme ne savait plus que penser, ni quelle attitude adopter devant cet enfant qui se pressait beaucoup trop de devenir un homme. Il avait beau être costaud pour son âge, à ses yeux, il demeurait un petit garçon.

— Si tu veux, dit-elle, nous reparlerons de tout ça demain. J'ai besoin de réfléchir.

— N'oublie pas de réfléchir à moi aussi, souligna le jeune Tom en pointant le doigt vers sa mère, lui lançant ainsi un ultimatum du haut de ses huit ans.

En d'autres temps, Charlotte aurait ri de son audace en ébouriffant ses cheveux de jais qui lui retombaient sans cesse sur les yeux. Elle était cependant trop ébranlée par les changements que lui imposait son aîné pour avoir le goût de s'amuser.

– Dépêchez-vous de finir vos tâches avant le souper, dit-elle sur un ton autoritaire et qui ne prêtait pas à la discussion.

Les deux garçons s'empressèrent d'obéir. Ils comprirent d'instinct qu'il valait mieux filer doux. Isabelle les précéda. Elle devait retourner à l'atelier. Dehors, le poulain de Shadow, né au début de l'été, les accueillit en hennissant et en cabriolant le long de la clôture. Tom, qui l'adorait, aurait bien aimé jouer avec lui dans la neige fraîche, et oublier ainsi corvées et soucis, mais son frère le prit par les épaules et le poussa vers la bergerie. Joshua anticipait déjà ses débuts à la fabrique de laine, alors que Tom, moins confiant, craignait de devoir retourner à l'école dès le lendemain matin.

Cette éventualité le remplissait de terreur. Sans son grand frère pour le protéger, ses journées risquaient de devenir un enfer. Comme sa mère, il remontait difficilement la pente depuis la mort d'Atoan. Il se sentait incomplet, toujours en retard sur le temps, sur les mots, sur les émotions. Il ne réagissait plus aux aléas de la vie avec sa bonne humeur d'avant. Il voyait les choses et les gens avec des yeux embrumés par le chagrin. Et l'école se dressait, telle une barrière infranchissable, devant son immense désir de liberté et d'horizons sans fin.

« Je n'y retournerai pas », se dit-il, tout en prenant la fourche que son frère lui tendait.

– Ne t'inquiète pas, lui dit Joshua, conscient de ses appréhensions. Nous trouverons bien une solution.

Dans la tête de Tom, la solution était toute trouvée.

12

Ce matin du 11 novembre, en conduisant son fils aîné à la fabrique de tissus, après avoir déposé Tom à l'école, malgré son désaccord, Charlotte remarqua la longue file d'électeurs qui attendaient déjà aux portes de l'auberge. Parce qu'elle devait rapporter des ballots de laine laissés à carder, et effectuer ensuite quelques achats au magasin général, elle avait attelé la jument à la charrette. Elle s'apprêtait à remonter la côte jusqu'à la fabrique lorsqu'une altercation attira son attention.

La veille, le bureau de vote avait attiré peu de gens à cause du mauvais temps. Ce matin, toutefois, malgré un vent de tempête qui subsistait, plusieurs personnes s'étaient agglutinées devant l'établissement des frères King. Le froid et l'attente aidant, le ton commençait à monter. Des hommes semblaient prêts à en venir aux coups. Sans s'arrêter tout à fait, car son fils ne devait pas arriver en retard à son travail, Charlotte ralentit quelque peu. Elle était curieuse. Les partisans de Francis Evans s'en prenaient à ceux de Benjamin Tremain. Silas Dickerson, venu de Stanstead pour l'occasion, criait plus fort que les autres, dénonçant avec véhémence la façon peu orthodoxe de Tremain d'influencer les électeurs.

– On a essayé d'effrayer d'honnêtes citoyens! hurla-t-il.
Plusieurs des cultivateurs qui ont dû s'endetter auprès de
ce marchand ont été menacés de saisie s'ils ne votaient
pas du bon côté. C'est inadmissible! Il ne faut surtout
pas vous laisser intimider par ces fiers-à-bras. Il y a des
lois dans ce pays et nous allons veiller à ce qu'elles soient
respectées.

Touchée malgré elle par ce bel idéalisme, Charlotte
se gratta la tête, perplexe. Le discours du rédacteur et
propriétaire du *British Colonist* se révélait convaincant,
certes, mais le vote était public, et personne ne risquerait de tout perdre en se mettant son créancier à dos.
En ce sens, les marchands Brooks et Tremain, à qui
presque tout le monde aux alentours avait emprunté de
l'argent, jouissaient d'une bonne longueur d'avance sur
leurs adversaires. De plus, la visite éclair du gouverneur
Kempt, en septembre dernier, en avait persuadé plusieurs
d'accorder leur vote aux candidats les plus susceptibles
d'obtenir les faveurs du gouvernement, c'est-à-dire les
marchands associés d'une manière ou d'une autre au clan
Felton. Ce dernier n'avait-il pas hébergé le gouverneur
lors de son passage à Sherbrooke? Fidèle à lui-même, le
maître du Belvidère avait su se mettre en évidence et se
rapprocher encore un peu plus du pouvoir.

– Dépêche-toi, maman! la pria Joshua. Monsieur
Thomson m'a bien averti de ne pas être en retard. Je risque
d'être congédié si je ne suis pas à l'heure.

Ce rappel à l'ordre de la part de son fils ramena Charlotte
à des préoccupations plus personnelles. Joshua travaillait à
la fabrique de tissus depuis quatre jours maintenant. Il ren-
trait épuisé après de longues heures passées à transporter la

laine d'une machine à l'autre, des battoirs aux cardeuses, des *jennies* à filer aux métiers à tisser. Dès qu'il accumulait un peu de retard, un des employés l'admonestait en l'accusant de se traîner les pieds, et sa fierté en prenait un coup. Charlotte le sentait nerveux, anxieux même. Il devenait irritable, surtout lorsque Tom le questionnait au sujet de son travail. La veille, il avait repoussé son jeune frère avec une brusquerie que Charlotte ne lui connaissait pas. Elle aurait voulu aborder le sujet avec lui, mais elle craignait que son intervention ne fasse qu'empirer les choses.

En déposant le garçon devant l'imposant bâtiment à trois étages, érigé à l'entrée de la gorge de la rivière Magog, Charlotte eut un pincement au cœur. Elle persistait à croire que son fils était trop jeune pour effectuer un travail aussi exigeant, entouré d'adultes tout aussi exigeants. Elle nourrissait d'autres ambitions pour lui, et espérait encore qu'il retourne à l'école, après s'être frotté à la dure réalité.

La scierie voisine fonctionnait à plein régime. Charlotte aperçut deux travailleurs, sans doute à l'ouvrage depuis l'aube, qui s'accordaient une courte pause. Ils cherchaient surtout à s'éloigner du bruit pendant quelques minutes. Le moulin à farine tournait lui aussi, et chacun des ateliers de l'étage supérieur était occupé.

Alors que son fils s'éloignait à grands pas, Charlotte ne put résister à l'envie de le réconforter. Bien qu'elle ne fût pas d'accord avec son choix, elle détestait le voir malheureux.

– Ça ira de mieux en mieux, cria-t-elle. À mesure que tu prendras de l'expérience…

Elle ne termina pas sa phrase. C'était inutile. Joshua avait déjà disparu à l'intérieur de la fabrique.

*

Si elle avait su quels tourments endurait son fils jour après jour, heure après heure, Charlotte l'aurait sans aucun doute retiré de cet endroit, de force si nécessaire. Mais Joshua ne se plaignait jamais à sa mère. Il avait quitté l'école de son propre chef et avait lui-même déniché cet emploi. Il n'abandonnerait sûrement pas la partie après quelques jours seulement. Malgré son jeune âge, il était solide, et si on l'y poussait, il n'hésiterait pas à se servir de ses poings. Voilà ce qu'il se disait en pénétrant à l'intérieur de la fabrique.

Il n'avait pas encore enlevé son manteau que son tourmenteur l'apostrophait.

— Tu es en retard! Tu sais ce que mon père pense des employés qui ne sont pas à l'heure!

— Tu ne dois pas être allé à l'école assez longtemps, lui répondit Joshua en affichant une fausse assurance. Sinon tu verrais bien que je suis en avance de cinq minutes.

Adam Thomson, le fils du tisserand, blêmit sous l'affront, mais l'arrivée de son père l'empêcha de riposter.

— Mettez-vous vite au travail, les jeunes! lança le patron avec le ton brusque qu'il employait toujours pour s'adresser à son fils.

Il avait chargé ce dernier d'initier Joshua aux différentes tâches qui leur étaient dévolues à tous les deux, mais le jeune homme, âgé de quatorze ans, avait dès le premier jour conçu une aversion envers son apprenti. Il en avait fait son souffre-douleur. Sans s'en rendre compte, il agissait avec Joshua comme son père agissait avec lui, utilisant le même ton incisif, lui adressant les mêmes reproches, justifiés ou non, et se déchargeant sur lui des tâches les plus ingrates.

Sa victime serrait les dents et les poings sous les admonestations répétées, en essayant le plus possible d'éviter ce jeune despote et en se concentrant sur son travail. Ce n'était pas facile, étant donné l'acharnement du fils Thomson. Par bonheur, celui-ci avait une petite sœur prénommée Jane qui travaillait à la fabrique, quelques heures par jour, quand elle n'était pas à l'école. Elle se présentait tôt le matin et en fin d'après-midi, mais Joshua s'était renseigné et il savait qu'elle venait aussi les jours de congé. La présence de la fillette jetait un baume sur ses journées malmenées. Elle lui souriait dès que leurs regards se croisaient et s'interposait souvent entre Joshua et son frère, avec une habileté et une intelligence qui témoignaient d'une longue habitude. Depuis sa tendre enfance, elle avait dû manœuvrer de manière à éviter les conflits entre son aîné et son père. Ce dernier l'adorait et lui pardonnait tout, et elle profitait de son emprise sur lui pour sauvegarder la paix. Ce rôle de médiatrice lui convenait à merveille, et Joshua avait su dès le premier instant qu'il pourrait toujours compter sur elle, qu'elle ferait de son mieux pour lui rendre la vie plus facile. Il déplorait donc qu'elle doive partir à peine arrivée et attendait son retour avec impatience.

Ce jour-là, au terme d'une journée longue et ardue, la fillette pénétra dans la pièce, auréolée d'une lumière particulière. «Elle a ce don, se dit Joshua, un peu semblable à celui de Tom, de créer de la joie autour d'elle.» Elle apparaissait, et la misère reculait, les tensions s'apaisaient, la fatigue diminuait. Tous les regards se tournaient vers elle, hypnotisés et soudain ranimés. «Comment des parents peuvent-ils engendrer deux enfants si différents ? » se demanda Joshua en rendant son sourire à la fillette.

— Regarde ce que je t'ai apporté ! dit-elle, fière de sa surprise.

Elle lui tendit un sucre d'orge. Joshua se mordilla les lèvres, comme chaque fois qu'il était ému ou embarrassé. Il était convaincu que tous les employés de la fabrique observaient sa réaction. Il se trompait ; une seule personne s'intéressait à lui.

— Ce n'est pas encore le jour de l'An à ce que je sache ! lança le fils Thomson. Ce n'est pas le temps d'offrir des présents.

Il essaya de s'emparer de la friandise que Joshua, émerveillé et touché par cette attention, tenait du bout des doigts, mais la petite Jane se planta devant son frère, les deux mains sur les hanches.

— Tu ne vois pas qu'on a besoin de toi à la cardeuse ? Papa est sur le point de perdre patience, je crois.

L'air soudain effaré, le garçon pivota sur lui-même pour regarder dans la direction indiquée par sa sœur. Paraissant de connivence avec sa fille, le tisserand adressa un signe à son fils, qui se précipita vers lui, abandonnant ainsi Joshua et sa nouvelle amie. Les deux jeunes complices se mirent au travail sans réussir tout à fait à cacher leur joie. Joshua riait sous cape. Cette victoire sur son adversaire le consola de tous les désagréments de la journée.

*

Les employés quittèrent la fabrique plus tard qu'à l'accoutumée, ce soir-là. À cause d'un bris, ils avaient dû mettre les bouchées doubles et allonger leurs heures de travail. Épuisé, Joshua appréhendait la longue route à parcourir jusqu'à la maison. La neige tombait à gros flocons, ce qui ne faciliterait pas son retour.

— J'espère que tu n'auras pas de mal à rentrer chez toi, lui dit la petite Thomson. Avec cette neige, on ne voit pas à deux pas.

Elle-même habitait à proximité, dans une maison mise à la disposition de sa famille par les propriétaires de la fabrique.

La devinant inquiète à son sujet, Joshua s'empressa de la rassurer.

— Ne t'en fais pas pour moi. Je suis habillé comme un ours! Je n'aurai pas froid.

— Si tu te perdais! insista sa jeune amie. Il fait si noir, et la neige a recouvert les rues!

— Il ne peut pas se perdre puisque je serai avec lui, lança une voix enfantine mais convaincue et convaincante. Je peux trouver mon chemin n'importe où et dans n'importe quelles conditions.

Le garçon et la fillette sursautèrent en voyant apparaître Tom, que la neige abondante leur avait caché.

— Que fais-tu là? s'exclama Joshua. Tu devrais être à la maison depuis longtemps! Est-ce que tu es venu avec maman pour me chercher?

— Non, lui expliqua son frère. Je t'attendais… Je ne voulais pas rentrer seul.

Son ton avait changé. Il semblait tout à coup moins confiant. Joshua décela même un certain tremblement dans sa voix, qui trahissait autant la peur que la colère. Se rappelant les difficultés qu'il avait lui-même rencontrées à l'école, quelques années plus tôt, il n'insista pas, pour ne pas embarrasser son frère, mais il se promit de tirer tout cela au clair.

— Viens avec moi, dit-il en prenant la main de Tom. Nous allons d'abord reconduire Jane, puis nous rentrerons très vite à la maison. Maman doit être morte d'inquiétude.

Alors qu'ils se mettaient en route, une ombre géante s'interposa entre les garçons et la fillette.

— Jane n'a pas besoin de toi, lança Adam Thomson, sur un ton acrimonieux. Je suis son frère et je peux veiller sur elle. Vous pouvez partir.

Il prit alors sa sœur par le bras, sans ménagement, et la força à prendre la direction de la maison dont on distinguait la sombre silhouette à travers le rideau de neige. En rouspétant, la petite réussit à se libérer. Elle se retourna pour adresser un salut à Joshua qui, de son côté, entraînait son frère vers la route à peine visible.

— C'était qui, ce grand imbécile? demanda Tom en tentant de régler son pas sur celui de son aîné.

— Adam, le fils du tisserand.

— Il n'a pas l'air de t'aimer beaucoup.

— Non, en effet…

— Est-ce qu'il te fait la vie dure?

— Un peu, mais je finirai bien par avoir le dessus.

— Ne t'inquiète pas, je vais m'en occuper. Il ne te dérangera plus.

Son petit frère semblait si sûr de lui que Joshua, malgré sa fatigue, se prêta au jeu.

— Comment comptes-tu t'y prendre? Je peux savoir?

— Fais-moi confiance. Tu verras bien.

— D'accord! concéda Joshua en feignant de le prendre au sérieux pour ne pas l'offusquer. Alors, je compte sur toi! En attendant, essaie d'accélérer un peu, sinon on n'arrivera jamais.

Il faisait trop mauvais pour qu'il distingue l'air satisfait de Tom.

Pendant une grande partie du trajet, ils avancèrent en silence, suivant leur route par instinct et par habitude. Dans le village, les maisons formaient un écran protecteur contre les bourrasques, ce qui leur permit de reprendre leur souffle avant de traverser le pont. Peu de temps après, ils s'engagèrent sur le chemin de traverse qui menait à leur maison. Au premier détour du sentier, ils aperçurent une lueur vacillante.

Tom s'arrêta net, comme s'il avait vu un fantôme.

Joshua le tira par la manche.

— C'est sûrement maman qui vient à notre rencontre, dit-il pour calmer les craintes de son frère, et les siennes.

— Tu crois? Je ne la vois pas…

— Mais oui. N'aie pas peur.

— Je n'ai pas peur! riposta Tom en se collant néanmoins sur son frère.

Après quelques pas, il reprit sur le ton de la confidence :

— Tu vas toujours veiller sur elle, n'est-ce pas?

— De quoi parles-tu? s'étonna Joshua. En voilà une réflexion pour un soir de tempête!

— Promets-moi! insista Tom.

— Bien sûr! Je vais veiller sur maman et sur toi. Je suis l'aîné et c'est mon rôle. Mais pourquoi me parles-tu de ça maintenant, alors que nous avons vaincu la neige et le vent, comme de grands héros ? Tu m'inquiètes. Est-ce que tu voudrais me confier un secret ? Tu sais que tu peux me faire confiance. Je ne te laisserai jamais tomber.

Tom n'eut pas le temps de répondre, car leur mère les avait rejoints. Elle les examina tous les deux, pour s'assurer qu'ils allaient bien. Soulagée et émue, elle les précéda jusqu'à la maison, éclairant la route de son mieux. Elle attendit ensuite qu'ils soient rentrés, qu'ils se soient réchauffés, restaurés, et aient enfilé leurs pyjamas pour exiger des explications.

– Pourquoi es-tu allé attendre ton frère après l'école plutôt que de rentrer ? demanda-t-elle à Tom en le bordant. J'étais morte d'inquiétude.

Épuisé, le garçon la regarda sans rien dire, puis il lui tourna le dos et ferma les yeux. Elle l'entendit murmurer :

– Je suis si fatigué…

Elle sut alors qu'elle n'obtiendrait aucune réponse ce soir-là. Ni peut-être les autres soirs.

13

Tous les jours, après l'école, Tom prit l'habitude d'attendre son frère à la porte de la fabrique. Il n'avait rien dit, ne s'était pas plaint, mais Charlotte soupçonnait qu'il avait peur de rentrer seul. Peut-être avait-il fait une mauvaise rencontre, ou peut-être était-il harcelé par des gamins malfaisants. Quoi qu'il en soit, elle avait offert d'aller le chercher à la fin des classes, mais il avait refusé, prétextant qu'il préférait rentrer avec Joshua parce que ça leur donnait l'occasion d'être ensemble. Cette réponse laissa sa mère perplexe, mais elle permit malgré tout à l'enfant d'agir à sa guise.

Tom changeait. Son long séjour chez les Abénaquis l'avait sans doute marqué plus qu'il n'y paraissait au début. Après la mort d'Atoan, Talaz et Mali avaient exprimé le souhait de garder le garçon auprès d'elles. Il leur rappelait tellement leur cher disparu ! Mais Charlotte avait préféré reprendre son fils. Elles avaient compris et accepté sa décision. Toutefois, la jeune femme avait vite réalisé que l'enfant qui lui était revenu n'était plus tout à fait celui qu'elle avait élevé et chéri. Elle surprenait souvent son regard fixant un horizon lointain, qui se reflétait dans ses yeux noirs mais auquel elle n'avait pas accès. Un ailleurs indicible hantait son fils. Il ne vivait pas entièrement avec eux, car son esprit vagabondait sur des territoires de chasse infinis. Chaque jour, il s'éloignait davantage, et elle le perdait un peu, petit à petit, sans fâcherie, sans scènes désolantes ou orageuses. Un fil ténu les reliait encore l'un à l'autre, mais ce fil risquait de se rompre à tout moment. Voilà pourquoi elle lui concédait des parcelles de cette liberté qu'il réclamait en silence, jamais avec des mots, mais de tout son corps.

Joshua était préoccupé lui aussi. L'attitude de son jeune frère suscitait chez lui des sentiments mitigés, une émotion trouble, difficile à nommer. Tom se montrait pourtant affectueux. Il aimait toujours choyer son entourage et vouait encore à son aîné une admiration sans bornes. À première vue, rien n'avait changé, mais au fond de lui, Tom s'était métamorphosé. «Il vieillit, c'est tout», se répétait Joshua pour se rassurer, toujours ravi de le retrouver à la fin de sa journée. Il en éprouvait chaque fois un étrange soulagement, comme s'il avait craint de ne plus le revoir.

Jane avait pris l'habitude de revenir de l'école avec Tom, mais elle se rendait directement au travail. Pour éviter au garçon de grelotter à l'extérieur, en attendant la fermeture de la fabrique, madame Thomson le faisait entrer dans la maison et lui servait une pointe de tarte ou un morceau de gâteau. Ce soir-là, Joshua et Jane le retrouvèrent, encore une fois, la bouche pleine et les joues rouges, autant à cause de la chaleur du poêle que du plaisir de se régaler.

— Vous ne devriez pas le faire manger comme ça, se moqua Joshua en s'adressant à madame Thomson, qui observait son protégé avec un contentement évident. Il n'a plus faim quand il arrive à la maison et ma mère pense qu'il est malade.

— Voyons donc, se défendit la mère de Jane. Ce n'est pas une pointe de tarte qui va lui couper l'appétit, à ce garçon. Ce n'est que du vent!

Bon prince, Joshua leva les yeux au ciel, puis il pressa son frère.

— Il est tard. On doit partir.

Tom lambinait. Joshua remercia donc leur hôtesse et se dirigea vers la porte pour l'inciter à se dépêcher. Adam pénétra alors dans la maison et lui bloqua le passage. Il occupait tout l'espace et n'avait pas l'intention de le laisser sortir avant de lui avoir adressé les reproches qu'il ressassait depuis plusieurs minutes.

— Tu as oublié de ranger deux ballots de laine et je me suis fait sermonner par mon père à cause de ta négligence.

Blanc de rage, le jeune homme semblait avoir envie de frapper. En tout cas, ses poings le démangeaient.

— Je suis certain d'avoir tout ramassé avant de partir, répliqua Joshua. Il restait deux ballots en effet, mais monsieur McKenty m'a demandé de ne pas les déplacer. Il voulait les rapporter lui-même.

Trop furibond pour écouter ses explications, Adam Thomson se contenta de le pousser avec force. Il se dirigea ensuite à grands pas vers le poêle pour s'y réchauffer. Quand il arriva à la hauteur de Tom, celui-ci s'écarta, mais le banc qu'il venait d'occuper se trouvait placé un peu de biais et Adam s'y prit les pieds. Il trébucha et ne trouva pour se retenir que le poêle rougeoyant. En y posant les mains, il hurla de douleur. Incapable de retrouver son équilibre, il dut aux réflexes de sa jeune sœur de ne pas être brûlé davantage. Celle-ci le tira en effet vers l'arrière et il tomba à la renverse. Sa mère se précipita auprès de lui, tout en ordonnant à sa fille de lui apporter la boîte de fer-blanc rangée sous son lit. Elle pria ensuite Joshua d'aller chercher de la neige, ce qu'il fit en courant. Il revenait à la maison, son bac rempli à ras bord, lorsque monsieur Thomson arriva à son tour et prit les choses en main.

– Vous pouvez partir maintenant, dit-il à Joshua et à Tom. Nous allons nous occuper de lui.

Les garçons quittèrent les lieux à contrecœur, accablés tous les deux par un lourd sentiment de culpabilité.

*

Dans la soirée, Charlotte s'apprêtait à se mettre au lit lorsque Tom la rejoignit dans sa chambre. Il pleurait et se frottait les yeux, comme si ce geste pouvait endiguer le flot de larmes. Il essaya de répondre à sa mère, qui se désolait de le voir si troublé, mais de gros sanglots l'empêchèrent de prononcer le moindre mot.

Pour ne pas réveiller Isabelle, qui dormait déjà sur sa paillasse, au pied du lit, Charlotte poussa doucement son fils et ils s'assirent tous les deux à la table de la cuisine.

– As-tu mal quelque part, mon chéri? demanda Charlotte. Qu'est-ce qui se passe?

Malgré sa hâte de savoir ce qui bouleversait son fils à ce point, elle dut s'armer de patience et attendre que le garçon se calme.

— Ce n'était pas ma faute, dit-il enfin. Je n'ai pas fait exprès, je le jure. Je ne voulais pas… Seulement un peu… Pas de cette manière…

— De quoi parles-tu?

— Pour Adam Thomson…

— Mais pourquoi penses-tu qu'on pourrait t'accuser de quoi que ce soit dans cette histoire?

Le garçon hésita avant d'avouer ce qui le tourmentait.

— Parce que je ne l'aime pas beaucoup. Il fait du mal à Joshua. C'est une mauvaise personne et je n'aime pas les mauvaises personnes.

Charlotte frémit. Elle devinait ce que ressentait son fils, et à quel point il était tiraillé. Un garçon qu'il n'aimait pas avait eu un accident. Sans doute, en son for intérieur, Tom avait-il souhaité du mal à Adam Thomson. Bien sûr, il n'avait rien fait pour lui causer du tort; pourtant, il se sentait coupable. Charlotte souhaitait de tout son cœur le rassurer, lui jurer qu'il n'était pas responsable, mais elle ne le pouvait pas. À moins de lui mentir.

Impuissante, elle le prit dans ses bras et le serra très fort en lui murmurant des mots doux, les mots d'amour qu'un enfant veut entendre. Tom se laissa d'abord bercer par la voix de sa mère, puis il leva la tête vers elle.

— À l'école, demain, ils vont tous dire que c'est ma faute.

— Pourquoi? Aucun de tes camarades n'était sur place lorsque Adam s'est brûlé.

— Ça ne fait rien. Chaque fois que quelqu'un se blesse, ils disent toujours que c'est ma faute. L'autre jour, un grand est tombé et ils ont dit que je l'avais poussé.

— Et c'était le cas?

— Mais non! C'était impossible! J'étais à côté de l'instituteur qui m'expliquait quelque chose. Monsieur Miner leur a bien dit, mais ils ont continué de m'accuser quand même. J'essaie de ne pas les écouter, mais c'est difficile…

Incapable de supporter le regard implorant de son fils, Charlotte ferma les yeux et deux larmes coulèrent sur ses joues. Tom les essuya du bout des doigts.

— Je t'en prie, maman, ne m'oblige pas à retourner dans cette école.

*

Charlotte dormit à peine cette nuit-là. Elle pensa si fort à Atoan qu'elle sentit sa main caresser son corps et entendit sa voix lui répéter que tout s'arrangerait. Si seulement le bel Abénaquis avait pu lui souffler la réponse à ses questions.

— Tout serait plus simple si tu étais là, murmura-t-elle en cachant son visage dans sa couverture.

Ils n'auraient pas été trop de deux pour mener cet enfant à l'âge d'homme. Serait-il jamais en paix, ce petit qui avait hérité d'une destinée singulière, sublime et funeste à la fois? Tom avait reçu en partage le don du bonheur. Semblable à son père, il savait depuis sa naissance accueillir la joie simple, celle qui n'exige rien d'autre qu'une grande disponibilité du cœur et de l'âme. De plus, il maîtrisait à la perfection l'art de la répandre autour de lui. De sa mère, il tenait assurément le courage et la persévérance, mais peut-être aussi cette horrible malédiction dont elle aurait tant voulu le préserver.

Seule avec sa peur, Charlotte geignit comme un animal blessé. Avait-elle condamné son fils? Et si c'était le cas, lui pardonnerait-il un jour cette traîtrise? Pour l'instant, elle n'était sûre de rien. Elle nageait en pleine confusion et s'efforçait de garder espoir. Car si un jour ses craintes s'avéraient fondées, si Tom comprenait quel legs empoisonné elle lui avait laissé, elle le perdrait à tout jamais. C'était pour elle l'unique certitude.

Après avoir pleuré tout son soûl, en suppliant sa grand-mère de venir à son secours, elle s'endormit enfin. Un soleil timide et sans réel pouvoir se levait déjà sur les cantons.

*

— Réveille-toi, maman. Il y a un problème à l'atelier.

Épuisée avant même d'avoir ouvert les yeux, la jeune femme crut qu'elle n'arriverait jamais à sortir du lit.

— Quelle heure est-il? demanda-t-elle à Isabelle qui la regardait, perplexe devant sa mine chétive, se demandant si elle avait bien fait de la réveiller.

— Dix heures, je crois. Mary a besoin de toi parce que le grand métier ne fonctionne pas.

Charlotte fournit un effort surhumain pour rejeter la couverture et se lever. Chaque fois qu'elle ouvrait les yeux, la chambre se remplissait d'un brouillard dense.

— Va lui dire que j'arrive.

— Tu es sûre? Tu vas être capable?

La fillette se sentait coupable. Elle faisait peine à voir.

– Bien sûr, la rassura Charlotte. Merci de m'avoir réveillée. C'était nécessaire. Maintenant, va vite à l'atelier les faire patienter. Je serai là dans quelques minutes.

Soulagée, Isabelle retourna à toute vitesse auprès de Mary et d'Anna, pendant que Charlotte reprenait vie. En s'habillant, celle-ci se demanda si les enfants avaient déjeuné avant de partir. Joshua avait-il conduit son frère à l'école ? Pourquoi l'avait-on laissée dormir si longtemps ? Puis la conversation de la veille lui revint en mémoire et elle éprouva une réelle culpabilité. Tom l'avait suppliée. Il ne voulait plus fréquenter l'école. Or, elle avait ignoré sa demande et avait fui dans un sommeil agité de cauchemars. Elle l'avait abandonné avec ses peurs. Où était-il maintenant ?

Dès qu'elle mit le pied sur la galerie pour se rendre à l'atelier, elle aperçut son fils qui sortait de la bergerie, tenant à la main une fourche plus grande que lui. Il s'arrêta et la regarda, hésitant sur la conduite à tenir. Malgré le désaccord qui persistait entre sa mère et lui, il avait décidé de ne pas se rendre à l'école, ce matin-là. Ni les autres jours d'ailleurs. Devrait-il se justifier, lui expliquer de nouveau à quel point il se sentait différent des autres ? Et si sa mère refusait de l'entendre ? Dans ce cas, il mettrait son plan à exécution.

Il y eut un moment de silence.

La terre s'était soudain arrêtée de tourner ; le vent retenait son souffle.

Puis Charlotte se dirigea vers son fils.

– Quand tu auras terminé de nettoyer la bergerie, dit-elle, viens me voir. Je te donnerai une liste de tes tâches pour la journée.

Une fois sa mère entrée dans l'atelier, le garçon poussa un profond soupir de soulagement et empoigna sa fourche avec entrain. La question était réglée ! Il n'aurait plus à affronter les regards accusateurs et méprisants de ses camarades. Il ne resterait plus enfermé pendant des heures dans une pièce trop chaude en été et trop froide en hiver. Libre ! Enfin ! Incapable de définir ce terme avec exactitude, il ressentait néanmoins dans tout son être la souffrance engendrée par l'absence de liberté. Ivre de bonheur, le garçon se mit à rêver de chasses et de danses victorieuses autour du feu. Sa mère lui avait redonné l'espace qu'il réclamait. Persuadé d'avoir remporté la plus grande victoire de sa vie, il oubliait qu'il restait une autre personne à convaincre. Celle-là n'avait aucune raison, ni sentimentale ni rationnelle, de se rendre à ses arguments. Le garçon préférait en effet ne pas songer à la réaction de l'instituteur.

*

– Vous ne pouvez pas le retirer de l'école ! Il n'a que huit ans !

Rufus Miner aurait souhaité garder son calme, mais l'indifférence – presque de la nonchalance – avec laquelle, depuis une heure, Charlotte réfutait ses objections les unes après les autres le mettait hors de lui. Il avait patienté deux semaines complètes avant de venir vérifier les dires de Mary. Selon la jeune fille, Tom se portait bien. Elle croyait que son absence en classe n'était qu'un caprice, auquel Charlotte mettrait fin très bientôt. Mais puisque le caprice durait et durait, Rufus avait décidé d'agir, malgré la désapprobation de Mary, qui n'aimait pas indisposer sa patronne.

— Il n'est pas heureux à l'école, lui répéta Charlotte. Le bonheur de mon fils m'importe plus que tout. Peut-être voudra-t-il y retourner plus tard, mais pour l'instant, il est préférable qu'il reste avec moi.

— Vous savez bien ce qui se passe quand un enfant abandonne l'école. Regardez la petite Isabelle. Pensez-vous qu'elle décidera un jour de revenir en classe? Elle sait à peine lire et écrire. C'est ce que vous souhaitez pour votre fils?

— Tom lit très bien et il écrit mieux que moi et mieux que son grand frère, rétorqua Charlotte, offusquée.

«Son père lui a montré...», pensa-t-elle, sans le dire.

Elle avait ressassé pendant des jours les arguments exposés aujourd'hui par l'instituteur. Il n'avait pas tort; elle l'admettait volontiers. Elle aussi aurait souhaité que Tom fréquente l'école le plus longtemps possible, et les raisons qu'elle invoquait pour défendre le contraire lui paraissaient bien faibles. Mais comment aurait-elle pu avouer ses véritables motifs à Rufus? Il n'aurait pas compris, se serait sans doute moqué. Il valait mieux se taire. Cela, elle l'avait appris dès l'enfance.

Découragé, le maître d'école prit quelques secondes pour se maîtriser. Priver un enfant aussi brillant que Tom des bienfaits de l'éducation lui apparaissait comme un sacrilège.

— Je sais que votre fils a du mal à se mêler aux autres enfants. Il est différent et cela crée une division entre lui et ses camarades. Je peux toutefois vous assurer que je veille à ce que rien de fâcheux ne lui arrive. J'insiste beaucoup dans ma classe sur le respect des différences.

— J'en suis persuadée, le rassura Charlotte. Jamais je n'ai douté de ton sens de la justice. Je ne te fais aucun reproche.

— Si je venais faire la classe à Tom une ou deux fois par semaine, qu'en penseriez-vous? Tom est si intelligent! Je ne peux pas me résigner à le perdre.

Une grande joie inonda le visage de Charlotte. Jamais elle n'aurait osé réclamer une telle faveur, mais cette solution inespérée la comblait de bonheur et la soulageait d'une énorme culpabilité.

Elle n'eut pas besoin de répondre.

L'instituteur lui tendit la main et l'entente fut scellée.

Après le départ de Rufus Miner, la jeune mère s'empressa de rejoindre son fils qui travaillait dans l'atelier. Avec Isabelle, il donnait un coup de main à Mary et à Anna, qui avaient monté le grand métier pour tisser une nappe. Elles avaient reçu une commande du notaire Thomas. Celui-ci pratiquait à Melbourne, mais il rencontrait des clients à Sherbrooke sur une base régulière. Lors d'un séjour à l'auberge des frères Otis, il avait admiré une nappe aux motifs aériens dessinés par Anna et avait décidé d'en faire confectionner une semblable pour l'anniversaire de sa femme. Si le couple Thomas était satisfait, le cercle des clients de Charlotte risquait de s'élargir. Son travail et celui de ses deux collègues était déjà connu et apprécié dans une bonne partie des cantons, mais il restait encore beaucoup de marché à conquérir. Les affaires allaient bien, si bien que Charlotte songeait à engager une personne supplémentaire. Isabelle faisait de son mieux, mais elle n'était encore qu'une enfant. Quant à Tom, il mettait les bouchées doubles pour qu'elle ne regrette pas sa décision de le garder à la maison, mais, malgré toute sa bonne volonté, il ne remplaçait pas une employée expérimentée.

Charlotte ne put s'empêcher de sourire en entrant dans l'atelier. On aurait dit une ruche bourdonnante. Tom était concentré sur sa tâche, et elle dut l'appeler à deux reprises avant qu'il ne lève la tête. Elle lui annonça alors l'offre si généreuse de Rufus Miner, et tous applaudirent, Mary plus fort que les autres. Bien sûr, avec cet arrangement, la jeune fille pourrait voir son bel instituteur encore plus souvent. Bref, tout le monde y trouvait son compte.

Le travail reprit dans la joie et l'enthousiasme.

Troisième
partie

1

Octobre 1830
Dix mois plus tard

— Encore des élections! Mais ça ne fait même pas un an! Ça devient une habitude! Vous n'avez donc rien d'autre à faire, les hommes?

Olive Burchard ironisait, mais le sujet était trop grave pour que son mari et ses amis acceptent de jouer le jeu de la dérision. John Mulvena entreprit même d'instruire cette pauvre femme ignorante.

— L'an passé, il s'agissait d'élections partielles. Cette fois, ce sont des élections générales.

Olive se tourna vers Charlotte, et toutes les deux hochèrent la tête d'un air entendu, comme si le grand Mulvena venait de leur apprendre une vérité qu'elles auraient ignorée jusque-là. Elles dissimulèrent toutefois difficilement un sourire de connivence qui intrigua le principal intéressé.

— Elles se moquent de moi, tu crois? demanda Mulvena en prenant le cordonnier à témoin.

Devant la grimace éloquente de ce dernier, Mulvena, bon prince, haussa les épaules. Quelques clins d'œil furent échangés, puis la conversation reprit.

– Cette fois, notre Goodhue a de bonnes chances de l'emporter, précisa le cordonnier Burchard. Il s'est désisté à la dernière minute, l'an passé, mais s'il persiste cette année, c'est qu'il est sûr de gagner.

– On ne peut pas être sûr avant que tous les bulletins aient été comptés, lui rétorqua William Willard. Monsieur Wales est très connu à Richmond. Il pourrait surprendre.

Le tanneur était venu livrer son cuir aux cordonniers du village, ainsi qu'au sellier. Il n'aurait pas dû s'arrêter aussi longtemps dans l'atelier de Daniel Burchard, mais il y avait croisé John Mulvena et le vieux Walker, maître forgeron. Le sujet des élections lui tenant à cœur, il n'avait pu résister à l'envie de se joindre à la conversation.

– Wales va peut-être obtenir des votes à Richmond, concéda Mulvena, mais au bout du compte, je ne crois pas qu'il puisse battre Goodhue. Les marchands finissent toujours par avoir le dernier mot, c'est bien connu.

– On verra…, conclut le tanneur, un brin sceptique. En attendant, je vais continuer mes livraisons.

Les autres l'imitèrent, et Charlotte se retrouva seule avec le cordonnier et sa femme. Celle-ci versa du thé à son mari, puis elle invita Charlotte à la suivre jusqu'à la cuisine pour goûter à sa spécialité, la tarte à la citrouille.

– Ça sent bon! s'exclama Charlotte. C'est tentant, mais je vais plutôt rentrer. Je ne veux pas laisser tout le travail aux filles. Elles en ont plein les bras, ces temps-ci. Je récupère mon fils et je retourne à mes tâches.

– Il joue dehors avec mes plus jeunes. Je vais les appeler. Tu viens toujours au mariage de mon frère, demain?

– Bien sûr!

– Un bac nous prendra à deux heures pour traverser la rivière. Soyez tous à l'heure! Il ne vous attendra pas!

– Promis!

Les deux amies sortirent ensemble. Bien que le mois d'octobre ait été bien entamé, il faisait un temps magnifique. Les arbres resplendissaient dans leurs coloris d'automne et le soleil se faufilait à travers les feuilles teintées d'or et de rouge. Devant la maison, les femmes trouvèrent la brouette des enfants. La poupée de paille de la cadette y trônait, telle une reine sans sujets. Olive appela en vain, à plusieurs reprises. Les petits n'étaient ni dans la cour ni dans la rue. En scrutant les alentours, Charlotte aperçut des langues de fumée qui semblaient monter de la rivière.

– Je sais où ils sont, dit-elle d'une voix vacillante et pleine d'appréhension.

Olive la suivit sans rien demander. Elles se dirigèrent vers la Saint-François, Charlotte précédant son amie d'un pas ferme, qui masquait sa nervosité.

Comme elle l'avait pressenti, les jeunes se trouvaient au campement des Abénaquis. Sans doute Tom avait-il entraîné ses camarades de jeu, car jamais les enfants d'Olive n'avaient sympathisé avec ces visiteurs saisonniers, fidèles à leurs coutumes. En effet, depuis leur implantation forcée en bordure du lac Saint-Pierre, presque deux siècles auparavant, les Abénaquis se mettaient en route chaque automne pour leurs territoires de chasse, s'arrêtant toujours aux mêmes endroits. Ce voyage annuel vers la terre de leurs ancêtres les gardait en vie, les préservait de l'oubli.

En respirant l'odeur si familière des feux, Charlotte ressentit une lourdeur dans la poitrine. Elle imaginait qu'Atoan venait vers elle en tendant les bras, un geste qu'il avait fait si souvent. Leurs mains se joignaient, leurs lèvres s'effleuraient. L'ennui de son bien-aimé la prit à la gorge. Elle dut s'arrêter et chercher l'apaisement dans le spectacle de la rivière, si belle dans la clarté automnale. Tom ne soupçonna pas son désarroi. Il s'amusait ferme avec ses compagnons retrouvés, auxquels se mêlaient les enfants d'Olive. Pendant un moment, Charlotte observa son fils. Malgré son jeune âge, il menait le bal et les autres acceptaient de le suivre parce qu'il les traitait avec délicatesse. Elle le trouva beau, à l'aise dans ce grand corps élancé qui le faisait paraître plus vieux que son âge. Ses yeux noirs brillaient sous la longue mèche de cheveux d'ébène qui lui barrait le front. Son attitude rappela à Charlotte le père d'Atoan, si fort et si tendre à la fois. Elle avait nommé Tom en son honneur, en espérant que l'enfant hériterait des qualités de son grand-père. Son souhait s'était réalisé.

Toute mignonne avec ses yeux bleus et ses boucles blondes, la cadette d'Olive fut la première à les remarquer. Elle vint aussitôt vers sa mère. Son frère et sa sœur, qui la surveillaient du coin de l'œil tout en s'amusant, s'approchèrent eux aussi, un peu craintifs. Ils ignoraient comment leur mère réagirait à cette escapade improvisée. Ils auraient dû l'avertir avant de se rendre au campement des Abénaquis, mais Tom semblait si sûr de lui qu'ils l'avaient suivi sans trop réfléchir, entraînés par son enthousiasme.

À leur grand soulagement, Olive les rassembla joyeusement autour d'elle, telle une poule réunissant ses poussins sous son aile. Elle-même n'était pas tout à fait rassurée. Elle n'avait pas eu souvent l'occasion de côtoyer les Abénaquis, bien qu'ils aient toujours fait partie de la vie du hameau. Elle ne parlait pas leur langue et n'avait jamais désiré les connaître. Par contre, ils lui avaient déjà vendu des paniers qui lui avaient été très utiles.

— Il est temps de rentrer, dit-elle aux enfants. Dépêchez-vous, sinon votre père aura mangé toute la tarte.

Les gamins détalèrent aussi bruyamment qu'une volée de gélinottes, et elle les suivit en trottinant après avoir adressé un salut à Charlotte. Celle-ci avait rejoint son fils. Quelques Abénaquis l'avaient reconnue et semblaient très heureux de la revoir. Talaz, la sœur d'Atoan, la prit par la taille et l'entraîna près du feu. Derrière elles, le grand Simon aux yeux pâles riait de toutes ses dents, ravi. Après quelques minutes, le malaise ressenti par Charlotte se dissipa et elle éprouva un réel plaisir à se retrouver au milieu de ces gens qui portaient en eux les origines d'Atoan et perpétuaient sa mémoire. Ils lui offrirent une soupe de maïs qu'elle dégusta en se rappelant de tendres souvenirs : des pique-niques, des promenades, des pêches fabuleuses, des récits et des chants. Elle aurait beaucoup aimé prolonger cet instant.

— Il faut retourner à la maison, maintenant, dit-elle pourtant à Tom, lorsque le soleil couchant enveloppa le village d'un châle ambré.

Le garçon sursauta, brusquement tiré d'un beau rêve. Il répondit sur un ton suppliant.

— Je voudrais rester avec eux.

Charlotte se méprit sur sa demande, ou peut-être préféra-t-elle ne pas comprendre.

— Il va peut-être faire froid cette nuit et tu n'es pas habillé très chaudement. De toute façon, tu sais que nous allons chez les Terrill demain, pour le mariage. Tu n'as pas oublié, n'est-ce pas?

Tom plongea son regard de braise dans celui de sa mère. Elle eut soudain l'impression que cet enfant de neuf ans était plus vieux qu'elle. Les rôles étaient inversés. Son fils détenait une forme de connaissance à laquelle elle n'avait pas eu droit. Une telle sagesse et un tel savoir illuminaient son visage qu'elle eut envie de s'y réfugier et d'y déverser sa solitude, sa lassitude. Tom savait tout. Comprenait tout. Son âme d'enfant avait percé les mystères et trouvé les solutions.

La vulnérabilité accrue de sa mère troubla le garçon. Impuissant à la consoler, il toucha sa main du bout des doigts. Ce simple contact suffit à Charlotte pour comprendre à son tour. Tom avait raison. Il devait partir, se griser de liberté, devenir plus grand et plus fort que toutes les malédictions, pour échapper à son destin. Une volonté tenace de vivre et d'aimer habitait cet enfant; il saurait vaincre les démons. Elle acceptait maintenant ce départ qu'elle avait tant redouté depuis la mort d'Atoan, et encore davantage depuis que Tom ne fréquentait plus l'école. Ces derniers mois, elle le devinait impatient, pressé de quitter le nid, mal à l'aise dans un monde qui ne lui convenait plus. Malgré tout, il était resté. Pour elle, pour ne pas la quitter, pour lui épargner le chagrin de la séparation. Chaque soir en se couchant, elle avait souhaité qu'il oublie sa véritable identité pour n'être plus que son fils. Elle s'était leurrée.

– Viens, dit Tom. Je vais dormir à la maison. Tu as raison : je ne suis pas assez habillé pour passer la nuit sous la tente.

Ces paroles firent fondre le cœur de Charlotte. Tom mentait si bien, avec tellement de générosité et de douceur. En vérité, il n'avait besoin de rien. Sa famille abénaquise le vêtirait et prendrait soin de lui. Les nuits les plus froides ne viendraient pas à bout de leur résistance et de leur savoir-faire. Son fils lui accordait cette dernière nuit uniquement pour la réconforter.

Ils rentrèrent donc main dans la main, mangèrent avec appétit et rirent ensemble des sentiments manifestes de Joshua envers sa jeune amie de la fabrique.

– Tu pourrais peut-être me répéter son nom, plaisanta Charlotte. Je crois bien que je l'ai oublié.

Tous s'esclaffèrent, car Joshua avait prononcé le prénom de sa petite amie au moins dix fois depuis le début du repas.

Le jeune amoureux de douze ans se mordilla les lèvres. Il ne se croyait pas si transparent. À court d'explications sensées pour justifier son obsession, il se contenta de hausser les épaules, ce qui redoubla l'hilarité de ses moqueurs. Seule Isabelle ne participait pas à la gaieté générale. Elle fut la première à se lever pour desservir.

Sa réaction n'avait pas échappé à Charlotte qui quitta la table à son tour pour l'aider. Isabelle rangeait le pain, le visage triste et les yeux brillants de larmes.

– Ça ne va pas ? lui demanda sa mère adoptive à voix basse. Tu ne te sens pas bien ?

La fillette ne répondit pas.

Rassasiés, les deux garçons décidèrent de se rendre à la bergerie pour achever une réparation commencée la veille. Dès qu'ils furent dehors, Isabelle laissa libre cours à son chagrin.

— Je pense que Joshua ne m'aime plus, dit-elle entre deux sanglots.

— Que veux-tu dire? Il t'a fait de la peine? A-t-il été grossier avec toi?

— Non! non! s'empressa de répondre la fillette. Il n'a rien fait de mal. C'est juste qu'il ne s'occupe plus jamais de moi.

— Il travaille beaucoup, tu sais. Ce n'est pas facile pour lui. Il a beau être costaud pour son âge, les journées sont longues et épuisantes à la fabrique.

— Je me demande s'il travaille ou s'il passe ses journées à courtiser Jane Thomson.

Charlotte dissimula de justesse un sourire qui aurait été mal accueilli. Voilà donc de quoi il retournait. Isabelle était jalouse. Depuis qu'elle vivait avec eux, Joshua avait été son ami, son complice, son chevalier servant. Ils avaient passé des heures à discuter, à s'amuser, à étudier, à faire les fous, et la jeune orpheline attendait toujours son retour avec impatience. Elle avait trouvé en Joshua le frère rêvé. Sans le vouloir, le garçon avait remplacé auprès d'elle le père et la mère, disparus de façon si tragique. Malgré son jeune âge, il avait été le confident dont Isabelle avait besoin, et son affection toute simple avait réconforté la fillette durant la période la plus difficile de sa courte vie. Naïve et vulnérable, celle-ci avait cru que cette relation demeurerait à jamais intacte, inchangée. Elle n'avait pas envisagé que Joshua pourrait se tourner un jour vers une autre, et que cette autre occuperait toutes ses pensées. Elle éprouvait donc un véritable chagrin d'amitié qui entravait sa nouvelle sérénité, acquise au prix de tant d'efforts. Sa confusion faisait peine à voir, et Charlotte se félicita d'avoir évité toute forme de taquinerie. Elle posa plutôt les mains sur les épaules de sa fille et la regarda droit dans les yeux.

– Joshua t'aime beaucoup et cela ne changera jamais. J'en suis persuadée. Mais vous aurez tous les deux une vie différente, et parfois les circonstances vous obligeront à vous éloigner l'un de l'autre. C'est normal, et il ne faut pas avoir peur. Certaines amitiés sont indestructibles, quoi qu'il arrive, et celle qui vous unit entre dans cette catégorie. N'en doute pas un instant. Surtout ne perds jamais confiance dans les gens qui t'aiment. Tu me le promets?

La petite se blottit contre Charlotte. Toute sa vie, elle souffrirait sans doute des séparations inévitables que le destin placerait sur sa route. Elle avait tant perdu déjà. Tout ce sur quoi un enfant peut s'appuyer pour grandir lui avait été enlevé. Charlotte comprenait très bien la sensation de vide qui l'assaillait parfois.

– Tu sais quoi? dit-elle avec entrain, se rappelant soudain les trucs de sa grand-mère pour la consoler. Dimanche, je te montrerai à faire des sucres d'orge et nous irons en distribuer aux enfants du village. Tu seras la fille la plus populaire du canton. Et Joshua conduira la voiture puisqu'il sera en congé.

– Il ne voudra pas. Il préférera être avec sa nouvelle amie.

– Ça, ma belle, j'en fais mon affaire! Tu peux compter sur moi!

Isabelle gardait un soupçon de scepticisme, mais elle n'eut pas le temps de protester car les garçons revenaient de la bergerie, fiers comme des paons d'avoir terminé leur bricolage sans aucune aide. Tous se mirent à applaudir, chacun ayant une raison différente de se réjouir. Ou de cacher sa peine.

*

Le lendemain, tout de suite après le repas de midi, la famille au complet se dirigea vers la rivière. Tout d'abord, Joshua ne comprit pas pourquoi Charlotte prenait la direction du campement abénaquis, alors que le bac qui devait les mener sur la rive est de la Saint-François les attendait plus loin. Il ne remarqua pas non plus que son jeune frère transportait avec lui un baluchon rempli de ses effets personnels, ainsi qu'une hachette qu'il avait rapportée de son précédent séjour au village amérindien. Toutefois, lorsqu'il aperçut les Abénaquis prêts pour le départ, les feux éteints, les enfants déjà assis dans les canots, il eut peur de comprendre.

– Tu ne vas pas repartir? cria-t-il en retenant son frère par le bras.

Surpris, celui-ci ne trouva rien à dire. Ils restèrent ainsi, l'un en face de l'autre, sans parler pendant de longues secondes, puis, alors que Charlotte allait intervenir, Tom retrouva la parole.

– Tu sais bien que je dois partir, dit-il. Comme toi tu devais travailler à la fabrique. Veux-tu que je passe mes journées à tisser en compagnie des femmes? Je n'ai pas de vraie place ici, et je ne peux pas te demander de veiller sur moi et de toujours me protéger.

– Je pourrais le faire, s'entêta Joshua.

– Tu es mon grand frère, pas mon ange gardien.

– Et qui veillera sur toi là-bas, où tu t'en vas?

– Je n'ai pas besoin de protecteur dans les territoires de chasse. J'y suis chez moi.

Désemparé, Joshua voulut tourner le dos à son frère pour qu'il ne voie pas ses larmes, mais Charlotte en profita pour se glisser entre eux et le retenir.

– Donnez-vous la main, ordonna-t-elle. Vous êtes des frères, et rien jamais ne pourra changer ça. Ni le temps ni l'espace que la vie met entre vous deux. Tom a raison : il doit partir. Mais il ne nous quitte pas. Parfois, les gens sont tout près de nous et, pourtant, ils nous ont abandonnés. Parfois, ils partent très loin et on peut toujours les sentir juste là, sur notre peau. Ils nous accompagnent dans chacun de nos gestes, dans chacune de nos pensées.

Elle avait mis une main sur son cœur, et de l'autre elle attirait Isabelle vers eux. En se tenant par la taille, tous les quatre formèrent un cercle indissoluble aux yeux des témoins. Émus, Talaz et le grand Abénaquis aux yeux de velours vinrent vers eux d'un pas silencieux, hésitant à briser ce lien familial.

Charlotte fut la première à lever la tête et à les apercevoir. À regret, elle recula d'un pas, créant ainsi une brèche dans le cercle. Chacun devait maintenant choisir sa voie, en toute liberté, et personne ne devait retenir personne.

Tom prit son baluchon et vint s'asseoir auprès de son meilleur ami abénaquis, qui avait déjà pris place dans le grand canot de tête. Simon et Talaz le rejoignirent après avoir salué Charlotte. Puis les pagayeurs se mirent à l'ouvrage, et il fallut très peu de temps pour que les embarcations disparaissent en direction du prochain portage.

Au-delà de sa peine, Charlotte ressentit alors un soulagement inexprimable. Elle ferma les yeux quelques secondes, puis les rouvrit. Le soleil, très discret jusque-là, apparut soudain, de l'autre côté de la Saint-François. Il dispersa ses rayons sur les vaguelettes, créant ainsi une coulée d'étoiles minuscules. Éblouie, Charlotte sourit. C'était un pauvre sourire, empreint de tristesse, mais un sourire quand même, qu'elle tenta de partager avec son aîné.

Joshua remonta les coins de sa bouche, mais le tout se termina en grimace. Le voyant ainsi dérouté, Isabelle prit sa main et ils se dirigèrent en silence vers le village. Ils n'avaient pas le cœur à la noce, mais Charlotte ne voulait pas décevoir les Terrill. Elle se dit que le bonheur des mariés et le plaisir de la fête détourneraient peut-être ses enfants de leur chagrin.

2

– Vous pourriez faire attention !

Charlotte leva le poing vers la diligence qui passait à folle allure. Éclaboussée, elle tenta en vain de se débarrasser de la gadoue qui maculait son manteau. En ce printemps hâtif, une neige fondante tapissait le sol boueux et menaçait de couvrir de saleté les téméraires qui osaient s'aventurer dans les rues du village. Chacun essayait de s'en sortir de son mieux, mais bien peu rentraient chez eux indemnes. Après quelques minutes de marche, manteaux et bottes se mariaient au gris morne des devantures et des attelages. Le village tout entier se fondait dans la grisaille.

– Non, mais… Quel effronté !

L'indignation de Charlotte ne tarissait pas. Elle piaffait au milieu de la rue, tel un cheval impatient, et son exaspération était si grande qu'elle ne vit pas la voiture tirée par deux bêtes fringantes qui venait dans sa direction. Isabelle la tira par la manche de toutes ses forces et elles faillirent culbuter ensemble par-dessus la clôture qui protégeait la façade d'une maison.

– Ce village est beaucoup trop peuplé, maugréa Charlotte en replaçant son chapeau.

Elle était bien consciente de sa mauvaise foi et du ridicule de sa remarque, mais la journée avait trop mal débuté pour qu'elle décolère. Elle aurait défendu son point de vue avec ardeur si quelqu'un s'était alors avisé de la contredire. Il lui suffisait de regarder autour d'elle pour constater à quel point Sherbrooke se transformait. Les habitants de la première heure, ceux qui avaient connu le minuscule hameau, planté au confluent des rivières, au début du siècle avaient du mal à reconnaître cette terre sauvage qui les avait d'abord attirés.

– Attention ! Tu vas te faire écraser !

À son tour, maintenant, de tirer Isabelle vers l'arrière. Elles essayaient de traverser la rue pour se rendre au bureau de poste. Charlotte attendait une lettre de Tom, qui, elle l'espérait, annoncerait son retour imminent. Mais les cavaliers, les charrettes et les voitures circulaient sans ordre, ne leur laissant aucune chance. Heureusement, messieurs Felton et Goodhue sortirent de l'auberge et entreprirent de ralentir le flot de ce défilé incessant. Ils s'engagèrent hardiment au milieu de la circulation, et leur prestance fit le reste.

Charlotte et Isabelle, ainsi que plusieurs autres, se précipitèrent alors vers l'autre côté de la rue commerçante. Certains saluèrent les deux hommes au passage. Élu député lors des dernières élections, Charles Goodhue marchait la tête haute. Il avait été nommé registrateur du comté, et son fils, George Jarvis, avait obtenu le poste de registrateur adjoint. Il était donc très bien placé pour faire fructifier ses affaires, et il ne s'en privait pas. Charlotte préféra l'ignorer. Elle traversa tête baissée, en tirant Isabelle par la manche, et s'engouffra dans le magasin général en espérant que le député et son fidèle associé prendraient la direction opposée.

Les deux hommes n'avaient plus tenté depuis bien longtemps d'acquérir son lopin de terre, mais elle se savait en sursis. Surtout que les nouvelles constructions sortaient de terre comme des mauvaises herbes. Les bâtiments officiels abondaient – prison, palais de justice, bureau des douanes, bureau d'enregistrement –, rappelant la vocation judiciaire du village. Les changements se remarquaient d'ailleurs des deux côtés de la Magog. En effet, le quartier Orford où Charlotte habitait, au nord de la rivière, avait longtemps été négligé au profit du quartier Ascot, sur la rive opposée. Ces deux parties du village n'étaient somme toute séparées que par un pont, mais elles s'étaient développées chacune à leur manière et à leur rythme.

Cependant, au cours des deux dernières années, le quartier Orford s'était à son tour peuplé à une vitesse surprenante. Plusieurs artisans y avaient maintenant pignon sur rue. On y avait construit une église, ainsi qu'un hôtel qui servait de relais pour la diligence. Sur les hauteurs, on apercevait la prison et l'académie.

Pendant longtemps, hormis la propriété de Henry Beckett, sur le chemin portant son nom, la maison de Charlotte et celle du tanneur avaient été les plus éloignées du village. Or, depuis peu, des arrivants s'étaient installés encore plus loin, le long de King's Highway. Les nouveaux résidants de Sherbrooke – avocats, menuisiers, cordonniers, commerçants ou fonctionnaires – étaient pour la plupart d'origine britannique ou américaine, comme les colons de la première heure. Toutefois, les immigrants écossais et irlandais augmentaient en nombre, et quelques Canadiens français s'étaient eux aussi implantés dans le patelin. À ces quatre cents habitants environ, qui vivaient au village ou dans les fermes des alentours, s'ajoutaient les voyageurs de passage amenés par la diligence, les fermiers des cantons voisins venus faire moudre leur grain ou carder leur laine, les jeunes pensionnaires de l'académie qui envahissaient les rues et les commerces pendant leurs heures de sortie, les relations d'affaires des marchands en vue ou des hauts fonctionnaires, toujours reçus en grande pompe. Bref, l'activité déferlait sur le village qui semblait de plus en plus à l'étroit, coincé entre les rivières et le King's Highway. Il débordait de partout et cherchait à franchir ses propres limites en se déployant dans toutes les directions.

Enfin parvenue au bureau de poste, Charlotte apprit avec déception qu'aucune lettre ne l'attendait. Tom avait écrit deux mois après son départ, puis il n'avait plus donné de nouvelles. Devant la déconvenue de sa mère, Isabelle afficha un sourire forcé, qui cachait mal son propre désappointement. Son petit frère d'adoption lui manquait. Le logis paraissait vide sans lui, car il avait toujours su, d'un mot ou d'une pirouette, égayer toute la maisonnée. Chaque membre de la famille souffrait de son absence.

Leurs courses terminées, la mère et la fille s'empressèrent de retourner à la maison, où le travail s'accumulait. À leur arrivée, Mary et Anna les saluèrent à peine, ce qui intrigua leur patronne. Puisque le malaise persistait après une heure, Charlotte décida de crever l'abcès. Lorsque Isabelle quitta l'atelier pour aller chercher des ballots de laine au grenier, elle s'informa auprès des jeunes filles.

— Que se passe-t-il? Vous vous êtes disputées? On dirait que vous voulez me cacher quelque chose.

Elle avait employé un ton avenant pour mettre ses jeunes collègues en confiance. Voyant que Mary hésitait, Anna prit la parole.

— Mary a une mauvaise nouvelle à vous apprendre. Enfin, ça pourrait sembler une bonne nouvelle, mais…

Ses idées s'embrouillaient et elle fut incapable de continuer. Mary prit la relève à contrecœur.

— Je vais me marier, annonça-t-elle timidement.

— Mais c'est formidable! s'exclama Charlotte, sincèrement ravie que son employée ait enfin accepté de prendre Rufus Miner pour époux. Pourquoi fais-tu cette tête? Ton amoureux espérait ce moment depuis des années. Il doit être aux anges.

— C'est que… je ne pourrai plus travailler à l'atelier. Avec les enfants, et tout… Tu sais…

Elle avait baissé la tête, telle une coupable repentante avouant son crime.

— Je ne vois pas pourquoi tu devrais arrêter de travailler, lui rétorqua Charlotte. Je te souhaite bien sûr d'avoir des enfants, si vous le souhaitez, mais tu sais que ça peut prendre du temps avant que tu tombes enceinte.

— C'est que…, commença Mary. Ce ne sera pas très long…

Charlotte ferma les yeux en soupirant. Comment avait-elle pu être aussi bête et si lente à comprendre? Bien sûr, Mary se mariait parce qu'elle n'avait pas le choix.

– Tu le sais depuis quand? demanda-t-elle d'une voix douce, pour ne pas effaroucher la jeune fille dont les yeux s'embuaient de larmes.

– Je dois avoir deux mois de faits, peut-être plus. Je ne savais pas... Je ne me suis pas inquiétée.

Mary avait posé une main sur son ventre, comme si elle cherchait déjà à protéger son enfant des médisances, des regards mauvais, des railleries.

Sa détresse peina Charlotte, tout en suscitant chez elle un sentiment de révolte. Mary travaillait avec elle depuis si longtemps qu'elle la considérait comme un membre de la famille, une petite sœur qu'elle avait vue grandir.

– Tu ne dois pas te marier si tu ne le désires pas, dit-elle à son employée. On se débrouillera. Je ne te laisserai pas tomber.

– Oh non! s'exclama Mary. J'aime Rufus de tout mon cœur. Mais j'aurais voulu attendre encore un peu. Mes parents ont besoin de moi. Tu connais mon père! Il est toujours en bataille avec quelqu'un, que ce soit Felton ou un autre. Il va finir par perdre son emploi.

– Ne t'inquiète pas, la rassura Charlotte. Quoi qu'il arrive, tu pourras toujours revenir travailler ici. Nous aménagerons l'atelier pour faire une place au bébé, s'il le faut. Isabelle se fera une joie de s'en occuper. J'en suis certaine.

– De qui devrai-je m'occuper? demanda cette dernière qui revenait justement, les mains pleines d'une laine d'un bleu magnifique.

– Mary va se marier! lança Charlotte d'une voix joyeuse. Un jour, elle aura des enfants, et on se disait que tu ferais une gardienne extraordinaire.

La jeune fille rougit de plaisir, puis chacune se remit au travail dans une atmosphère un peu plus légère. Songeuse, Charlotte pensait à tout ce qu'elle perdrait avec le départ de Mary. D'abord une amie très proche, bien sûr, mais aussi une artisane exceptionnelle. Passée maître dans l'art des couleurs, son employée possédait un don indéniable. À la fabrique de tissus de laine, même avec toutes les machines dont ils disposaient, les tisserands ne pouvaient rivaliser avec son savoir-faire. Elle travaillait l'écorce de plaine pour en faire des bleus incomparables ; avec la pruche, elle obtenait des bruns aussi chauds qu'un jour d'été. Elle serait difficile à remplacer ! Depuis des mois, elle transmettait généreusement son savoir à Isabelle, mais la fillette manquait encore d'expérience et elle n'apprendrait jamais les secrets du métier en si peu de temps.

Pensive, Charlotte laissa filer un brin de laine. Elle tapa du pied, jura, puis leva les mains en l'air en s'excusant. Toute la journée, elle cacha de son mieux sa contrariété. Ce départ s'ajoutait à celui de Tom, et elle craignait de manquer de courage pour supporter une autre séparation.

À l'heure du souper, Mary et Anna ne s'attardèrent pas, conscientes toutes les deux des préoccupations de leur patronne. Isabelle s'étant rendue à la cuisine pour préparer le repas, Charlotte demeura dans l'atelier, savourant ce moment de solitude. Elle n'avait plus besoin de rien dissimuler, ni son chagrin, ni ses déceptions, ni ses tracas. Ni même ses défaillances physiques. Depuis quelque temps, en effet, ses yeux la trahissaient. Elle y voyait de moins en moins et peinait à accomplir ses tâches, surtout les plus délicates. Sous différents prétextes, elle s'en remettait le plus souvent à Mary ou à Anna pour les ouvrages exigeant une bonne acuité visuelle. Une raison de plus pour déplorer le départ de sa collègue.

Tentée de s'apitoyer sur son sort et sentant sa gorge se nouer, la jeune femme entreprit de ranger et de balayer, en espérant que cet exercice chasserait ses idées noires. Or, quand Isabelle vint la prévenir que le souper était prêt, elle ne se sentait guère mieux. Elle dut faire de grands efforts pour ne pas gâcher la joie de sa fille, si fière d'avoir cuisiné tout un repas sans aucune aide. Elle la félicita de son mieux, mais se retira dans la chambre très tôt, avant Isabelle, et bien avant que Joshua ne soit revenu de la fabrique.

Il aurait pourtant été souhaitable qu'elle voie son fils, ce soir-là, car celui-ci échafaudait un plan d'avenir qui l'aurait catastrophée si elle avait été au courant, mais qu'elle aurait alors pu essayer de contrecarrer avant qu'il ne soit trop tard.

*

À son réveil, le lendemain matin, Joshua était déjà parti. Charlotte supposa qu'il avait dû se rendre plus tôt à la fabrique. «Ce soir, je lui cuisinerai son dessert favori», se dit-elle. Il le méritait bien! Il travaillait si fort! Elle retrouva ensuite Mary, Anna et Isabelle à l'atelier, et fut vite happée par le travail.

Au même moment, Joshua conduisait sa monture vers Magog.

Après avoir loué un cheval aux frères King, il avait emprunté la piste étroite qui longeait la rivière, et avait accéléré la cadence dès que le sentier s'était quelque peu élargi. Il se sentait libre comme jamais. L'impression grisante d'être maître de sa vie, de ses choix, de devenir enfin un homme. Pour l'instant, il refusait de penser aux objections que sa mère opposerait à son projet. Convaincu d'avoir raison, il poursuivait sa route, faisant fi des obstacles qui ne manqueraient pas de s'élever devant lui. Il était fort, en possession de ses moyens, ambitieux, plein d'espoir. Rien ne l'arrêterait.

Son bel enthousiasme demeurait néanmoins fragile. À mesure qu'il avançait, la piste se rétrécissait de nouveau. Le cheval n'eut bientôt plus que l'espace nécessaire pour mettre un pied devant l'autre. Peu à peu, une appréhension s'empara du jeune garçon. Jamais il ne s'était autant éloigné de la maison. Jusque-là, il n'avait pas mesuré l'ampleur de sa hardiesse. S'il perdait son chemin ? Si sa monture se blessait ? Reviendrait-il avant la nuit comme il l'avait planifié ? Toutes ces questions s'infiltraient maintenant dans son esprit et le faisaient douter.

Pour se donner du courage, il pensa à son frère, si brave, si audacieux, si confiant. Malgré son jeune âge, Tom avait déjà vu le monde. Il avait exploré des forêts sauvages et en était revenu plus grand, plus fier, avec dans le regard une joie sans limites.

– Allez, mon beau ! Un peu de cran ! On y sera bientôt !

Il s'adressait au cheval, mais le but premier de ces paroles d'encouragement était de se motiver à continuer. Au fil des heures, l'envie de rebrousser chemin devenait si forte qu'il devait utiliser tous les moyens à sa disposition pour ne pas renoncer. Il voulait se rendre au bout de son aventure. Il se remémora alors les propos flatteurs de Joseph Atwood. Celui-ci, drapier de son métier et copropriétaire de la fabrique de tissus de Magog, avait rencontré, une semaine plus tôt, ses collègues de Sherbrooke. Ce jour-là, Joshua avait dû se multiplier pour accomplir tout ce qu'on lui demandait. Le fils Thomson n'avait jamais recouvré le plein usage de ses mains. Incapable de bien se servir de ses dix doigts, il s'en remettait à Joshua pour exécuter les tâches requérant plus de dextérité manuelle. Son handicap l'irritait, et il ne se privait pas de morigéner son jeune apprenti, qu'il jugeait responsable de son infirmité. Joshua tenait le coup, ne flanchant ni sous les menaces ni sous le labeur imposé, se raccrochant au sourire consolateur et vivifiant de Jane. Monsieur Atwood l'avait observé du coin de l'œil une partie de l'avant-midi, puis, avant de partir, il l'avait pris à part.

– J'ai besoin d'un bon apprenti, un garçon vaillant avec du cœur au ventre, prêt à mettre toute l'énergie nécessaire pour apprendre le métier. Si tu veux, je ferai de toi le meilleur des tisserands.

Interloqué, Joshua n'avait pas saisi à ce moment-là tout l'intérêt de cette offre inattendue.

– J'apprends déjà le métier, avait-il répondu. Monsieur Thomson me montre plein de choses.

– Je n'en doute pas, lui avait répliqué Joseph Atwood, mais je te propose beaucoup plus. Je suis prêt à parier que tu resteras très longtemps un simple garçon à tout faire, ici. Avec moi, tu deviendras un vrai tisserand. Penses-y. Je te donne l'occasion d'apprendre un noble métier. Je t'ai vu à l'œuvre et je sais que tu possèdes les qualités nécessaires. Si ça t'intéresse, viens me voir, nous en reparlerons. Mais ne tarde pas trop. Je pourrais trouver quelqu'un d'autre.

Troublé, Joshua avait soupesé pendant des jours et des nuits les avantages, les inconvénients et les conséquences d'une telle offre. La veille encore, il hésitait, plus enclin à oublier monsieur Atwood et ses chimères qu'à se lancer dans l'inconnu. Alors qu'il s'apprêtait à se mettre au lit, sans faire de bruit pour ne pas réveiller leur mère, Isabelle avait passé un moment avec lui et ils avaient parlé. Sa sœur adoptive lui avait appris le départ prochain de Mary. Elle lui avait révélé la fatigue de Charlotte, ainsi que ses problèmes de vision qu'elle n'arrivait plus à camoufler. À mesure que la jeune fille partageait avec lui ses appréhensions, le garçon fléchissait sous le poids des responsabilités. Il devait aider sa mère, assurer un avenir à sa famille. Il n'avait plus le droit d'être un enfant. Il lui fallait surmonter ses peurs.

Ce matin-là, après une nuit tourmentée, sa décision était prise. Il accepterait l'offre de Joseph Atwood, si elle tenait toujours. Pour le savoir, il se rendrait à Magog.

*

Au départ, il s'attendait à une escapade facile et amusante. Or, plus il avançait, plus le cheval s'enfonçait dans la boue. Pendant de longues minutes, le garçon progressa à peine. Il n'entendait plus que les bruits produits par les sabots du cheval, chaque fois que la pauvre bête s'extirpait de la gadoue. Sans la rivière qui suivait son cours immuable, Joshua se serait égaré à plusieurs reprises. Toujours, le cours d'eau le rappelait vers lui. Après deux heures d'une avancée ardue et incertaine, le cheval s'arrêta net. Le garçon eut beau le semoncer, lui fouetter les flancs, il résistait à ses commandements. Joshua mit pied à terre et le tira par la bride, mais rien n'y fit. La pauvre bête, fatiguée et ne craignant pas du tout ce cavalier inexpérimenté, avait décidé de s'octroyer une pause.

Se retrouvant ainsi au milieu de nulle part, sans âme qui vive à des kilomètres à la ronde, Joshua céda au découragement. Il ne subsistait plus rien de l'ardeur confiante qui l'avait poussé à entreprendre ce périple. Son projet lui apparaissait soudain irréalisable, tenant davantage de l'inconscience que du bon sens. Il regarda tout autour, cherchant à estimer quelle distance le séparait de sa destination. Une fois le cheval reposé, il espérait reprendre la route. Mais combien de temps sa monture tiendrait-elle le coup? Et le sentier serait-il praticable jusqu'à Magog? Soudain, les obstacles qu'il avait occultés, aveuglé par la promesse d'un avenir meilleur, se dressaient devant lui, infranchissables.

Lorsqu'il décida, après plusieurs minutes de tergiversation, de rebrousser chemin, la honte l'envahit. Jamais il n'aurait le courage de son jeune frère, ni son cran face au danger. Contrairement à lui, Tom s'amusait des embûches et les abordait comme un jeu dont il ne doutait pas de sortir gagnant.

Mortifié, le garçon réussit à rentrer à Sherbrooke avant le coucher du soleil. Après avoir rapporté le cheval à son propriétaire, il s'attarda au village jusqu'à ce que la nuit recouvre son déshonneur. Il aurait eu grand besoin de la tendresse de sa mère, mais il était convaincu que plus jamais il n'oserait la regarder dans les yeux. Il fut donc à la fois soulagé et intrigué de trouver la maison vide. Après s'être décrassé, il s'étendit sur son lit et sombra dans un profond sommeil.

*

Le lendemain matin, dès son réveil, Isabelle lui apprit où elles avaient passé la soirée, en se désolant de son absence. Joshua laissa alors tout en plan et se précipita à son tour au campement des Abénaquis. Il arriva juste à temps. Les tentes avaient été démontées, les feux étaient éteints, et tous s'apprêtaient à monter à bord des canots. Quand il aperçut son grand frère, Tom s'élança vers lui et se jeta dans ses bras.

— Veux-tu bien me dire où tu étais! J'ai failli repartir sans t'avoir vu!

Il jouait à l'offensé, mais sa joie explosait de partout, dans ses yeux rieurs, dans ses gestes exubérants. Rien ne subsistait du petit garçon anxieux et secret des dernières semaines avant son départ. Tom respirait la liberté et l'assurance, et Joshua l'envia d'avoir trouvé sa place, son rôle, de vrais amis, une parenté. Son cadet ne serait jamais seul et il s'en réjouissait, même si son manque à lui n'en paraissait que plus vif. Patrice Hamilton et Henry Brown étaient morts tous les deux. Ses pères l'avaient abandonné et il n'avait pas su les remplacer par un autre digne de ce nom, à la hauteur de ses attentes. Tom, lui, avait trouvé un clan.

— Ça ne va pas? lui demanda son jeune frère, préoccupé par son silence. Encore ce grand escogriffe qui te fait des misères à ton travail?

Joshua sourit malgré lui. Son frère monterait aux barricades pour venir à son secours. Il n'aurait qu'un mot à dire. Peut-être alors Tom accepterait-il de rester pour l'aider. Qui sait?

Après avoir hésité pendant quelques secondes, Joshua s'en voulut et repoussa cette idée. Son frère était heureux. De quel droit ferait-il obstacle à ce bonheur?

– Il ne faudrait pas t'enfler la tête et te croire indispensable, riposta-t-il sur un ton désinvolte qui tranchait avec son émotion véritable. Je peux très bien me défendre tout seul. D'ailleurs, tu retardes tout le monde. Allez, petit frère! Les tiens t'attendent.

Encore une fois, Tom se jeta dans ses bras et l'enlaça. Joshua remarqua toute la force de cette étreinte. Le jeune chasseur avait développé ses muscles. Plus personne ne pourrait entraver sa route, comme on avait déjà tenté de le faire. Ému, Joshua le repoussa avec une certaine brusquerie et ils se bousculèrent. Les deux frères jouaient à se chamailler, retardant ainsi le moment de se séparer.

L'heure venue, Tom s'installa dans le canot de tête et prit l'aviron. Joshua lui adressa un dernier salut et tourna les talons. Aidé de ses compagnons de voyage, Tom éloigna l'embarcation de la rive. Ni lui ni son frère ne se retournèrent.

3

Mai 1831

Le mariage de Mary et Rufus eut lieu au début de mai. Seuls quelques intimes furent invités afin de ne pas alimenter les ragots. Personne ne fut dupe, mais les tourtereaux étaient si charmants et si attendrissants qu'on leur pardonna leur écart de conduite. Même le père de la mariée dissimula son agacement. Malgré lui, il commençait à apprécier le petit instituteur. Sa fille avait su l'amadouer ; le tact de Rufus avait fait le reste.

Après le départ de sa jeune collègue, Charlotte dut mettre les bouchées doubles. Madame Felton, sa fidèle cliente, lui avait réclamé trois nouvelles couvertures de couleurs différentes, qu'elle souhaitait offrir en cadeau. Elle avait exigé un rebord en satinette et une broderie exécutée avec des fils très fins, la spécialité de Mary. Par chance, la nouvelle madame Miner avait eu le temps d'enseigner cette méthode à Isabelle, et celle-ci se débrouillait très bien. Elle avait encore besoin de supervision, et Charlotte lui demandait parfois de reprendre une partie du travail, mais la jeune apprentie comprenait ses exigences et ne rechignait jamais. Les aptitudes de sa fille adoptive réjouissaient Charlotte tout en la chagrinant, car ce beau talent risquait fort d'être gaspillé.

En effet, à long terme, l'avenir de son entreprise paraissait incertain. La fabrique de tissus lui grugeait petit à petit une partie de sa clientèle, et elle devait innover sans cesse afin d'offrir des articles originaux. Les gens moins fortunés se procuraient les tissus peu dispendieux produits par la fabrique, comme la flanelle, toute prête à être cousue. Par contre, les mieux nantis recherchaient plutôt l'exclusivité et le travail bien fait. Grâce à eux, Charlotte gardait encore un mince espoir. Dans les dernières semaines, plusieurs notables du village et des environs, influencés par madame Felton, lui avaient passé des commandes. Chacune de ses clientes souhaitait personnaliser ses vêtements et ses linges de maison avec un motif de broderie unique et une couleur particulière. Bref, pour les prochains mois, le travail ne manquerait pas, mais Charlotte devait néan-moins s'adapter à cette nouvelle réalité : les fabriques de laine offraient des possibilités infinies et permettaient de produire rapidement et en grandes quantités. Combien de temps encore pourrait-elle rivaliser avec ces machines bruyantes mais efficaces ? Dans les circonstances, le départ de Mary, si créative, risquait de lui donner un dur coup.

Dotée d'un grand sens des responsabilités malgré son jeune âge, Isabelle comprenait les problèmes auxquels sa mère adoptive était confrontée. Elle lui apportait son soutien, au meilleur de ses capacités. Quant à Anna, elle se remettait difficilement du départ de Mary, qui avait été son guide et sa complice. Leur émulation réciproque lui manquait et elle se trouvait parfois à court de motivation.

Par chance, l'arrivée de l'été apporta un certain apaisement et chassa la morosité. Impossible de résister au charme des agnelets qui sautillaient dans leur minuscule enclos, en attendant de pouvoir gambader dans la prairie. Le sol encore détrempé n'aurait pas supporté le piétinement des sabots. Charlotte préférait donc attendre un peu avant de libérer ses bêtes. Frustrées, les brebis confinées dans la bergerie bêlaient à qui mieux mieux, à longueur de journée. La chaleur leur donnait des fourmis dans les pattes, et elles réclamaient le soleil après ce trop long hiver. Agglutinées près de la sortie, elles passaient, à tour de rôle, la tête par la fenêtre dont Charlotte avait enlevé les volets. On aurait dit des tournesols cherchant la lumière. Il en allait de même avec Shadow qui, de surcroît, s'ennuyait de son poulain. Celui-ci avait été vendu, et à fort prix, au propriétaire de l'étalon qui avait sauté la clôture et sailli la jument.

Pour faire patienter les uns et les autres, Isabelle leur offrait les premières fleurs et des pousses d'herbe à peine verdies, tout en leur soufflant quelques paroles de réconfort. Les brebis la reconnaissaient et l'appelaient dès qu'elles entendaient sa voix. La jeune fille leur parlait toujours en français, comme si les mots doux ne pouvaient être émis que dans sa langue maternelle. Quand Charlotte la surprenait à bavarder ainsi avec le troupeau, elle mesurait tout ce que cette enfant avait perdu, et quel vide la mort de ses parents avait laissé. En utilisant la langue des siens, celle de son enfance trop vite et trop cruellement interrompue, Isabelle prenait des intonations différentes, plus douces, plus harmonieuses. Le timbre de sa voix se transformait. Ce contraste frappant fascinait Charlotte, qui se plaisait à écouter cette musique nouvelle, incompréhensible mais apaisante.

Ce matin-là, la jeune fille revint de la bergerie en chantonnant. Sa mère ne put s'empêcher de s'enquérir des causes de sa bonne humeur.

— C'est le soleil! lui lança Isabelle, tout en se dirigeant à grands pas vers l'atelier.

— Le soleil…, marmonna Charlotte avec une moue dubitative. Vraiment?

La petite bergère qui parlait si bien aux brebis lui mentait. Le soleil ne pouvait pas expliquer à lui seul sa gaieté des derniers jours. «Je finirai bien par découvrir le pot aux roses», se dit Charlotte. De toute façon, Isabelle était trop raisonnable pour préparer un mauvais coup. «Je serais plus inquiète s'il s'agissait de Tom», songea-t-elle, soudain attristée. Elle se secoua aussitôt, pour ne pas gâcher cette belle journée avec des pensées chagrines. Son fils lui manquait. Elle avait choisi de le laisser partir et ne reviendrait pas sur sa décision. Mais comme il lui manquait!

En entrant dans l'atelier, bien déterminée à ne pas se laisser abattre, elle trouva Anna en pleurs dans les bras d'Isabelle.

Malgré son insistance, la jeune fille ne put lui révéler avec clarté la raison de ses larmes. Elle hoqueta une réponse quasi inintelligible. Charlotte dut lire entre les sanglots.

— Ton père a été arrêté! Mais pourquoi?

La pauvre Anna haussa les épaules en secouant la tête. Elle ignorait le fin mot de l'histoire. Le shérif était passé à la maison très tôt ce matin-là. Il était accompagné de deux membres de la milice qui avaient encadré son père et l'avaient emmené à la prison.

– Ma mère est dans tous ses états, ajouta-t-elle. Elle n'a pas été capable de rester debout. J'ai dû l'aider à s'étendre. Mes frères veillent sur elle. J'espère qu'ils ne feront pas de bêtise.

Madame Alger souffrait depuis toujours d'une maladie chronique qui l'empêchait de bien respirer. De tels événements, avec toute l'inquiétude qu'ils suscitaient, risquaient d'aggraver son état. D'autant plus qu'elle avait accouché de jumeaux deux mois plus tôt et avait failli y rester.

– Retourne chez toi, ordonna Charlotte. On va se débrouiller sans toi. Tu dois rester auprès de ta mère tant que cette histoire ne sera pas éclaircie. Je ne m'inquiète pas trop. Ton père n'a rien fait de mal, j'en suis sûre. Le shérif devrait le libérer dans la journée.

Ses affirmations sonnaient faux et elle s'en rendait bien compte. Le shérif portait rarement des accusations non fondées. Et puis l'absence d'Anna, alors qu'elles étaient submergées de commandes, la mettait dans l'embarras, quoi qu'elle en dise. La journée se présentait mal, de tous les côtés.

Bien consciente du pétrin dans lequel elle plongeait sa patronne, Anna ne put toutefois résister à l'envie de retourner auprès des siens.

– Je mettrai les bouchées doubles dès que ce malentendu sera réglé, lui assura-t-elle. Je te le promets.

– Je dois aller au village cet après-midi, lui dit Charlotte. Je vais me renseigner et voir ce que je peux faire pour ton père. Allez! Dépêche-toi! Ta mère et tes frères seront soulagés de te savoir auprès d'eux.

*

Dans tout Sherbrooke, on ne parlait que de l'arrestation d'Ira Alger, et le pauvre homme ne récoltait guère de sympathie pour cette deuxième offense. Selon les rumeurs, il aurait subtilisé le sac d'un voyageur. Profitant d'un arrêt pour se dégourdir les jambes, ce dernier avait laissé ses biens à l'intérieur de la diligence. Son sac contenait des documents, une montre de valeur et un peu d'argent. Ira Alger s'était empressé de vendre la montre – ce qui l'avait trahi –, et il s'était procuré des provisions qui avaient nourri les siens pendant quelques jours.

« Cet homme est désespéré », se dit Charlotte. Depuis qu'il avait été emprisonné pour avoir volé du lait à un fermier, Ira Alger n'avait plus jamais retrouvé la paix de l'âme. Ni celle du corps, d'ailleurs. Charlotte avait suivi de loin, à travers les confidences d'Anna, la déchéance de ce père de famille, incapable de subvenir aux besoins des siens. Le fils aîné faisait bien des petits travaux, ici et là, mais il rapportait très peu d'argent à la maison. Anna remettait à sa mère chaque sou amassé. À l'occasion, quand ses finances le lui permettaient, Charlotte lui donnait un supplément, de la nourriture ou des vêtements. De plus, chaque fois que cela avait été possible, elle avait engagé Ira Alger pour de courtes périodes. Or, ces attentions louables ne suffisaient pas à fournir une vie décente à cette famille indigente. Il aurait fallu que monsieur Alger se reprenne en main et trouve un travail, mais c'était au-dessus de ses forces. «Une nouvelle incarcération va le tuer», se désola Charlotte. Elle devait les aider, mais comment? Elle pensa faire appel à Carey Hyndman, le père de Mary, et à son mentor, le journaliste Silas Dickerson, mais cette idée ne lui plut qu'à moitié. Ces deux hommes semaient davantage la bisbille que l'harmonie. Ils n'avaient de toute façon aucune crédibilité auprès des autorités judiciaires, dont ils s'étaient moqués à plusieurs reprises dans les pages du *British Colonist*.

Elle en était là de ses réflexions lorsqu'elle vit entrer mesdames Beckett et Elkins chez le boulanger Loomis. Remettant à plus tard les visites prévues à ses clients, la jeune femme traversa la rue et poussa la porte de la boulangerie. Sans grande surprise, le commerçant discourait des malheurs d'Ira Alger. Toutefois, la réaction empathique de madame Elkins aux propos acerbes de son interlocuteur encouragea Charlotte à tenter sa chance. La femme de l'avocat ne jetait pas d'emblée la pierre au présumé coupable.

– Le pauvre homme, dit-elle. Le désespoir les perdra, lui et sa famille. Par chance, il a de bons enfants qui le soutiennent dans son malheur, et une femme d'un courage admirable.

Touchée par cette prise de position empreinte de compassion, Charlotte s'enhardit.

– Pourrais-je vous parler un instant? demanda-t-elle.

– Allons marcher, lui proposa madame Elkins. Il fait un temps superbe.

Pour échapper au brouhaha de la rue marchande, les deux femmes descendirent vers la rivière, puis empruntèrent le chemin qui menait à Lennoxville. Pendant un moment, elles restèrent silencieuses. La brise faisait onduler les longues herbes des prairies, en bordure de la Saint-François. Un grand héron vint se poser entre deux rochers. Séduite, Charlotte eut soudain l'impression de ne pas avoir vu le beau temps, de ne pas s'être réjouie tout son soûl de ce soleil d'été éblouissant. Elle en eut presque des remords, consciente tout à coup que l'essentiel lui avait échappé.

– De quoi vouliez-vous m'entretenir ? lui demanda sa compagne, la ramenant ainsi à la triste réalité.

– Je voulais vous parler de monsieur Alger. Je m'intéresse beaucoup à lui, parce que c'est le père de mon employée, une jeune fille remarquable à tout point de vue. Comme vous le disiez si bien tout à l'heure, cet homme est poussé par le désespoir. Il ne s'est jamais remis de sa première incarcération. Il a davantage besoin d'aide que de punition. Quand j'ai entendu vos réflexions à ce sujet, j'ai pensé que peut-être votre mari pourrait intervenir.

Madame Elkins se tut assez longtemps pour que Charlotte regrette son audace. Elle allait s'excuser lorsque son interlocutrice reprit la parole.

– Je crois que vous avez raison. Il ne servirait à rien d'enfoncer davantage cette famille dans la misère. Je vais en parler à mon mari. Il connaît bien le juge Fletcher. Il pourra peut-être plaider la cause de ce pauvre homme.

Charlotte voulut la remercier, mais la femme de l'avocat lui prit le bras avec délicatesse pour lui faire comprendre qu'elle n'avait rien fait qui méritait sa reconnaissance. Toutes les deux revinrent très lentement sur leurs pas pour se replonger dans l'ambiance effervescente du village. Après avoir traversé le pont qui enjambait la rivière Magog, elles se séparèrent en échangeant un regard complice qui réjouit Charlotte.

4

Juillet 1831

Il fallut attendre deux bonnes semaines avant de constater les effets positifs de l'intervention de madame Elkins dans l'affaire Alger. La libération de son père aurait dû combler Anna de bonheur, mais les larmes lui montaient aux yeux chaque fois qu'elle essayait d'en parler. Le juge avait certes accepté de relâcher l'accusé, mais il avait imposé une condition qui jetait tous les membres de la famille Alger et leurs proches dans une profonde désolation. Charlotte n'en revenait pas.

— Il ne peut pas exiger cela ! C'est trop cruel et trop injuste ! Vous êtes traités comme des parias, de dangereux criminels.

De tels propos ne faisaient qu'accroître la détresse d'Anna. Devant le flot de larmes qui inonda les joues de la jeune fille, Charlotte se tut et la prit dans ses bras. Après un moment toutefois, elle lui murmura à l'oreille :

— Je vais aller voir madame Elkins. Elle pourra sûrement intervenir. Ne t'inquiète pas ; ça va s'arranger.

*

Charlotte n'eut pas à se déplacer. Dès le lendemain, madame Elkins et son amie, Caroline Beckett, se présentaient à l'atelier. Elles venaient passer une commande, mais la femme de l'avocat prit Charlotte à part pour lui exprimer son désappointement face à la tournure des événements.

— Je suis désolée, dit-elle, sur un ton qui ne laissait aucun doute quant à sa sincérité. Mon mari n'a pu faire mieux. Le plaignant a accepté de retirer sa plainte, mais il a exigé en retour que la famille Alger quitte Sherbrooke. Il veut s'installer ici. C'était la raison de sa visite le jour de l'incident. Il lui paraît inconcevable qu'un homme qui l'a volé puisse circuler librement et croiser les membres de sa famille qui ont été très ébranlés par cette mésaventure.

— Mais pourquoi réclamer que les enfants partent eux aussi? Ils n'ont rien fait de mal et ils peuvent apporter beaucoup à notre communauté. Nous avons besoin de ces jeunes.

— Je sais. Je comprends très bien votre désarroi devant l'éventualité de perdre votre employée. Avec ses doigts de magicienne, elle va nous manquer, à nous aussi.

— Je pourrais peut-être aller voir le juge Fletcher et lui expliquer à quel point le travail d'Anna est important pour la région. Qu'en pensez-vous?

— On peut toujours essayer. Je vais vous accompagner.

*

Deux jours plus tard, par une chaleur écrasante, Charlotte et madame Elkins se présentèrent devant le juge Fletcher, qui réserva un accueil des plus affables à la femme de l'avocat. Comme il faisait abstraction de sa présence, Charlotte réalisa qu'elle n'aurait jamais obtenu de rendez-vous sans l'appui de sa cliente. Celle-ci avait ses entrées chez les notables de Sherbrooke. Sans elle, la cause d'Anna aurait été perdue d'avance.

Charlotte brilla donc par sa discrétion, n'ouvrant la bouche que pour confirmer les dires de sa compagne, surtout quand vint le temps de vanter les mérites de son employée. Les deux femmes se mettant de la partie, le juge Fletcher admit volontiers les talents indéniables de la jeune fille. Il hésita cependant avant de rendre sa réponse, gardant toujours en tête les exigences du plaignant.

— Si vous le souhaitez, proposa madame Elkins, je peux essayer de parler à cette personne. Je crois bien pouvoir convaincre monsieur et sa famille de faire une exception pour Anna.

— Je n'en doute pas un instant, lui répondit le juge. Qui donc vous résisterait?

À l'évidence, le juge Fletcher n'était pas indifférent au charme incontestable de madame Elkins. Celle-ci lui lança un regard qui aurait fait fondre un banc de neige, et le magistrat dut baisser les yeux pour ne pas trahir son émoi. Consciente de son pouvoir, madame Elkins en rajouta. Toutes les ruses étaient bonnes pour arriver à ses fins.

— Avant de l'oublier, dit-elle en joignant ses mains gantées, mon mari et moi aimerions beaucoup vous avoir à souper, ce dimanche. Ce serait un honneur. Croyez-vous pouvoir vous libérer?

Charlotte observait ce manège avec intérêt. À vrai dire, elle prenait des leçons. Peu familière avec ces négociations feutrées, à mots couverts et en séduction, elle était persuadée de ne posséder ni les atouts ni l'habileté nécessaires pour utiliser une telle tactique. N'empêche, cet échange l'amusait et elle en avait presque oublié la raison de leur visite lorsque John Fletcher trancha.

— Je suis d'accord. Votre protégée pourra rester à Sherbrooke tant qu'elle sera au service de madame Brown. Je ferai les démarches en ce sens.

L'élégance avec laquelle madame Elkins tendit la main au juge et la galanterie qu'il déploya en la reconduisant à la porte de son bureau valaient bien les signatures les plus officielles.

En replongeant dans la touffeur de ce mois de juillet, Charlotte s'étonnait encore de la scène à laquelle elle venait d'assister et du succès remporté. Elle aperçut alors son fils qui sortait de l'auberge des frères King, alors qu'il aurait dû être à la fabrique. Surprise, mais pressée de lui annoncer la bonne nouvelle, elle le héla. Il se retourna, stupéfait. De toute évidence, il ne s'attendait pas à croiser sa mère.

— Que fais-tu là ? demanda Charlotte. Tu n'es pas à la fabrique ?

Joshua se mordait les lèvres, confus.

— J'y retournais justement, finit-il par dire. J'ai fait une course pour monsieur Thomson. Un colis à livrer… Ça ne pouvait pas attendre et il était trop occupé.

— Ah bon. Tu sais de quoi il s'agit ?

Le garçon haussa les épaules.

— Aucune idée… Il faut que j'y aille. Monsieur Thomson m'a bien dit de ne pas traîner.

— Bien sûr. Dépêche-toi. Il ne faut pas te mettre en retard.

Charlotte voulut déposer un baiser sur la joue de son fils, mais il l'évita et s'éloigna à grands pas.

Elle n'avait pas eu le temps de lui parler d'Anna.

*

Le surlendemain, Charlotte reçut un mot de madame Elkins. Le juge Fletcher avait annoncé officiellement sa décision : Anna pouvait rester. Elle se précipita aussitôt au village pour annoncer la bonne nouvelle à la famille Alger. Elle trouva sa jeune employée en train de laver son petit frère qui pleurnichait. Leur mère dormait encore avec les jumeaux.

Isabelle avait cuisiné du pain et des confitures que Charlotte distribua aux enfants. Pendant qu'ils se régalaient, elle entraîna Anna à l'extérieur. Elle ne voulait pas annoncer la nouvelle devant témoin, ne sachant trop comment les parents de la jeune fille réagiraient.

— Tu vas pouvoir rester, déclara-t-elle, frémissante de bonheur. Madame Elkins a tout arrangé. Le juge est d'accord.

Contre toute attente, la jeune fille éclata en sanglots. Charlotte crut d'abord à des larmes de joie, mais les premières paroles d'Anna la détrompèrent.

— Je ne peux pas…, murmura-t-elle.

— Mais pourquoi ? s'étonna Charlotte, très déçue de sa réaction.

— Parce que je ne peux pas abandonner ma famille. J'aurais voulu rester. Je l'ai désiré très fort, mais je ne vivrais pas en paix, en sachant que les miens souffrent et ne mangent pas à leur faim. Je suis l'aînée et j'ai des obligations auxquelles je ne veux pas me dérober.

Bien que consternée et attristée, Charlotte n'en admirait pas moins sa jeune employée pour son sens moral et sa fidélité aux siens. Elle non plus n'aurait jamais abandonné sa grand-mère, en aucune circonstance. Et jamais elle ne refuserait son aide à ses enfants, où qu'ils soient. Le départ forcé de sa toute jeune amie lui fendait le cœur, mais elle comprenait son dilemme et le devoir qui lui incombait. Elle l'assura de son estime et de son respect en lui souhaitant la meilleure des chances.

*

Dans trois jours, Charlotte et Isabelle se retrouveraient seules dans l'atelier, avec plus de travail qu'elles ne pourraient jamais en abattre. Il fallait réfléchir à une solution, sinon les clients, mécontents et déçus, iraient voir ailleurs.

Charlotte s'apprêtait à se rendre au village, espérant y dénicher la perle rare, lorsqu'elle vit venir son fils. Il était parti très tôt ce matin-là, bien avant qu'elle ne se réveille. Il avait même omis de déjeuner, ce qui était inhabituel, compte tenu de son légendaire appétit d'ogre. Un jeune homme plus âgé que lui, sans doute au début de la vingtaine, l'accompagnait. Charlotte avait croisé cet étranger, deux jours plus tôt, sur King's Highway, mais elle ne lui avait pas parlé et ne connaissait rien de lui, sinon qu'il semblait déterminé et très confiant en ses capacités. Intriguée, elle les accueillit avec une interrogation muette dans le regard.

Bien conscient que sa présence à la maison à cette heure indue avait de quoi inquiéter sa mère, Joshua s'empressa de faire les présentations.

— Voici Alex Thomson. C'est un cousin de mon patron.

L'étranger salua de la tête en souriant. Séduisant, le regard franc et intelligent, les lèvres bien dessinées, il plut tout de suite à Charlotte, qui se demandait ce qu'il pouvait bien manigancer avec son fils.

— Vous êtes en visite à Sherbrooke? demanda-t-elle.

— En effet. J'avais à discuter avec mon cousin au sujet de la fabrique.

— Vous êtes tisserand, vous aussi?

— Oui. À vrai dire, mon père possède la plus grosse fabrique de laine du Vermont. Il l'a héritée de mon grand-père.

Alex Thomson utilisait un langage châtié. Sa voix dégageait calme et assurance.

— Il repart demain, annonça Joshua.

Dans le visage couvert de sueur du garçon, les yeux brillaient d'un éclat intense, presque fiévreux. Il trépignait sur place, se frottait les mains puis les passait sur son front ou dans son cou. Jamais Charlotte ne l'avait vu aussi fébrile. Si la chaleur n'avait pas expliqué les perles de transpiration sur ses joues, elle l'aurait cru souffrant.

— J'espère que vous avez apprécié votre séjour chez nous, dit la jeune femme, désireuse de se montrer polie et intéressée.

— Beaucoup. J'ai fait de belles rencontres, dont celle de votre fils. C'est un garçon vaillant. Vous devez être fière de lui.

Charlotte regarda Joshua avec tendresse. Elle était très fière, en effet.

Son fils se mordit les lèvres.

— Alex a quelque chose à te demander, dit-il.

— Je vous écoute, monsieur Thomson.

— J'aimerais, si vous le permettez, bien sûr, emmener votre fils avec moi, au Vermont, pour lui enseigner le métier. Il m'a été recommandé par plusieurs personnes, et nous avons besoin de relève à la fabrique.

Estomaquée, Charlotte eut du mal à prononcer les seules paroles qui lui vinrent à l'esprit.

— Il n'a que douze ans…

— Bientôt treize, précisa Joshua.

Pendant une seconde, Alex Thomson parut sceptique. Son regard étonné n'échappa nullement à Charlotte. Sans doute Joshua n'avait-il pas été clair sur son âge. Peut-être avait-il préféré mentir pour ne pas ruiner ses chances. Contente d'avoir remis les pendules à l'heure, la jeune femme crut pendant un instant s'être fait un allié de son visiteur, mais dès qu'il reprit la parole, elle comprit qu'elle avait eu tort d'espérer un appui de ce côté-là.

— Votre fils paraît plus vieux que son âge, affirma-t-il, et il se comporte déjà avec une maturité impressionnante. J'ai pu le constater en discutant avec lui. Il doit sans aucun doute tenir sa détermination de sa mère.

Charlotte voulut l'interrompre, mais il continua sur sa lancée.

— Soyez assurée que jamais je ne m'immiscerai entre votre garçon et vous. Vous êtes sa mère et vous aurez toujours le dernier mot quant à son avenir. Par contre, je suis prêt à vous donner toutes les garanties nécessaires que

Joshua sera bien traité, bien entouré, et qu'il apprendra avec nous un métier qui lui offrira de belles perspectives d'avenir. À vous de décider.

Sur ce, le jeune homme tendit la main à Charlotte et la salua avec déférence. Il adressa ensuite un signe de la main à Joshua et reprit la route en sens inverse. Il avait dit ce qu'il avait à dire. Le reste ne concernait que la mère et son fils.

Après son départ, ces derniers restèrent silencieux, l'un en face de l'autre, incapables de parler, de plaider leur cause, d'exprimer leurs attentes ou leurs craintes. Charlotte avait du mal à rassembler ses idées. Trop d'émotions lui montaient à la gorge. Elle était l'adulte, la mère, celle qui devait montrer la voie, tempérer, remettre chaque élément en perspective, corriger les erreurs. Son fils avait besoin de balises. Il rêvait de départ et n'hésiterait pas à prendre des risques démesurés pour satisfaire sa soif d'aventure. Son rôle consistait à lui faire entendre raison. Elle rassemblait donc ses meilleurs arguments pour persuader Joshua de renoncer à ses chimères, mais le garçon la prit de vitesse.

– J'ai besoin de partir, dit-il sur un ton suppliant. Il le faut.

Puis d'une voix plus raffermie, il ajouta :

– Si tu refuses, jamais je n'oublierai que tu ne m'aimes pas autant que tu aimes Tom. Tu l'as laissé partir, lui.

Triste à mourir à l'idée que son aîné puisse douter de son amour, Charlotte lui tendit la main, mais il lui avait déjà tourné le dos. Il retournait à la fabrique en attendant sa décision. La sienne était déjà prise.

5

Charlotte dormit très mal. Toute la nuit, elle pensa aux espoirs de son fils aîné et à la réponse qu'il attendait. Chaque fois qu'elle croyait avoir pris une décision dans un sens ou dans l'autre et pouvoir enfin sombrer dans le sommeil, des questions l'assaillaient en rafales, de nouveaux éléments surgissaient. Elle aurait pu se poser en victime et prétendre ne pouvoir se passer de Joshua. Lui expliquer qu'elle se retrouverait bientôt seule avec Isabelle à l'atelier et ne suffirait plus à la tâche. Invoquer sa santé défaillante des dernières semaines, son immense lassitude, sa vue qui s'affaiblissait, lui dire combien elle se sentait vieille et fragile, de plus en plus vieille et de plus en plus fragile, à l'aube de ses trente ans. Bien sûr, elle aurait aimé compter sur lui pour les travaux extérieurs, car ses forces l'abandonnaient peu à peu. Relever des clôtures l'essoufflait plus que de coutume. La tonte des moutons lui causait des courbatures qui duraient plusieurs jours. Que deviendrait-elle sans son aîné, si costaud et dur à l'ouvrage, tout en muscles et en force brute malgré son jeune âge?

Les prétextes pour retenir son fils ne manquaient pas. Mais chaque fois qu'elle songeait à s'en servir, les paroles de Joshua revenaient la hanter. « Si tu refuses, jamais je n'oublierai que tu ne m'aimes pas autant que tu aimes Tom.» L'aimerait-elle assez pour le laisser partir? Ou, au contraire, exigerait-elle qu'il renonce à ses ambitions pour vivre auprès d'elle une vie qu'il ne souhaitait pas? L'avait-elle mis au monde pour qu'il devienne son soutien, son protecteur, malgré lui, à l'encontre même de ce destin qu'il tentait de se forger? Jusqu'où les prérogatives d'une mère pouvaient-elles aller? La liberté d'un fils ne devait-elle pas toujours primer?

Ces questions déchirantes, et tant d'autres, assorties de craintes, d'appréhensions et de confusion, l'empêchèrent de fermer l'œil. Un peu avant le lever du soleil, épuisée, elle glissa enfin dans le sommeil, mais dormit à peine une heure et se réveilla en sursaut. Quand elle parvint à s'arracher de son lit, elle ne trouva ni Isabelle ni Joshua dans la maison. Tout de suite, elle imagina le pire. Si son fils était parti sans lui dire au revoir? Et si Isabelle l'avait suivi?

Pour chasser ces idées noires et stupides, la jeune femme sortit de la maison. Il faisait un temps splendide. La journée serait chaude; le soleil brillait déjà, comme un grand bonheur que l'on accueille à bras ouverts.

Charlotte se dirigea vers la bergerie. Elle y était presque lorsque des voix familières lui parvinrent. D'abord, elle eut envie de rebrousser chemin. Il lui déplaisait d'interrompre ce tête-à-tête entre Isabelle et son frère. Puis son instinct la poussa à s'approcher. Elle les aperçut bientôt par la porte entrouverte. Ils étaient assis par terre, tout près l'un de l'autre, et Isabelle avait passé un bras autour des épaules de Joshua. La jeune fille parlait doucement. En prêtant attention aux mots, Charlotte constata qu'elle s'exprimait en français, dans sa langue maternelle, comme elle le faisait lorsqu'elle s'adressait aux brebis, avec des intonations douces et harmonieuses. Silencieux, Joshua hochait parfois la tête. On aurait dit qu'il comprenait. Sans doute le sens réel des mots lui échappait-il, mais il ne restait pas insensible à cette musique apaisante, pleine de promesses et de consolations.

Pour ne pas les déranger, Charlotte recula à pas feutrés et rentra dans la maison. Assise à la table de la cuisine, elle pleura jusqu'à ce que la source de son chagrin se tarisse et qu'elle trouve enfin la paix, puis elle entreprit de cuisiner le mets préféré de son fils aîné : des galettes de sarrasin, qu'elle arroserait de mélasse.

*

Joshua partit quelques heures plus tard, en compagnie d'Alex Thomson. Ils devaient coucher à Stanstead pour prendre la diligence le lendemain matin, très tôt, et se rendre à Montpelier, dans le Vermont. Lorsqu'ils eurent disparu à sa vue, Charlotte serra très fort le papier que lui avait remis le jeune Thomson.

— Vous pourrez écrire à cette adresse, lui avait-il dit en l'assurant que ses lettres seraient aussitôt remises à Joshua.

— Ça passera très vite, lui avait chuchoté son fils en l'embrassant. Quand je reviendrai, tu n'auras plus à t'inquiéter de rien. J'aurai un bon métier et je prendrai soin de toi et d'Isabelle.

Ces promesses, et toutes les autres qui auraient dû la rassurer, ne dissipaient en rien son chagrin. Elle se sentait en deuil ; des idées lugubres s'insinuaient au creux de sa détresse et de sa solitude. Isabelle avait préféré ne pas assister au départ de Joshua. Elle était restée dans l'atelier avec Anna, qui tentait de la consoler de son mieux.

Charlotte décida de ne pas rentrer tout de suite. Elle s'engagea plutôt dans le sentier qui menait à la rivière et se rendit au pic rocheux où elle avait passé de si beaux moments avec Atoan. Allongée sur la mousse, le visage inondé de lumière, elle s'endormit enfin.

Quand elle se réveilla, après un sommeil sans rêves ni cauchemars, elle fut surprise de constater que le soleil déclinait. La rivière avait perdu son éclat. Elle s'était transformée en un chemin de mystère, noir et profond, déjà imprégné de la nuit tombante.

«Isabelle va s'inquiéter», pensa Charlotte en se pressant vers la maison. Elle regrettait d'avoir délaissé sa fille en cette triste journée. Elle remonta en courant, tout en repoussant les mèches de cheveux qui se détachaient de son chignon. Elle trébucha une première fois, puis une deuxième, avant de ralentir.

Dans la prairie, les brebis vinrent à sa rencontre et l'accompagnèrent un moment, fidèles à leurs habitudes. Elle enjamba ensuite la clôture en jurant parce qu'elle avait fait un accroc à sa jupe. Le ciel prenait une teinte orangée. Soudain, le soleil se dressa devant elle, puissant, immense, et elle eut l'impression de pénétrer dans ce cercle de lumière, d'être partie prenante de ce ruissellement d'or.

En arrivant près de la bergerie, elle distingua une présence inhabituelle. Une silhouette se dressait devant le soleil. Une ombre gigantesque, auréolée d'un halo éblouissant, tendait les mains vers une créature éthérée, toute menue à ses côtés. L'image était saisissante.

Charlotte s'approcha d'un pas timide et se retrouva face à un étranger. Avec mille précautions, celui-ci présentait à Isabelle une magnifique libellule. Légère, évanescente. Tous les deux semblaient fascinés par leur découverte.

En levant les yeux, la jeune fille aperçut sa mère et l'appela, le visage réjoui.

– Viens voir comme elle est belle! C'est François qui l'a trouvée! Tu peux la regarder, mais il faut faire attention, car elle est très fragile.

Échevelée, la robe déchirée, le visage chiffonné et cramoisi, les genoux écorchés et les yeux bouffis, Charlotte ne payait pas de mine. Elle avait rarement été si peu à son avantage. En comparaison, le jeune homme d'une vingtaine d'années qui se trouvait devant elle était d'une beauté exceptionnelle avec ses yeux d'un bleu intense, ses cheveux brun clair à peine bouclés, son nez long et droit surplombant des lèvres épaisses et bien dessinées. Gênée, Charlotte aurait voulu disparaître.

Feignant de ne pas remarquer son embarras, le dénommé François lui tendit la main et expliqua sa présence.

– Je cherche du travail et madame Burchard m'a dit de venir vous voir. Je peux tout faire dans une ferme. Vous ne le regretterez pas si vous m'engagez.

À l'évidence, l'anglais n'était pas sa langue maternelle. Son accent était si terrible que Charlotte pouffa de rire malgré elle. Offusquée, Isabelle la réprimanda et tenta de l'excuser auprès de leur visiteur, qu'elle considérait déjà comme un ami, mais celui-ci, plutôt que de se vexer, lui adressa un clin d'œil de connivence.

Sa réaction sans prétention plut à Charlotte. L'apparition inopinée de ce bel homme faisait tout à coup reculer la solitude appréhendée. En se penchant pour observer la libellule blottie dans la main de François, Charlotte pensa avec tendresse à ses fils, qui avaient pris leur envol. Elle pensa aussi à sa grand-mère. La vieille femme lui disait toujours qu'elle était aussi fragile que ces insectes évanescents, mais aussi solide que le rocher sur lequel poussait le pin solitaire. Rachel Martin avait raison.

En invitant son nouvel employé à la suivre, Charlotte sentit ses jambes se raffermir et une vigueur nouvelle l'envahir. Elle prit Isabelle par la taille et toutes les deux sautillèrent jusqu'à la maison en chantonnant. François Caron leur emboîta le pas avec le même entrain.

Remerciements

J'aimerais remercier mon mari, Maurice Lacasse, mon premier lecteur. Ses remarques judicieuses m'ont beaucoup aidée à préciser ma pensée et m'ont évité quelques erreurs. Je remercie également toute l'équipe des Éditions Goélette pour sa disponibilité et son excellent travail de révision. Merci également à monsieur Jean-Pierre Kesteman, dont les livres sur l'histoire de Sherbrooke m'ont fourni la matière première pour écrire ce roman.

Enfin, je voudrais exprimer ma gratitude à tous ces gens qui, à force de travail et de persévérance, ont construit une ville au confluent des rivières. Certains déambulent dans mes histoires, leur seule évocation y jouant un rôle important. Leur présence parfois discrète, parfois symbolique, parfois affirmée, permet à mes personnages fictifs de s'ancrer dans la réalité. Marchands, fermiers, charpentiers, tisserands, politiciens… Leurs noms étaient déjà inscrits dans les annales de la grande histoire. Les voici maintenant acteurs dans la petite, celle de l'âme et de ses jardins secrets.

LOUISE SIMARD

La Malédiction

TOME 3 À PARAÎTRE EN 2016

*Lisez un extrait
du premier chapitre*

1

Décembre 1833

Un soleil blanc perçait l'air embrumé. On aurait dit une pleine lune égarée au milieu du jour et emprisonnée dans un brouillard diaphane. Pour attendre Isabelle et François, Charlotte s'était assise sur la galerie. Elle n'avait pas froid. Enveloppée de cette atmosphère laiteuse, elle se lovait dans ses souvenirs en reprenant son souffle. La blancheur de l'air, de la terre et du ciel la plongeait dans une rêverie au creux de laquelle elle aurait aimé disparaître. Pendant quelques minutes, elle oublia tous ses tracas et s'éloigna à bonne distance de la réalité. Quelques minutes seulement.

– Ça y est ! Je suis enfin prête ! Pardonne-moi de t'avoir fait patienter. Je ne trouvais plus mon ruban bleu.

Charlotte sourit. Isabelle venait de fêter ses quatorze ans. La fillette qu'elle avait recueillie après la mort tragique de ses parents était devenue une belle jeune fille, gracile et timide, mais dotée d'une force vitale et créatrice remarquable. Les terribles épreuves qui avaient marqué son enfance auraient pu la détruire à jamais. Elles avaient, au contraire, renforcé son instinct de survie. Sa fille adoptive était sans doute née avec un immense don pour le bonheur, mais Charlotte aimait croire qu'elle avait joué un rôle dans cette résurrection improbable.

– Que tu es belle, ma chérie! Aurais-tu quelque garçon à séduire au village?

Charlotte se moquait gentiment, l'air de rien, mais elle savait bien à qui Isabelle voulait plaire. D'ailleurs, le jeune homme en question sortait justement de la petite écurie nouvellement construite, attenante à la bergerie. Il tirait Shadow par la bride, et la jument semblait plutôt réticente. Du coin de l'œil, Charlotte observa sa fille. Celle-ci lissa ses cheveux qu'elle avait noués avec un large ruban de la même couleur que ses yeux aigue-marine. Elle replaça ensuite son foulard, puis s'assura que sa pèlerine tombait bien. À l'évidence, elle souhaitait se montrer sous son meilleur jour devant François Caron, l'homme engagé.

Cette attirance datait du premier jour de leur rencontre. Le jeune Canadien français était arrivé deux ans plus tôt, un jour d'été. Il cherchait du travail. Isabelle, encore une enfant, avait aussitôt été séduite. Un vrai coup de foudre, que Charlotte avait d'abord pris à la légère, connaissant très bien l'attirance des fillettes pour la romance. Mais plutôt que de s'atténuer, le doux penchant d'Isabelle s'était raffermi avec le temps. Heureusement, François Caron, du haut de sa jeune vingtaine, avait su tenir la petite fille à distance, toujours avec délicatesse. Plutôt que d'encourager ce sentiment amoureux, il avait agi comme un grand frère, sans jamais laisser s'installer la moindre ambiguïté. Son comportement exemplaire n'avait toutefois pas convaincu Isabelle. François l'attirait, et elle espérait qu'un jour ce sentiment serait partagé. Pour l'instant, se disait-elle, le jeune homme ne pouvait déclarer son amour, compte tenu de la différence d'âge, mais, avec le temps, l'écart s'amenuiserait. Dans sa naïveté, l'adolescente croyait sincèrement que François cesserait de vieillir pour attendre qu'elle le rejoigne.

«Je la comprends, se dit Charlotte en observant son employé qui attelait la jument. Quel joli garçon, avec ses cheveux légèrement bouclés et ses belles lèvres sensuelles. Difficile de résister à tant de charme. Si j'étais plus jeune…» À trente et un ans, Charlotte avait l'impression que plus jamais elle ne connaîtrait l'amour, ni même l'affection d'un homme. Elle avait perdu deux maris, chaque fois dans des circonstances troublantes. Elle avait aussi assisté, impuissante, à la mort de son amant, l'homme qu'elle avait aimé plus qu'elle-même. De cet immense chagrin, elle avait cru ne jamais pouvoir guérir, et pourtant la vie avait continué sans lui, sans le tendre et généreux Atoan. Une passion comme celle-là, elle n'en vivrait plus jamais, elle en était persuadée. Or, parfois, quand l'air doux entrait par les fenêtres et que les grives lançaient dans la brunante leur chant flûté, ou lorsque le froid et la neige la confinaient à l'intérieur, la solitude lui pesait et elle se surprenait alors à rêver d'un émoi amoureux, de câlins, de tendresse, de la douce confusion des sens.

– Maintenant, c'est toi qui nous retardes, maman! Si on veut revenir avant la tempête qui se prépare, il faudrait y aller.

Charlotte monta dans le traîneau, où Isabelle et François avaient déjà pris place. Elle s'emmitoufla dans les fourrures et donna le signal du départ.

La sachant très fatiguée, Isabelle avait insisté pour préparer elle-même la fête du Nouvel An. Charlotte n'avait pas vraiment le goût de festoyer, ni chez elle ni ailleurs. L'absence de ses fils, qui se prolongeait, la vidait de son énergie. Cependant, lorsqu'elle avait abordé le sujet avec sa fille adoptive, celle-ci n'avait pu cacher sa déception. Elle avait supplié sa mère de changer d'idée, en jurant qu'elle s'occuperait de tout. François aussi avait promis d'aider Isabelle de son mieux, afin que Charlotte n'ait rien d'autre à faire que de jouir de la journée, telle une invitée d'honneur. Pour ne pas les désappointer, Charlotte avait accepté, en leur faisant néanmoins répéter leurs promesses à plusieurs reprises.

Bien malgré elle, la liste des convives s'était allongée au fil des jours. Impossible, bien sûr, de ne pas inviter les vieilles connaissances, les Burchard, Willard, Miner et Mulvena. De son côté, Isabelle tenait aussi à recevoir ses amies les plus intimes, et François avait demandé timidement s'il pouvait ajouter le nom d'un nouveau camarade, rencontré quelques semaines plus tôt, et qui passerait cette période de festivités loin des siens.

– Je me demande bien où nous trouverons une table assez longue pour asseoir tout ce monde-là, s'inquiéta Charlotte à voix haute.

Les grelots attachés au traîneau tintaient gaiement et une excitation joyeuse gagnait peu à peu les trois passagers. François guidait la jument sans la pousser. L'air était doux, et la promenade beaucoup trop agréable pour se hâter. Les gros travaux étaient terminés. Brebis et béliers avaient réintégré leurs quartiers d'hiver. Ils y étaient un peu à l'étroit, mais l'argent et le temps avaient manqué. François n'avait pas pu agrandir la bergerie comme il l'aurait souhaité.

– Je t'ai dit de ne pas t'en faire, gronda Isabelle en faisant les gros yeux à sa mère. On s'occupe de tout!

– J'ai un plan, renchérit François. Je vais fabriquer quelque chose de solide. Il y aura de la place pour tout le monde.

Charlotte leva les mains au ciel.

– D'accord! Je vous fais confiance.

Sur King's Highway, la circulation se fit plus dense. Passé Church Street, ils durent tenir leur place, bien à droite, au risque de s'enliser, car des traîneaux venaient en sens inverse, souvent à vive allure, alors que d'autres, menés par des conducteurs impatients, tentaient de les dépasser. Un peu plus loin, on faisait la file pour s'engager sur le pont qui enjambait la rivière Magog.

– Que se passe-t-il donc? demanda Isabelle, contrariée par cette perte de temps. Nous n'arriverons jamais!

Depuis le départ, elle triturait la liste des articles à acheter, qu'elle avait glissée dans sa mitaine.

– C'est à cause du banquet en l'honneur de monsieur Brooks, expliqua François. On veut fêter son retour de Londres.

Isabelle et Charlotte levèrent les yeux au ciel en soupirant. Prises toutes les deux par leurs nombreuses occupations, elles avaient oublié cette réception tant attendue, dont pourtant tout le village parlait depuis des jours.

– Je ne savais même pas qu'il était parti, déclara Isabelle, sur un ton boudeur.

La jeune fille refusait qu'un événement, quel qu'il soit, vienne éclipser son propre réveillon. Il en allait autrement de François, qui s'intéressait depuis toujours à la politique.

– On dit que monsieur Brooks a bien représenté la région en Angleterre. Grâce à lui – ou à cause de lui –, la Compagnie des Terres va s'installer dans les cantons. Ça risque de changer beaucoup de choses.

– Tu crois? demanda Charlotte, que les perturbations appréhendées inquiétaient.

– Absolument! Il paraît que la nouvelle Compagnie a acquis plus de huit cent mille acres de terres de la couronne. Selon l'entente, elle pourra les payer en partie en construisant des routes, des ponts et des édifices. Ça ne peut pas faire autrement que d'attirer du monde. Le village changera d'allure très vite si tout ce qu'on dit est vrai. Et ce ne sera pas nécessairement pour le mieux…

– Dis donc! Tu es bien renseigné. Où as-tu pris toutes ces informations?

– J'ai rencontré monsieur Dickerson, il y a deux jours. Il était à l'auberge et en avait long à dire sur le sujet. Je pense même qu'il a convaincu les plus sceptiques.

Une fois de plus, Charlotte et Isabelle levèrent les yeux au ciel. Le jeune homme vouait une admiration sans bornes au journaliste de Stanstead. Il se laissait d'ailleurs influencer d'une manière qui déplaisait à Charlotte. Elle craignait que son employé ne s'attire des ennuis. C'était toujours ce qui arrivait à ceux qui côtoyaient Silas Dickerson.

– Cesse de lambiner, ordonna Isabelle, ou je fais le reste de la route à pied. Ce sera plus rapide!

*

Quelques instants plus tard, François déposait la mère et la fille devant le magasin général. D'autres établissements du même genre s'étaient peu à peu implantés dans le village, mais Isabelle avait choisi de s'arrêter chez Tylar Moore. Elle voulait profiter de l'occasion pour admirer les bijoux présentés en vitrine, même si elle savait bien qu'elle ne pourrait jamais se les payer. Les regarder la satisfaisait.

Clients et clientes ne parlaient que du banquet et de la venue prochaine de la British American Land Company, la BALC, comme disait François pour se faciliter la tâche. Le jeune homme avait encore un peu de mal avec la langue anglaise, mais Charlotte avait fini par s'habituer à son parler particulier. Au bout du compte, son fort accent français, qui l'avait bien fait rire au début, ajoutait à son charme.

Tout en suivant Isabelle dans les allées, Charlotte tendait l'oreille. Ces chambardements annoncés la préoccupaient. Par définition, la nouvelle Compagnie chercherait à acquérir le plus de terres possible, afin de les offrir aux immigrants qu'elle comptait bien attirer dans la région. La jeune femme avait résisté à Charles Goodhue et à William Felton, des hommes puissants et influents qui, à plusieurs reprises dans les dernières années, avaient tenté d'acheter sa fermette, mais pourrait-elle s'opposer à une compagnie foncière britannique disposant de capitaux importants? Si les rumeurs se confirmaient, cette entreprise à laquelle s'étaient associés d'emblée les plus riches propriétaires des cantons, provoquerait peut-être un raz-de-marée dévastateur pour les moins fortunés.

Heureusement, certains demeuraient optimistes et leurs propos réconfortèrent la jeune femme. Après tout, si la Compagnie des Terres, comme on le prétendait, injectait de nouveaux capitaux dans la région, tout le monde en profiterait. Et si des immigrants venaient s'établir à Sherbrooke, le village connaîtrait sans doute un véritable essor et une nouvelle prospérité. On avait grandement besoin de routes pour sortir les cantons de leur isolement et mettre ainsi fin au monopole des marchands et des spéculateurs. Si la BALC, comme le voulait la rumeur, s'était engagée à développer la région, elle représentait peut-être la solution rêvée. Qui sait ?

— Tu ne m'écoutes pas ! grogna Isabelle.

— Oh ! Excuse-moi, ma chérie. J'avais la tête ailleurs.

— Je vois bien. Tu me laisses tout décider.

— N'est-ce pas ce que tu souhaitais ? Si je me rappelle bien, tu as promis de…

— Bon, la coupa la jeune fille, tu as raison. Alors, je vais prendre ces brioches. Les enfants en raffoleront, j'en suis certaine.

D'un magasin à l'autre, elles s'étaient rendues jusqu'à la boulangerie de Francis Loomis. Celui-ci avait fait preuve d'une extraordinaire créativité pour offrir à ses clients des produits originaux pour la période des fêtes. Tous se pourléchaient les babines à la vue de ces délices.

— Essaie tout de même de respecter ton budget, recommanda Charlotte à sa fille, qui semblait prête à tout acheter.

Isabelle hocha la tête, pendant que le commis glissait une brioche supplémentaire dans son panier, tout en lui adressant un clin d'œil complice. Il s'attendait assurément à une marque de reconnaissance de la part de la jeune fille, mais celle-ci baissa la tête, gênée. En évitant de croiser le regard du séducteur, elle régla la facture et s'empressa de quitter la boulangerie pour retrouver François au plus vite.

— Vous avez terminé vos emplettes? demanda celui-ci en les apercevant, les bras chargés de paquets.

— J'espère bien! lui répondit Charlotte. Si on reste au village une minute de plus, je serai ruinée!

Après s'être assurée que sa mère plaisantait, Isabelle monta avec entrain dans le traîneau. Charlotte s'installa auprès d'elle et ils prirent tous les trois le chemin de la maison, abandonnant le village à son effervescence.

Des flocons de neige commençaient à tourbillonner.

Les notables invités au banquet se hâtaient avant la tempête pour ne pas mouiller leurs habits de gala. Le jour tombait doucement, cédant la place à une nuit qui s'annonçait mouvementée.

De la même auteure

Un trop long hiver, Les Éditions La Presse, 1980.

Rythmes de femme, Maison des Mots, 1984.

La Guerre des autres, en collaboration avec Jean-Pierre Wilhelmy, Les Éditions La Presse, 1987; Septentrion, 1997.

De père en fille, en collaboration avec Jean-Pierre Wilhelmy, Septentrion, 1989
(nouvelle édition en 2012, coll. «HAMAC» classique, Septentrion)

«L'Université de Sherbrooke, son rayonnement littéraire et artistique», codirectrice, *Cahiers d'études littéraires et culturelles*, n° 12, Université de Sherbrooke, 1990.

«Chanson pour Ilse», *Moebius*, n° 48, printemps 1991.

La Très Noble Demoiselle, Libre Expression, 1992.

«Les romancières de l'histoire», *Recherches féministes*, printemps 1993.

Laure Conan. La romancière aux rubans, XYZ éditeur, coll. «Les grandes figures», 1995.

Le médaillon dérobé, XYZ éditeur, 1996.

La Route de Parramatta, Libre Expression, 1998.

Thana. La fille-rivière, Libre Expression, 2000.

Les Chats du parc Yengo, Éditions Pierre Tisseyre, coll. «Conquêtes», 2001.

Thana. Les vents de Grand'Anse, Libre Expression, 2002.

Les Pumas, Éditions Pierre Tisseyre, coll. «Conquêtes», 2002.

La Promesse. La route de l'exode, Libre Expression, 2004.

Où sont allés les engoulevents?, Libre Expression, 2005.

Le Retour du pygargue, Trécarré Jeunesse, 2007.

Comme plume au vent, Libre Expression, 2007.

La Chanson de l'autour, Trécarré Jeunesse, 2008.

Kila et le gerfaut blessé, Trécarré Jeunesse, 2008.

Eliza et le petit-duc, Trécarré Jeunesse, 2009.

La Communiante, Libre Expression, 2010.

L'UQROP. Sauver le monde un oiseau à la fois, L'Union québécoise de réhabilitation des oiseaux de proie (UQROP), 2012.

Ces oiseaux de ma vie, édité par Louise Simard, 2013.

La Malédiction. 1. Le Hameau des Fourches, Les Éditions Goélette, 2015.